噲辣廚娘真千金 1

風文創 1235

咬春光 著

風 文創 1235

目錄

序文

咬春光

我時常在想，當面臨譬如「親情與愛情」、「事業與家庭」這種二選一的難題時，自己該如何抉擇。百般糾結中，本套小說應運而生。

女主角沈蒼雪用她的人生經歷回答我，與其一味選擇他人，不如堅定地選擇自我——自我強大了，其餘問題才會迎刃而解。

小說中的沈蒼雪身為二十一世紀新出爐的青年女廚神，意外穿越到同名同姓的古代逃荒姑娘身上，不僅身無分文，還帶著一雙弟弟妹妹。她的一生經歷了三次較為重大的選擇——

第一次是在穿越之初。擺在沈蒼雪面前的難題是，是否要接受原主悲劇一般的命運、是否要接納原主留下來的弟弟妹妹、是否要承擔這份沈甸甸的責任？

第二次是在沈蒼雪結識了身分成謎、留在包子鋪做雜工的聞西陵之後。即便互生情愫，然而當聞西陵完成任務時，她是要留下來經營自己的事業，還是要跟他返回京城？

第三次是在沈蒼雪的身世大白時。面對欲取代她身分且作惡多端的假千金、鐵證如山卻繼續袒護假千金的親生父母，她該追究下去，還是就此放手？

三次選擇，涉及現實與人性、感情與事業、生恩與養恩。每次選擇，沈蒼雪都遵循同一個標準，就是以「自我」為核心，認清自己需要什麼並迅速作出決定。

沈蒼雪從不會內耗，也不會被外界事物困擾，更不會懊悔自己的選擇，她有一股強烈的「配得感」，一直堅定地朝她認為正確的方向前行，並不斷充實自己。

沈蒼雪有股「向上」的生命力，她富有正義感，從不吝嗇幫助弱者；她有行動力，敢想敢為、敢拚敢闖、一往無前；她極具領導力，用人不疑、知人善任。正因如此，她才能帶領性格各異的員工們經營商鋪，朝同一個方向拚搏努力，最終迎來自己的幸福人生。

小說中的其他角色，其實也常面臨二選一的難題，以身為假千金的鄭意濃為例，她更多時候面臨的是人性的考驗。親情、愛情、友情她都擁有過，本有許多回頭的機會，但是妒忌讓她陷入了深深的自卑與懷疑中，一次又一次誤入歧途。

比起相信自己，她更相信「王府千金」這個身分；比起自立自強，她更願意依附旁人，借助別人的權勢、地位為自己謀利。不過依靠別人所獲得的強大，猶如鏡花水月，總是不長久。

我們的生活或許不像小說般跌宕起伏，但人生岔路口總是會不期而至。在毫無準備的情況下，向左走還是向右走，是擺在眼前的終極難題。然而不論如何，堅持自我、努力向上、一心向善，終能迎來理想中的結果。

很感謝狗屋出版社對於本人以及這套小說的信賴，《嗆辣廚娘真千金》是本人出版的第一套小說，女主角沈蒼雪的經歷讓我更加堅定了對自我的追求，也希望堅強勇敢、百折不撓的沈蒼雪能被大家認識和喜愛，由衷感謝每一位讀者的支持，祝好。

第一章　力圖生存

春和景明，萬物向陽而生。

這樣大好的春光裡，沈蒼雪那顆想要賺錢的心也同樣躁動不安，為此，她費力搭上了下塘村地主黃家的小兒子——黃茂宣。

黃茂宣其人與他那儒雅文氣的名字很不相稱，白白胖胖、五短身材，渾身上下還冒著一股渾然天成的傻氣。

他這幾日為沈蒼雪的人格魅力所折服，眼下兩人在村口會晤，黃茂宣聽完沈蒼雪鏗鏘有力的一段話，低頭思索了好半天，方領會出了兩層深意。

其一，沈蒼雪想做鹹菜生意。

其二，這生意有些難處，沈蒼雪如今住的地方沒罈子也沒鹽，甚至連菜都沒有，但……他家有。

簡言之，沈蒼雪想空手套白狼。

不過黃茂宣沒想這麼深，他只是咬了咬指甲蓋，單純覺得這事不妥。

在他看來，沈蒼雪很厲害，又會做彈弓，又會玩遊戲，比他們村裡的小孩都要特別。小孩子慕強，已經十四歲的黃茂宣也不例外，儘管沈蒼雪一副面黃肌瘦的模樣，在他心裡她依舊是個厲害的「帶頭大哥」，只是……今天老大的要求，難辦得很。

「妳怎麼偏就看中我家後院裡的菜，別的不行嗎？」

「不是我看上了你家的菜，而是那菜養得極好，放著不用豈不可惜？你信我，我這兒剛好有做鹹菜的祖傳秘方，加上我出神入化的手藝，必定能成就天底下獨一無二的鹹菜。」沈蒼雪早就盯上了黃家精心照顧的雪菜，因此這段時間沒少哄著這位小少爺。

黃茂宣更糾結了。「可那菜是我娘親手種出來的，只怕她捨不得。」

沈蒼雪拍了一下他的肩膀，鄭重其事地交代。「正是難辦，所以才交給你啊，擱別人我還不信呢！這事若辦好了，回頭賺了錢分你一半。」

黃茂宣坦誠道：「我不缺錢。」

沈蒼雪心想，可是自己缺啊，再不掙錢就餓死了，她已經「餓」死過一次，可不能再餓死第二次！

黃茂宣的話讓沈蒼雪心塞了一會兒，然而她天性樂觀，復又眉飛色舞地道：「話不是這麼說的，你如今有錢那是家裡給你的，並非你憑本事賺到手。若是咱倆合作，你出物資、我出手藝，那就是強強聯手，白手起家了。」

大概是她的神態自信，說出口的話也格外讓人信服，黃茂宣點了點頭。

沈蒼雪又問：「你爹的事業是白手起家得來的嗎？」

黃茂宣搖了搖頭，他爹當然是繼承了祖父的事業，哪裡是白手起家？

「那就更好了，從今往後你可比你爹要強上幾分。」

這……真的嗎？黃茂宣眼中閃爍著光芒，比他爹還厲害？

沈蒼雪循循善誘道：「等你不靠家裡就能自立門戶，屆時你家上下都會對你刮目相看，你爹娘會以你為榮，連你兄長都要彎腰叫你一聲『大哥』，再沒有人說你整日無所事事，只會敗家了。」

「……以我為榮？」

「對！」

「叫我大哥？」

「可不是？」

黃茂宣攥緊拳頭，他哪裡聽過這樣教人激動難耐的話，一下子便熱血沸騰了。他要讓爹娘以他為榮，要讓他兄長知道他的厲害！

沈蒼雪再次畫餅。「人生在世總得有些目標，否則跟死了有什麼兩樣？等這生意做成了，往後的單子只會越來越大，有今日的恩情在，到時你便是我的二把手，躺著都能掙到錢。這是因為咱倆交情不差，我才頭一個想到讓你入股，怎麼樣，這生意做不做？」

「做！」黃茂宣牙一咬，被說服了。這等好機運，過了這個村就沒這個店了，若不是老大看得起他，想來也不會讓他白占了這個便宜。無論如何，他都得把東西給弄出來，哪怕被他娘打死也要拚一回！

孺子可教，孺子可教！沈蒼雪連連點頭，又鼓舞了幾句，哄得黃茂宣飄飄然忘乎所以，賭咒發誓必定辦成此事。

目送著對方高高興興地離開，沈蒼雪駐足良久，心下輕鬆。正準備回家，誰料一轉身便碰上一個俊朗的少年郎，他的個頭高得讓人仰望，此刻眼色晦澀難辨，似乎在唾棄沈蒼雪——連黃茂宣這樣單純的孩子都騙，良心不會痛嗎？

沈蒼雪挑了挑眉，沒有半點心虛地離開了。

認真說起來，她還是這個少年郎的救命恩人呢。

這幾個月從建州過來的流民頗多，搶劫的歹人也不少，當日沈蒼雪在林子裡見他昏倒在地，從他身上搜到了路引，一看家世清白，便覺得他是逃荒後被人搶劫的建州人士。

她沒錢救人，但也不能眼睜睜看著他血流而亡，於是大發善心將他拖到了里正家附近，是生是死，端看他的造化。

本以為里正一家會出手，結果過了半日，卻只等來下塘村的夏駝子途經此處將人撿走。幾日後傳來消息，說此人姓夏名嶺，竟是夏駝子失散多年的親兒子，姓名、年齡、經歷與丟失地點一一相符，甚至胎記都能對上。

夏駝子不僅背有點駝，還因早年間弄丟兒子而急壞了腦子，里正不願跟憨傻之人講道理，且夏嶺有路引，是個清白人，又自訴是在逃荒過程中被歹人所害，家僕四散、財產被搶劫一空，幸而遇見了生父，里正私心想找個人給夏駝子養老，便睜一隻眼、閉一隻眼，讓他留在村中。

雖然沈蒼雪很希望他們父子有幸團聚，但是……老實憨厚的夏駝子跟龍章鳳姿、一身倨傲的夏嶺，委實不像是親父子。

不過人家的事沈蒼雪管不著，她自己家都還是一團亂麻呢。

沈蒼雪走得匆忙，不知身後那人盯著她的背影打量許久。

一路疾行，沈蒼雪剛進了自家院子，一雙龍鳳胎好似長了X光眼一般，還沒等她開口便先從裡面打開了門，一見提著籃子的沈蒼雪，便急急忙忙地擁上去。

沈淮陽興沖沖地道：「阿姊，我今天在附近撿到不少柴火喔！」

一旁的沈臘月小聲道：「還有我，我把家裡的地都掃完了。」

兩個小孩如出一轍的弱小，不過單看五官，依舊能瞧出從前的好模樣。

「好，都做得不錯，去外頭玩吧，阿姊給你們做飯吃。」

沈蒼雪摸了摸兄妹倆的頭，雖然貧窮，但是家庭氛圍還是要維持歡樂。

她很想讓弟弟妹妹活潑一點，但是他們才失去父母不久，又在逃荒的路上吃盡了苦頭，如今正缺乏安全感，唯有留在沈蒼雪身邊才能安神。

他們黏著沈蒼雪，沈蒼雪也依他們，開始料理她手上這把挑好的野菜。

沈蒼雪本不是這個世界的人。

她上輩子父母緣淺，兩人離婚之後她被丟給了爺爺扶養。爺爺一生醉心於廚藝，發現她有天賦之後，便專心致志地培養她。沈蒼雪也喜歡做菜，但是她更喜歡無拘無束的生活，而不是被關在廚房，日以繼夜地磨練刀工跟廚藝。

十九歲那年，她終於摘得「廚王」桂冠，成為年紀最輕的獲勝者，可爺爺卻因病去世了。

沈蒼雪不知道自己怎麼穿越到了大魏朝，她似乎只睡了一覺便過來了。

原主與她同名同姓，同樣父母緣淺。

沈家一家五口原住在建州武夷山東南山腳處，父親是大夫，母親是繡娘，一家人雖不富裕，倒也過得平安順遂。只是一年前家中突遭山火席捲，父母被橫梁砸死，留下因外出而幸免於難的「沈蒼雪」，還有一雙六歲的龍鳳胎弟妹。

屋漏偏逢連夜雨，「沈蒼雪」還沒料理完父母的喪事，建州一帶便遭遇百年未有的旱災，莊稼地顆粒無收，山上的樹木枯死無數，富裕人家也需咬牙度日，窮人家更得賣兒賣女才能保命。

勉強撐了數個月，「沈蒼雪」不得不另尋他法，她扮作男兒，帶著一雙弟妹沿路乞討，投奔早年間做了臨安城下塘村上門女婿的伯父沈皓。

路上，「沈蒼雪」為了給弟弟妹妹省一口吃的，生生將自己餓死，這才有了從異世界來的沈蒼雪。沈蒼雪穿過來後也曾思考原主去了哪裡，雖沒有定論，但她總覺得，原來的「沈蒼雪」應當是去了她的世界。

她既來了，便得替原主照顧好這一雙弟弟妹妹，只是他們兄妹三人運氣實在不佳，待他們歷經千辛萬苦抵達下塘村，經過一番打聽後找到伯父時，恰好趕上他病危，吊著最後一口氣。

臨死前得知弟弟沈皙的死訊，沈皓悲痛欲絕，卻又記掛著沈蒼雪三人而硬撐著，交代兒子張有承照顧好自己的姪兒與姪女們，方才嚥氣。

然而沈皓畢竟是上門女婿，張家小輩與沈家素來不親，沈蒼雪如今不過十四歲，一雙龍鳳胎也才七歲，留在張家實在是累贅，且沈蒼雪兄妹三人父母雙亡，瞧著不像是有福之人。

一番商議後，張有承尋了里正，說服里正接納沈蒼雪兄妹三人待在下塘村，又為他們尋了一處荒廢的老宅住下，隨後丟下一個月的米糧，從此不再多管。

雖然張有承一家瞧著似乎絕情，但是沈蒼雪卻感激涕零，若非他們出手，自己兄妹三人哪能順利在下塘村落腳？

只是一個月的糧食實在有限，眼下東西已經吃光了，若不想法子，回頭還是要乞討。沈蒼雪為此在村裡轉悠了許久，這才盯上了下塘村地主黃家的菜。

這年頭可沒多少人在家種菜，尤其還是照顧得這麼好的菜，她從前跟著爺爺學過做鹹菜，手藝堪稱一絕，於是才有了今日會見黃茂宣那一齣。

接近黃昏時，黃茂宣抹著眼淚跑過來了，順道帶了兩口罈子、一包食鹽，外加好大一籃雪菜。

原本沈蒼雪以為黃家會毫無原則地寵溺小兒子，但她顯然錯了，黃茂宣在家鬧了一場，如今臉上還頂著兩個掌印，一邊一個，極對稱，模樣實在委屈巴巴。

黃夫人大概是不想跟傻兒子計較，又實在嚥不下這口氣，才有了這兩巴掌。

只見黃茂宣哭哭啼啼地把東西交給沈蒼雪，再度確認道：「蒼雪，咱們真能出人頭地嗎？」

沈蒼雪寶貝地打量了一眼自己的物資，復又抬頭堅定道：「放心吧，跟著我錯不了的！」

黃茂宣點了點頭，信了。

沈蒼雪沒想到黃茂宣犧牲這麼大，看著他白胖臉上醒目的掌印，沈蒼雪難得心虛了，真切許諾道：「等咱們賺了錢，便吃香的、喝辣的，想要什麼應有盡有。」

黃茂宣樂出了鼻涕泡——老大果然夠義氣，他這頓打沒白挨！

給了東西，黃茂宣原想幫幫忙，結果發現只要沈蒼雪一人就夠了，多他一個反而幫倒忙。

沈家的屋子簡陋，卻收拾得極為整潔。雪菜摘掉老葉清洗乾淨之後，便被整整齊齊地碼上了晾衣繩，看著頗為壯觀。

黃茂宣本以為今日就能醃菜，卻被告知還要等一天才行。他遺憾地嘆了兩聲，在沈家賴著跟沈淮陽玩了許久——也只有沈淮陽陪他玩，沈臘月生性羞怯，一直躲在沈蒼雪身後，連話都不敢說。

直到沈家準備做飯了，黃茂宣不好意思讓他們多做自己那一份，趕忙離開。

進了家門後，黃茂宣後知後覺地捂起了臉，扭扭捏捏地在門檻邊待著，遲遲不肯進去。黃夫人白麗華從裡間出來，正好瞧見他這不中用的模樣，一時火上心頭，揚著聲音問：「捨得回來了?!」

黃茂宣胖胖的身子頓時一抖。

「吃裡扒外的蠢貨，拿著家裡的好東西白白便宜外人，到時候被賣了還要替別人數錢！」

「不會的，蒼雪說我是大富大貴的命。」

白麗華氣笑了，覺得自己那兩巴掌還是打得太輕，嘲諷道：「夢裡的大富大貴！」真要是大富大貴，那也是沾了家裡的光，而不是那個黃毛丫頭。白麗華料定了人家只是要她這傻兒子，那黃毛丫頭才多大，能有什麼秘方？

殊不知，沒幾日時間，沈蒼雪已經將菜醃得差不多了，用的確實是秘方——上輩子學來的。

大魏民間所食鹹菜種類甚少，大多是用蘿蔔、黃瓜醃製而成，味道以酸味為主，而非後世的鹹辣。究其根本不難理解，蔬菜難得，鹽價又昂貴，尋常人家壓根兒吃不起，自然也沒有多少人會做。

醃鹹菜雖是小道，可若想入味，也需費一番工夫。沈蒼雪全程沒讓別人碰，每個步驟都是慎之又慎，她只有這麼一次機會，若不能做好，下回想要黃家的菜那是不可能了。

醃好的鹹菜滋味鹹香、風味濃郁，不過這樣還不夠，沈蒼雪又等了幾天，直到開罈後見雪菜呈青黃色，嚐了嚐味道覺得差不多了，方收拾整齊，抱起陶罐準備去城裡碰一碰運氣。

在村裡賣那是癡人說夢，這地方可沒人吃得消這一罈鹹菜，可若是賣得便宜了，沈蒼雪又覺得虧。她既欠著別人成本的錢，又要養活這一雙瘦得跟豆芽似的弟弟妹妹，就只能去城裡試試水，看看有無機緣了。

沈淮陽也想跟著出門，沈蒼雪卻沒聽他的，只交代說：「你留在家中照看著妹妹，我將這鹹菜賣完了便回來。」

「要多久？」

「很快。」沈蒼雪信心十足。

沈淮陽有點擔心地說：「阿姊，咱們人生地不熟的，賣得出去嗎？」

「能，你要相信阿姊的手藝。」

沈蒼雪擦乾淨了臉，這便出了門。

三月初一，諸事大吉。她這一路上雄心壯志，然而鄉下的路委實難走，沒多久她那旺盛的信心就被磨了大半。哪怕沈蒼雪有先見之明早早地出門，想著早起好趕路，可走了三刻鐘之後，便開始吃不消了。離開前在家打理得乾乾淨淨，如今也被路上的塵土給吹得灰頭土臉，要多狼狽就有多狼狽。

沈蒼雪抹了一把汗，正想著到底該怎麼辦的時候，忽然耳朵一動，聽見身後有動靜——有車?!

她迅速回頭，見是張有承家的牛車，上面滿滿地擠了一車人。

竟然是張有承……沈蒼雪沈默了，她要是開口招車，這個八竿子打不著的表兄會不會找她要錢？

張有承停下車，看了沈蒼雪一眼。他是嫌棄她不假，但是碰都碰見了，不讓她坐個便車也不像話。

「上來，捎妳一路。」張有承冷淡道。

沈蒼雪撓了撓臉頰，知道人家嫌棄，便有些不好意思地說：「我今日出門急，沒帶錢。」

這可真是張口胡謅了，她家裡壓根兒沒錢，窮得叮噹響。

車上有個嬸子道：「小孩子家家的，別想那麼多，妳表兄拉妳不要錢的，快上來坐吧。」說完便拉著沈蒼雪上了牛車。

上去之後，沈蒼雪才發現那位夏嶺也在。

牛車上太擠，沈蒼雪只能窩在角落，抬頭就看得到夏嶺。這麼近距離一瞧，這人模樣真是出挑，劍眉星目、一身正氣，就衝這長相，也不像是個壞人。關鍵是體格好，若真能留在這裡幹些粗活，相信夏駝子可以省不少事。

第二章　誤打誤撞

沈蒼雪在端詳人家的時候，夏嶺——聞西陵也在打量她。

準確來說是打量她脖子上的一圈紅線，上面似乎掛著東西，只是藏在衣領下，看不分明。

瞧了兩眼，聞西陵才發現她手上抱著一個陶罐，不用想他也知道這裡面是什麼，上回碰到黃茂宣，對方臉上的巴掌印還沒消呢。

忽悠乖小孩，可真有本事！聞西陵輕扯唇角，移開目光。

聞西陵心知肚明所以不吭聲，當然也有好奇的人忍不住問沈蒼雪這陶罐裡面裝的是什麼。

沈蒼雪只說是自己做了些東西，準備拿到城裡面去賣。

眾人聽罷便沒再問。沈家兄妹三人的情況他們是知道的，窮得家徒四壁，能做出什麼好東西？問多了反而讓人難堪。

坐上牛車，進城的速度便快上許多了，若是靠沈蒼雪那一雙小細腿，還不知道什麼時候才能抵達。

眾人特地進城必然有事，只是他們再急也得先顧及弱小。雖說沈蒼雪如今十四歲了，但她實在瘦弱，身量還比不過一般十二、三歲的姑娘，大夥兒下意識地顧著她，先將她送到了酒樓外。

張有承不知怎麼想的，下了牛車仍跟在沈蒼雪後頭；夏駝子也讓兒子去見見世面。聞西陵不大想去，奈何夏駝子執意讓他跟著，他只好也下了車。

沈蒼雪在酒樓門口簡單說明來意，三個人由小二帶著去見了掌櫃。

掌櫃一眼掃過三人，態度漫不經心，聽完沈蒼雪一陣吹噓之後，他依舊連眼皮都沒抬一下，顯然不信她一個黃毛丫頭手上能有什麼好東西，只是見沈蒼雪背後還站著兩個男子，便意思意思地問了一句價格。

沈蒼雪小聲報出了價格，掌櫃的臉一垮，後頭的張有承也心裡一突，大氣都不敢喘一下，生怕自己也招了罵。

天不遂人願，他還是挨罵了。

沒多久，沈蒼雪被攆出來，連帶著張有承跟聞西陵都沒落得好，被人趕鴨子似的轟出了門。

首戰失利，沈蒼雪抱著陶罐憐惜不已，暗嘆這年頭識貨的人真是太少了，她這算是懷才不遇嗎？

受了這樣的白眼，張有承也有氣，責怪沈蒼雪不懂事、瞎胡鬧，剛出了酒樓便不吐不快。「妳就不能降個價？」

沈蒼雪一臉凝重地搖頭道：「再降就沒賺頭了。」

張有承蹙起了眉，神情複雜。

沈蒼雪也頭疼，她知道這兩個人過來是為了給她撐場面的，免得旁人欺她弱小，但她固執得很，覺得自己的手藝就值這個價格，若掌櫃真心想買，還能再降一降；仍嫌貴，就再教他幾個菜譜。可那掌櫃只聽她報價就跳腳了，可見並非真的想買她的東西，若是真心，好歹會嚐一嚐。

無論如何，沈蒼雪一定要做成這鹹菜生意，於是她說道：「表兄若是有事，就先去忙吧，我再去別家酒樓跟飯館碰碰運氣，總會遇上買家的。」

見沈蒼雪執意如此，張有承也隨她去，不用跟著，他還樂得自在呢。

沈蒼雪跟兩人道別後，抱著陶罐離開了。

留下的張有承尚在責怪沈蒼雪。「這麼貴還不肯降價，人家開門做生意哪裡能吃這個虧？她倒好，人不大，心氣卻不小，我看她會到什麼猴年馬月才能把那些鹹菜給賣了！」

聞西陵順嘴接道：「很貴嗎？」

張有承樂了，笑道：「若不算貴，你去買？」

聞西陵差點脫口說出「區區幾塊碎銀罷了」，可話剛到嘴邊，一想到自己如今還靠別人養活，就猛地閉上了嘴。

平生沒缺過錢的聞西陵，頭一次嚐到了憋屈的滋味。

沈蒼雪這邊進展仍舊不順，她孤身一人，又看起來落魄，壓根兒沒有人搭理。

酒樓裡頭也是個名利場，向來都是先敬羅衣後敬人的，沈蒼雪只這一身漿洗得發白的衣裳就已經輸了。有些耐性的，肯聽著她吹完，但是一聽價格便覺得她是在找碴；沒有耐性的，看她一眼便要趕人了。

這已經是沈蒼雪第七次被趕了出來。

上輩子年少成名，哪曾受過這樣的委屈？她累極了，最後尋找了一處僻靜的地方，停在一家後門外頭歇歇腳。

還沒歇夠，只聽「吱呀」一聲，厚重的紅木門從裡打開，走出了一位十八、九歲的年輕姑娘，她一邊走一邊跟身後的人說話。「哪能得閒呢，這是出去給老夫人買開胃的梅子，都是些跑腿的活。」

才剛說完，她便見到沈蒼雪蹲在自己腳邊，嚇了一跳，趕緊揮了揮帕子趕人。「哪兒來的小乞丐？去去去，別在後門擋著！」

沈蒼雪打量了一下對方，又看了看門楣——好傢伙，這麼漂亮的門竟然是後門，那正門會光鮮成什麼樣？再看這位姑娘，生得白白胖胖，頗有福相，聽她方才之言，應當是個丫鬟，還是這家老夫人手底下的丫鬟。

貴人哪！沈蒼雪靈機一動，起身抱著陶罐上前。「姊姊，我不是乞丐，我是過來賣好東西的。」

杜鵑這才仔細瞧起身前這個女孩，原先一眼掃過去只覺得寒磣，但是細看才發現對方瓊鼻皓齒、未語先笑，眉如遠山含黛、眼似桃花多情，說不出的風流靈巧，只可惜皮肉太粗糙，應當是苦日子熬過來的，白費了這樣精緻的五官。

她嗤嗤一笑。「小孩子家家的，能賣什麼好東西？」

沈蒼雪將陶罐奉上，使出她一貫的話術。「姊姊有所不知，我今日賣的正是這陶罐裡頭的鹹菜，用的是家裡傳承幾百年的老秘方，旁人想嚐還沒這個福分呢。我是看姊姊住在這高門大戶裡頭，平日想是大魚大肉慣了，最需要這等解膩的小菜。哪一日若想吃得淡些，撿些鹹菜入口，鹹香爽口、餘味悠長，配上粥、麵亦是上等佳餚。」

說完，沈蒼雪就將蓋子打開。

杜鵑伸頭一瞧，見裡頭的菜已經被醃得色澤晶瑩，光聞味道就想配一口粥喝下去了。她想到自家老夫人的胃口，心下一動，不過面上卻還端著，問道：「妳這是雪菜吧？」

「姊姊好眼力！正是雪菜醃成的，外頭都沒有這樣的好東西呢！」

沈蒼雪說著，便慶幸自己出門前帶了雙筷子，如今正好能挾一些遞給杜鵑。

杜鵑也沒嫌棄，細細品嚐之後，頓時挑起眉頭。這小丫頭倒是沒說假話，鹹菜味道的確出彩，鮮得教人食指大動，她活這麼大，還沒嚐過這樣入味的小菜。

她今日出門本來就是為了買開胃小點，現在東西自動送上門了，焉知不是她的運道？她自問什麼都不差，可就是沒辦法在主家往上爬。

杜鵑收起了帕子，又問：「這鹹菜怎麼賣？」

沈蒼雪比了一根指頭。

「十文錢？」

沈蒼雪乘機抬價道：「一兩銀子。」

杜鵑瞪大雙目，難以置信地說：「妳怎麼不去搶？」

沈蒼雪義正詞嚴道：「姊姊也是敞亮人，怎地看不出這鹹菜的價值？物以稀為貴，便是原本一文不值的東西，倘若世所罕見，那也是價值連城，況且這是家傳的秘方，味道您也嚐過了，好不好姊姊心裡自有一桿秤，若真覺得不好，也不會問價格了。」

杜鵑靜靜聽著，沒反駁。

沈蒼雪自信滿滿地繼續推銷。「這鹹菜的好，姊姊還得買回去試過才知。乾吃太寡淡，若夾著饅頭，或泡飯、蒸魚，或加在骨頭湯裡煨湯，風味只多不少，又香又開胃。大魚大肉再好，也須這點小菜裝飾，有道是：『縱有珍餚供滿眼，每餐味需卻酸鹹』，可不就是這個道理？」

她說得頭頭是道，還吟了兩句詩，實在不像是尋常小丫頭。杜鵑已然心動，她摸了摸後腰，今日只帶五百錢，這已算是一筆巨款了，原想買別的，但看來別的都比不上這個好，便道：「這樣吧，我先買一半。」

一半？一半也行啊，好歹有進帳了。沈蒼雪笑吟吟地跟著杜鵑進了宅子，準備去廚房尋個罐子分裝。

眼下方府的廚房實在不平靜，卓管事對著三個廚子一頓挑剔，看著他們做的東西，嫌棄得眼睛都疼。「說了多少遍了，老夫人沒胃口，吃不了這些，你們怎麼就不知道變通想想別的招？老爺都急瘋了，再不讓老夫人開口吃飯，回頭咱們誰也別想保住飯碗！」

一進廚房，杜鵑就後悔了，她怎麼這麼倒楣，剛好趕上她爹挨罵？

杜海剛應付完卓管事，回頭看到自家丫頭正乾瞪眼站在那兒，要進不進、要退不退的，一時惱怒，聲音也大了些。「讓妳出去買梅子，怎麼又跑回來了?!」

就算給杜鵑十個膽子，她也不敢當著卓管事跟她爹的面耍滑頭，趕忙道：「雖未買到梅子，卻買到了開胃的小菜，味道不錯，想著老夫人應當喜歡，便趕緊帶回來了。」

她忙將沈蒼雪給推了出來。「正是這位姑娘做的小菜。」

一時之間，廚房裡所有人的目光都落到沈蒼雪身上。

沈蒼雪半點不見窘迫無措，反而揚起笑臉，絲毫不露怯。

卓管事看她這落落大方的模樣，心頭的火先消了一小半。只是這姑娘看著年紀也不大，能有什麼好東西？他示意杜鵑趕緊說清楚，別賣關子。

杜鵑道：「您別不信，這事是真的，那雪菜用的可是傳了幾百年的秘方。方才我在外頭已嚐過，別提多開胃了，只是……價格有些貴，故而只買了一半。」

卓管事不悅地說：「這點錢算什麼，若能讓老夫人開胃，再添幾倍也使得！」

沈蒼雪一雙眼驟亮。好闊綽的富貴人家！老黃曆說得沒錯，今日果然諸事大吉。

她挺身道：「您放心，這方子是我們沈家的不傳之秘，吃過的都說好，且吃法還多樣。若簡單些可配粥吃，若複雜些，入菜也不錯。只是不知貴府老夫人現在是什麼情況，您不妨說說，我看看給她做什麼菜才好。」

杜海聽著都樂了，說道：「妳還知道做菜？」

沈蒼雪回道：「略通一二。」

她太有自信了，自信到杜海不知道該如何嘲諷她。丁點大的孩子，怎麼敢在他們幾個廚子面前班門弄斧，她難道不羞嗎？

還是杜鵑嚐過味道，對沈蒼雪的手藝有幾分信任，在旁邊道：「我們家老夫人年前生了大病，吃了兩個月的藥才斷了，又聽大夫的話，清湯寡水地將養了一個多月。後頭不知怎的沒了胃口，山珍海味一概不吃，人也越發消瘦起來，我們府裡人不知用了多少法子，老夫人卻仍是沒半點食慾。」

說起來確實讓人憂心，如今老夫人雖然每餐能吃上一、兩口，可那也是硬塞下去的，長此以往，只怕人要撐不住了。

沈蒼雪聽得瞪大了眼。

吃了這麼久的清湯寡水，猛然間又大魚大肉、山珍海味，當然受不了。依她看啊，這家老夫人的病不難解決，多半是家裡的飯菜不夠開胃。

既然如此，也不必用粥了，直接做一碗麵就成。她向卓管事請示，能否讓自己出手做一碗麵條。

見眾人遲疑，沈蒼雪坦然道：「我也存了私心，若做得不好，諸位嚐過之後自然可以拒絕；若做得好，入了貴府老夫人的眼，於我、於諸位都有好處，這生意還能再往下做。」

沈蒼雪是個實誠人，她如今毛遂自薦，也是利益驅之。

杜鵑擔心老夫人再這樣下去，她爹遲早飯碗不保，也跟著搭腔。「卓管事，您就讓她試試吧。」

都到這個時候了，只能死馬當活馬醫，卓管事有了決斷，說道：「妳且試試。」

沈蒼雪洗乾淨了手，站到灶臺前。

家裡的廚房太舊，沒個像樣的灶臺，她已經許久沒有挽起袖子正經做飯了，現在站在灶臺前，竟然還有點想念。上輩子被逼著做菜，這輩子料理手藝竟然成了她的立足之本，當真是造化弄人。

方府不愧是富貴人家，灶臺上竟然還有一口大鐵鍋。如今外頭可不是誰家都養得起一口鐵鍋，鐵器太貴了，油、鹽更貴，家境貧寒的連吃飽穿暖都是問題，更別說吃炒菜這等奢侈的玩意兒了。不過有鐵鍋，倒是省了她不少事。
沈蒼雪取出雪菜，備好其他肉、菜，又要來麵粉備用。
鹹菜跟肉都是簡單切好了事，唯獨蔥、薑、蒜被切出了花樣，眾人只見菜刀在沈蒼雪手中揮出殘影，每一下都乾淨俐落，須臾之間，砧板上那些東西全成了大小均勻的碎末。
眾人倒抽了一口涼氣。
這刀工穩當又靈活，震懾住了大家，就連杜海都懵了，心想這姑娘還真有幾分本事。
鐵鍋燒熱，蔥、薑、蒜先炒香，味道稍溢出來後便立刻加入肉絲，而後以雪菜入味，加上黃酒、花椒煸炒提鮮。原本沈蒼雪是想放辣椒的，只是目前大魏並無辣椒，只能借一點花椒的辛辣味了。
沈蒼雪心無旁騖，她這一手煸炒的火候拿捏得恰到好處，浸入花椒的辛辣味後，香味立刻飄散出去，霸道得很。
在場的人不自覺地嚥了一口口水。
杜海暗暗學技，這才知道原來鹹菜也能炒著吃，還可以這樣香。
配菜炒好，便得煮麵了。
麵團揉好後，只見沈蒼雪扯出一團來，也不費多少力氣，那塊麵團就在她手裡被拉成無數粗細均勻的麵條。她拉麵的勁道控制得剛中帶柔，姿態瞧著漫不經心、隨意得很，卻又像炫技一樣，讓人挪不開眼。

沒多久，麵條入鍋，添了兩回生水後撈進碗裡，倒上先前炒出來的澆頭，一碗湯底金黃、配著蔥花點綴、熱騰騰的雪菜麵便完成了，空氣中飄散著讓人口舌生津的香氣。

沈蒼雪轉過頭問他們。「諸位可要先嚐嚐？」

看得呆掉的卓管事如夢初醒，才伸手接過一碗麵，外頭忽然跑來一人，急匆匆地叫著卓管事。

卓管事忙問道：「這是怎麼了？」

「老夫人說肚子痛，但不肯吃東西，老爺正急得發火呢，您快去瞧瞧！」

卓管事臉上瞬間愁雲密布，但低下頭看到自己手裡捧著的這碗麵，頓時豁然開朗，有了主意。

東西都做好了，索性就試試唄。他朝杜鵑道：「妳隨我來。」

杜鵑不禁歡天喜地，知道自己賭對了。

卓管事復又回頭，交代沈蒼雪一句「姑娘先在這兒等著」，便領著杜鵑去了前廳。

他們走得匆忙，沈蒼雪也不急，守在廚房裡等消息。

灶臺上還有些饅頭，沈蒼雪早上沒飯吃，餓得很，問過杜海後，杜海就招呼她多吃些。

卓管事跟杜鵑兩人腳步很快，沒多久便到了前廳。

裡頭亂成了一團，方府老爺方如山孝順，他擔憂自己母親的身體，急得像熱鍋上的螞蟻。見卓管事捧著一碗麵來，他眉頭一擰，唉聲嘆氣道：「這會兒只怕端龍肝鳳髓來都不管用了。」

卓管事卻道：「老爺，這回的麵是杜鵑從外頭請來的廚子做的，不妨讓老夫人試試？」

方如山看了看卓管家，又瞧了瞧那碗麵，搖了幾次頭，不過最終還是答應一試。

第三章　天降好運

眾人端著麵進了裡屋。

方老夫人這是憋著一口氣，她想吃東西，奈何沒胃口，不管嚐什麼都差點感覺。然而等到卓管事把這碗麵端到跟前，她嗅到那鹹香中帶著一股若有似無的辛辣味時，許久未動的食慾竟然上升了些許。

「這麵聞著倒是香，似乎不是自家人做的。」方老夫人忽然道。

卓管事只差沒跪著遞筷子了，忙道：「是外頭廚子做的，老夫人不妨先嚐嚐，這裡頭的鹹菜也是好不容易才買來的，老夫人若是覺得香，便是它的福氣了。」

方老夫人終於有了笑容。「你們有心了。」

說完，她接過了筷子。

剛嚐一口，方老夫人便眼睛一亮。這碗麵同她以往吃過的都不同，麵條爽滑有勁道，湯底滋味濃郁，鹹香辣味刺激著味蕾，教人停不下來。

最難得的是這廚子的手藝，一切拿捏得恰到好處，譬如這湯底，多一分則鹹、少一分則淡，做到了這種程度，鮮味才能更加突出。

方老夫人也不說什麼沒胃口、不想吃了，如今她一個字都說不出來，只顧著埋頭吃麵。

其實方老夫人的身子早就好了，就是胃口一直沒改善，所以才生生將自己給餓瘦。今日被這一碗麵給激出了食慾，想來再也不必擔心胃口不佳了。

她吃得太香，引得旁邊的方如山也目不轉睛地盯著，甚至不自禁地嚥了一口口水，直到方老夫人吃了一半之後，他才大喜過望。

好啊，他母親的胃口回來了！

方如山擦了擦眼角的淚水說：「你們打哪兒請來的廚子？」

杜鵑忙道：「是奴婢出門買梅子時碰上的，她年歲小，奴婢原當她是騙子，不過見她言之有物，還是將人請了進來。」

「不錯，有才不在年高，妳這丫頭到底有幾分機靈。」

得到自家老爺的稱讚，杜鵑喜不自禁。

她的好運終於來了！想她什麼都不差，卻一直當三等丫鬟，平日幹的也多是跑腿的活，這回過後她總算能出人頭地了。那小丫頭真是自己的福星，若沒有她，自己怎麼會有今日的風光？

方老夫人吃得下東西，全府上下自然皆大歡喜。

沈蒼雪很快就等來了回音，同這回音一道過來的，還有一筆不小的報酬。望著眼前白花花的碎銀子，她狠狠掐了大腿一把。

這府上的人果然是她的貴人，「天降橫財」的貴！

卓管事跟杜鵑看她也是貴人，「救苦救難」的貴！

沈蒼雪捧著碎銀子，樂得不得了。她方才說家裡還有個一陶罐多的鹹菜，人家便二話不說掏出二兩銀子買了她的東西，先前杜鵑應承的五百文錢也算在裡頭，剩下的碎銀則是今日的賞賜。

掂量了一番，沈蒼雪算出約莫有六、七兩銀子，這可是筆巨款。如今一兩銀子一貫錢，七兩便是七貫錢，等於七千文錢。臨安城裡尋常百姓之家一日所掙不過一百文錢，她今天露這一手便賺了這麼多，絕對值。

沈蒼雪還沒樂完，便聽卓管事道：「姑娘往後若還有雪菜，我們府裡全包了，還有一件事，姑娘可否再多做兩回今日的麵，讓府裡廚子跟著學學？我們老夫人就愛這個味道，方才還讚不絕口來著。若是姑娘肯留在府中，那自然更好，一應待遇好說。」

卓管事話才說完，沈蒼雪便感覺三位廚子看她的目光變了，略帶提防。

她無奈一笑，同卓管事道：「我不過一鄉野小民，平日散漫粗俗，難登大雅之堂，哪裡能來貴府做工？還是先將方子教給幾位廚子吧。」

杜海等人全鬆了口氣，心道這小姑娘識相就好。

沈蒼雪不在意他們的敵視，反正錢已經拿到手了。雪菜麵好做，所耗材料不過這些，讓他們依樣畫葫蘆學就是了。

只不過，看得見的東西她教了，看不見的東西可教不了。同樣的菜，哪怕食材一樣，不同人做的味道也不同。上輩子爺爺說她比別人多了幾分天賦，什麼菜都能做，這可學不來。

沈蒼雪做的那兩份麵被端了出去，不知最後被誰吃了。

完成任務之後，沈蒼雪便準備離開了，臨走前說她過兩日會將家裡剩下的雪菜一併送來。她走的仍舊是那扇後門，不過來時與去時眾人的態度大不相同。

杜鵑客客氣氣地送沈蒼雪到門口，還拉著她的手再三交代。「有空就來尋我，有什麼新鮮的玩意兒也只管交給我就是了，定不會讓妳吃虧的。」

這是她爹讓她講的，說這小姑娘手藝了得，經她之手出來的必定是好東西，與其便宜了別人不如方便自己，只要轉手送去老夫人跟老爺那邊，還能給自己掙個露臉的機會。

沈蒼雪欣然答應，又跟杜鵑打聽起方府的家底。

直到出了後門，沈蒼雪都還在感慨，她是真遇上貴人了，可惜她這樣默默無名的人，暫且沒辦法到貴人跟前說話。

方府是臨安城數一數二的富貴人家，以茶葉生意起家，後來事業大了，各項都有涉獵，不管布疋、珠寶或牲口買賣，都經營得有聲有色，最難得的是，人家還跟府衙的某位人物沾親帶故。有這樣的靠山，方府在生意上的阻礙也少一些。

沈蒼雪羨慕完人家的家底，心思也活泛開了。若來日她也能掙下這樣的家業，那才是真正在這個時代站穩了腳跟，她自信有這個本事。

如今時間尚早，午時還未過，沈蒼雪一心惦記著錢，便去當鋪兌了一貫，將該買的東西都買了，才又叫了一輛牛車啟程返家。

回去的路上沈蒼雪一雙眼睛就沒休息過，嘴巴也沒閒著，把能看的、能打聽的都調查清楚了。

臨安城物價不低，不過若是租房，亦有便宜的，譬如府衙建的「店宅務」，類似後世的社會住宅，房租每月只要兩百文錢。本是惠及民生的好制度，最近幾年卻漸漸脫離朝廷的本意，窮人想租簡直是天方夜譚，沒一點「關係」，府衙壓根兒懶得搭理你。尋常的民間租房，有每月四百文錢的，也有高至幾貫的，端看地段以及房子好壞。

至於商鋪，南城富貴人家多，商鋪價格也高得離譜，北城則相對親民，不過就算是便宜的店鋪，每月也需一貫多的租金。

今日之前，那是沈蒼雪望塵莫及的數字，可現下手裡有錢，她忽然有開鋪子賣吃食的念頭了。

午後，沈蒼雪付了車錢、帶著戰利品，雄赳赳、氣昂昂地打開了家門。「淮陽、臘月，阿姊回來啦！」

回應沈蒼雪的是飛快又急促的腳步聲，兩個小蘿蔔頭打開門奔向沈蒼雪的時候，眼睛都直了，似雛鳥一般抱住沈蒼雪的腿，帶著濃濃的眷戀訴說自己今日在家幹了什麼。

沈蒼雪摸著他們的腦袋，切切實實體會到了養寵物的樂趣。她上輩子活不到二十歲，大部分時間都在做菜，爺爺又古板得很，沒有其他親人讓她傾注感情。這輩子多了兩個弟弟妹妹，光是瞧著他們，沈蒼雪的心就軟了起來。

「來，看阿姊帶了什麼回來。」沈蒼雪卸下竹籃。

沈臘月趴過去一看，驚呼。「肉！」

一個肉字，說得鏗鏘有力。

這讓沈蒼雪沒來由地一陣心酸，他們已經有一年多沒吃上肉了吧？

沈臘月只是歡喜，旁邊的沈淮陽卻有些明白了，問道：「阿姊遇上好主顧了？」

「的確是遇上了貴人，得了不少賞錢。走，我可把灶臺上的東西準備齊全了，今日開葷！」

沈蒼雪說得歡快，不只是兩個小孩饞了，她也饞，饞得要命。

當沈蒼雪在灶臺上做飯的時候，沈淮陽便坐在床上數錢。小傢伙從前也不識銀錢，不過遭逢大難以來，他最愛的就是黃白之物了，可惜他們家很長一段時間沒錢可數。

沈淮陽一邊數錢一邊默默計較——阿姊說，方府給了二兩銀子買鹹菜，又給了些賞錢，總共約七兩。今日兌換了一貫，立刻就花了三百文錢……心痛啊！

思及方才阿姊所言，這賣鹹菜所得的二兩銀子都要給黃家，一兩是說好的分紅，一兩是以後買雪菜的錢。沈淮陽頓時更心痛了，小手摸著碎銀，都快要盤得包漿了。

沈蒼雪尚未注意到自家天真爛漫的弟弟已朝著小氣鬼的方向發展了，端著菜喊了一聲。

「來洗手吃飯了！」

聞言，沈淮陽趕緊將銀錢仔細收好。

這一頓飯，三人吃得心滿意足。

一盤肉端上來，沒多久便被瓜分得一乾二淨。東坡肉軟而不爛、肥而不膩，配著噴香的白米飯，再合適不過了。

沈蒼雪是個大廚，原先的「沈蒼雪」也愛下廚，因此龍鳳胎絲毫不覺得阿姊做飯好吃有什麼奇怪的，反倒吃得挺高興，跟小豬似的，恨不得把頭都埋進碗裡。

可吃完了以後，他們又開始後悔，這麼多肉，本來可以吃好幾頓呢，結果一次全解決了……

沈蒼雪敲了敲碗說：「這點肉心疼什麼？往後咱們賺了錢，天天都能大魚大肉，包准讓你們吃到煩、吃到膩！」

聽到這些話，沈臘月嚥了嚥口水，一臉憧憬；沈淮陽卻覺得，便是再有錢也要開源節流，省著點花。

收拾完了廚房，沈蒼雪就揣著二兩銀子準備去黃家，結果看到灶臺上的一碗鹹菜時，想了想，還是取了些麵粉過來做成鹹菜包子，後來覺得太過單調，索性又做了一些純肉包子，只是數量沒鹹菜包子多。

隔了好一會兒，沈蒼雪才帶著小籃子出門，她怕包子涼了，還蓋上了厚厚的兩層布。

這是沈蒼雪頭一回正大光明地登門黃家。從前她都是躲在黃茂宣身後偷偷摸摸地看，像個賊似的，但是今日不一樣，她腰間可是揣了錢，來的時候格外意氣風發。

黃茂宣正被他娘白麗華數落得耷拉著眉眼，一聽到老大過來找他，激動得臉色都好轉了，一邊跑出去一邊說：「我先去把人領進來！」

白麗華無奈至極，她的傻兒子還沒被坑夠？

片刻過後，黃茂宣便歡歡喜喜地帶著沈蒼雪進來了，兩人都是十四歲，不過黃茂宣比沈蒼雪高了一大截，小小年紀便生得人高馬大，偏偏碰到沈蒼雪的時候狗腿得很，諂媚得教人不敢看。

白麗華正要陰陽怪氣地刺兒子兩句，就見沈蒼雪忽然從腰上掏出兩塊碎銀子，她頓時愣住了，這是什麼意思？

沈蒼雪道：「先前已同茂宣說好，賣鹹菜得的錢咱們一人一半。昨日那兩罐鹹菜已經賣出去了，一兩銀子一罐，這一塊碎銀是分紅。」

白麗華怔了怔，完全沒想到沈蒼雪竟然會這麼乾脆給錢，而且給得還出乎意料的多，一陶罐的鹹菜能賣這麼多錢？這小丫頭怎麼賣出去的？

想了想，白麗華問道：「那這剩下的一兩呢？」

沈蒼雪笑了笑，道：「剩下的想買一些您家的雪菜。有位貴人格外喜歡吃我做的鹹菜，所以往後想多做一些。」

這附近也就黃家種了那麼多的蔬菜，想買當然是找他們。

白麗華心想，這小丫頭還挺懂禮數的嘛，總算知道先給錢了。

不料她那傻兒子立刻嚷嚷開了。「那些菜用不了這麼多錢，妳給這麼多做什麼，快拿回去！」

白麗華一時無語。她家雖然不缺錢，但是她實在看不上自家兒子上趕著的獻媚模樣。

還是沈蒼雪知道人情世故，硬是將那二兩銀子塞給了黃茂宣。

白麗華暗暗點頭，雖然她瞧不上這個小丫頭，但先前的確是她看走眼了。沈蒼雪若是真想騙人，也不會送錢過來。

黃茂宣拿著錢，雙眸迸發出異樣的光彩。

這是「他」掙來的第一筆錢！打今日起，他揚眉吐氣了！原先黃茂宣還擔心沈蒼雪那番出人頭地的言論究竟是真是假，現在捏著銀子，他什麼都不懷疑了。

老大果然是有大志向的，如今黃茂宣一心只想追隨沈蒼雪，他問道：「咱們往後還做鹹菜生意嗎？」

沈蒼雪看了看白麗華，這話引出了她今日的來意，她回道：「我今日想了許多，這鹹菜生意雖簡單，但是到底不穩妥，便是那家貴人愛吃鹹菜，又能吃多少呢？終究不是長遠之計。」

黃茂宣點點頭，深以為然。

「所以我才想做別的營生，我手頭拮据，經營不起大生意，但是咬咬牙，盤一個小小的包子鋪還是可以的。我這兒剛好有幾個方子，做出來的包子味道不差。」

方子？白麗華聽完，心中警鈴大作。

果不其然，她那個不爭氣的兒子立刻見風就是雨了。「妳真有方子？那太好了！不過既然要做生意，就該盤個大一點的鋪子，咱們可是要賺大錢的人，這點小打小鬧算什麼？這二兩銀子妳先拿回去用，我這兒還有十幾年攢下來的壓歲錢，放著不用實屬可惜，過些日子全押到妳的包子鋪好了。」

白麗華捂著胸口，幾乎喘不上氣——這個傻兒子，不能要了！

黃家上下全都知道，他們這位小少爺雖然平日看來有點憨厚，還十分好說話，可一旦下定決心，九頭牛都拉不回來。

上回他打定主意跟著沈蒼雪一塊兒做鹹菜生意的時候便是如此，哪怕挨了自己母親兩巴掌，依舊不改初心，這回亦然。

短短幾句話的工夫，他們兩人已經談得欲罷不能了。半大點人，連臨安城都沒去過幾次，就想著在那裡開店了，甚至還興致勃勃地討論起了店鋪的名字，以及到時究竟要招幾個打雜的才稱手。

白麗華努力使眼色，都沒能打斷她兒子的好興致，無可奈何之下，她只能主動開口當那個掃興的人。

只見白麗華乾咳了幾聲，終於讓這兩個人注意到了她，她這才道：「雖說這主意挺好，可你們畢竟年紀小，身邊又沒有個大人幫忙照看，貿然出去做生意，只怕會竹籃打水一場空。」

沈蒼雪早料到黃夫人會反對，她不是黃茂宣，不會全心全意相信自己，便解釋道：「夫人有這樣的顧慮也在情理之中，只是開包子鋪這件事是我深思熟慮後的決定。方子是真的，我還做了幾個包子帶過來，回頭夫人可以嚐嚐看。

「我自認手藝不差，不輸外頭的老手，旁人做得了生意，我為何做不得？至於年紀一事夫人大可放心，都道窮人家的孩子早當家，我們一路逃荒到下塘村，路上什麼大風大浪沒見過？若沒有點本事，也護不了弟妹周全了。」

聽著這話，白麗華只覺得人與人之間的差距實在太大。她縱然不喜沈蒼雪，也不由得被她說動幾分，若他們家傻兒子也有這樣的城府跟口才，她就不必擔心了。可說一千道一萬，一句年紀小就已經足夠她將他們一竿子打死了，這樣的年紀，能做出什麼好東西來？

白麗華還要開口反對，黃茂宣卻按捺不住了，抱怨似的道：「娘，我們正商量正經事呢，您又不懂，就別插嘴了。」

說完，他還跟沈蒼雪道：「咱們談咱們的，又沒要他們出錢。」

白麗華使勁提著氣，不讓自己當場暈過去。
這是她親兒子……親生的！

第四章　城內置鋪

沈蒼雪遲疑地看了看這對母子，雖然她今日確實有拉贊助的意思，但也不想讓黃茂宣討打啊！待會兒等她離開後，這傢伙該不會被打死吧？

擔心黃茂宣再跟自己談下去、繼續挑釁他娘，真的會被打出好歹，沈蒼雪趕緊止住話，腳底抹油，找個由頭溜走了。

沈蒼雪臨走前，黃茂宣還依依不捨地說：「別忘了正經事，咱們明日就去城裡找鋪子啊……」

才喊完，轉頭就看到他娘陰惻惻地盯著他，目光不善。

黃茂宣有些呆，傻乎乎地問：「娘，您生氣了嗎？」

白麗華冷冷地挑眉道：「還能看出為娘生氣了，我兒果然有長進了。」

黃茂宣樂呵呵地道：「跟著蒼雪，自然有長進了。」

白麗華放棄了斥責兒子這條路，只道：「罷了罷了，我管不住你，等你爹回來之後知道這件事，看他如何教訓你！」

說罷，白麗華便摔了簾子回房，認定丈夫不會放任這個小兒子胡鬧。

黃東河回得遲，到家時都快要吃晚飯了。沈蒼雪留下來的籃子，黃茂宣之前先掀開瞧了一眼，味道香得他差點被釘在原地。他搞不懂，一樣都是包子，怎麼沈蒼雪做出來的比外頭賣的香這麼多？

黃茂宣到底沒傻到那個分上，要是平常，他早就把那些包子一掃而空，今日卻生生忍住了。

等他爹回來後，黃茂宣還頗有心機地差人將包子拿進廚房稍稍用蒸籠熏了一下，趁熱端出來。

黃東河聞著味道尋過來，見到那盤白白胖胖的包子時眼睛一亮，笑著問：「哪裡買的包子，竟這麼香？」

聞言，黃茂宣也不多說什麼，只邀請他爹過來吃，等他爹嚐到味道之後，才說明自己要跟沈蒼雪做生意的事。他心裡清楚，自家作主的人到底還是他爹。

等白麗華得知丈夫回來後，才從房間出來。前廳飄著讓人口舌生津的香味，麥香裡挾著肉香，纏纏綿綿，屋子有多大，香味便飄得有多遠。

再定睛一瞧，原是他們爺兒倆坐在一起，一口包子、一口粥，吃得好不快活。

白麗華頓住了腳步，這是沈蒼雪送來的包子？

「夫人來啦？快來看這包子，皮薄餡大，油水汪汪，香而不膩，那肉包咬一口滿嘴生香，鹹菜包子更是絕，別提有多下粥了。」

黃東河滿心誇讚道：「沒想到那沈家大姑娘個頭小小的，卻有這樣厲害的本事，難怪她起了開鋪子的心思。若我是她，有這樣的本領，只怕也會不甘寂寞，要去外頭闖蕩一番。」

見自家丈夫對沈蒼雪好一頓誇，白麗華便知道這回小兒子提的事他是絕對不會反對的。只是她萬萬沒想到，幾個包子而已，就把她丈夫收買了，這對父子真是好大的出息！

白麗華都快氣糊塗了。

黃東河後知後覺地發現妻子臉色不好，趕忙補救道：「夫人要不要來兩個嚐嚐？」

「嚐什麼？」

「包子啊，還有這麼多……」

話還沒說完，黃東河回頭看了盤子一眼，方才驚覺不對，一盤包子已經被他們父子一掃而空，剩下的兩個在他們手中，而且都已經啃到一半了。

白麗華冷笑不止，黃東河也覺得不好意思，只道：「不礙事，回頭鋪子開起來了，想吃多少買多少。」

「你們自個兒吃吧。」白麗華冷漠道，她可不稀罕。

黃茂宣聽出了弦外之音，在那兒歡呼雀躍。

幸好他爹慧眼識珠，同意自己跟著沈蒼雪一塊兒做生意，這還是他爹頭一次對他如此肯定，哪怕起因不是他，也夠讓他滿足了。

白麗華是懶得多費唇舌了，這父子倆都著了沈蒼雪的道，她還能說什麼呢？只盼著她真有能耐，別教他們家這傻兒子虧錢才好。

黃茂宣藏不住話，當天晚上便跑去找沈蒼雪，說是明日他爹會領著他們一塊兒去臨安城看鋪子。如今錢已經不是問題了，黃茂宣從不缺錢，甚至用不著他爹出資，他從小到大攢的銀錢就夠了。不過到底要花多少，還得等看過鋪子、談過之後再下定論。

聽聞黃老爺會幫忙，沈蒼雪鬆了一口氣。

黃老爺身為他們村最大的地主，在臨安城那邊也有些人脈，若能得到他幫襯，生意自然好做許多。

見到黃茂宣帶來這樣的好消息，沈蒼雪高興地又塞了兩個包子給他。

黃茂宣稀罕地啃起了包子，沒多久又撓了撓頭說：「蒼雪，妳做的包子真好吃，連我爹都愛得跟什麼似的，妳怎麼這麼厲害？」

「那是自然，都說了，我可是有方子在手。」

坐在屋子裡看醫書的沈淮陽沒辦法靜心了，豎起一隻耳朵聽著外面的動靜。

阿姊要去外頭盤鋪子做生意本是好事，可沈淮陽忽然意識到，他們家僅存的那幾兩銀子估計很快就會被花得乾乾淨淨。今日阿姊將那二兩銀子帶回來的時候，沈淮陽還在高興黃家大氣，結果沒多久就又花出去了。

這下可好，明日一過，只怕一文錢都沒了，唉……

才七歲的男子漢為了這麼一點銀子，操碎了心。

翌日，龍鳳胎兩個依舊留守在家，沈蒼雪拜託隔壁鄰居幫忙照看些，自己則跟著黃東河父子兩人進了城。

這是沈蒼雪穿越之後頭一回坐上馬車，現今養得起馬的人少得可憐，放眼附近幾個村也就只有黃家養著一匹，黃東河每回出門都會坐馬車，別提有多氣派了，今日也算是沈蒼雪沾了光。

路上，黃東河細細地與沈蒼雪交談許久，越聊越心驚。眼前這個出身不顯的小姑娘真是不得了，談吐比他這個年逾四十的人還要老練，見人說人話、見鬼說鬼話的功夫也拿捏得極好，對比起來，他家小兒子就格外「單蠢」。

黃東河原本是為了兒子著想才出手，如今不得不打起十二萬分的精神，心想將事情做好，回頭說不定能給小兒子留一份機緣。

有他領頭，不過花了一個上午的時間，便定好了鋪子的位置。沈蒼雪本來看中的是一家不起眼的小鋪子，不過黃東河瞧不上，最後選了一家氣派些的。

沈蒼雪仔細瞧過了，這間鋪子在胡同外，雖然不新，但位在人潮匯集處，生意好做。鋪子夠寬敞，裡頭有兩間小鋪面，後頭還有三個帶廚房的小院子，跟鋪面連在一塊兒，家具齊全，進出也方便。院子裡有房間，他們便不用再租別的宅子落腳了。

雙方談到價格時，沈蒼雪背後的汗毛都豎起來了。她為自己做好心理建設，這樣的鋪子價格自然高昂，大不了打持久戰，一定挺得過去。

幸運的是，鋪子的主人與黃東河是舊相識，見黃東河開口，還給了自己一些甜頭，便同意他們以每月兩貫的價格盤下來。

兩貫……沒有高得離譜。沈蒼雪提到嗓子眼的心又放了下來。

呼！跟著黃老爺，準沒錯。

這期間都沒有沈蒼雪發揮的餘地，書契簽的是一年，她付完訂金後，盤算著自己的剩款，有些難以啟齒。

黃東河似乎看出了她的窘迫，主動道：「剩下的錢由茂宣頂上，既然想合作做生意，他便得出點血才行，至於往後利潤如何分配，你們回去自行商議吧。」

聽完他這番話，沈蒼雪心中無限感激。自己一路走來真是遇上了不少貴人，否則事情可沒有這麼順利。

鋪子的事塵埃落定，沈蒼雪也輕鬆了些，左右打量著鋪子內外，總覺得還缺了個人。

黃茂宣已經決定要跟著她做生意，黃老爺也願意讓兒子在外面多吃點苦頭，不過沈蒼雪認為黃茂宣養尊處優，打雜肯定不行，他模樣生得喜慶，倒是可以負責送往迎來，做跑堂兼收錢也使得，這麼看來，還缺一個做粗活的。

沈蒼雪心中勾勒出了未來員工的大致模樣——相貌須過得去，人要年輕，家底稍微窮一些才好拿捏。她如今沒錢，以後才能將月例漲上去，所以招的人要聽話一點，最好還有力氣。

簡言之，就是要便宜好用又結實。

這念頭剛起，便瞧見黃茂宣驚喜地跑出鋪子，叫道：「夏大哥，你怎麼來了？」

沈蒼雪一眼望去，就見夏家父子不知何時經過鋪子，夏駝子滿臉心疼地跟在他新得的兒子身後，夏嶺一人扛著約莫百斤的包袱，那背影有種說不出的堅強。

見狀，沈蒼雪摸了摸下巴。便宜好用又結實啊……

被人當街呼喚，聞西陵毫無所覺，還是夏駝子看黃茂宣都追上來了，這才拉住了他。

聞西陵身子一僵，意識到自己碰到熟人了，轉過身去，才發現原來是黃家的小胖子，不遠處還有黃老爺，跟那位「有待調查」的沈姑娘。

黃茂宣熱情道：「你們要去哪兒啊，怎麼搬這麼重的東西，累不累？」

這股自來熟的熱情教人招架不住，再說聞西陵這模樣也不太雅觀，身上正扛著貨，還要被幾個路人行注目禮，他一時之間有些彆扭，不知該如何應答。

還是後面的夏駝子解釋道：「唉，都怪我……我沒手藝，原先就在城外搬東西賺點錢，今日阿嶺知道我得去幹活，死活要跟著，過來之後又不讓我搬貨，非得自個兒搬。他身上還有傷，到現在都沒痊癒，哪能做這些粗活，可是勸他他又不聽。」

黃東河站在鋪子門口，嘀咕了一句。「這夏駝子自從兒子回來之後，人都不傻了。」

沈蒼雪也點了點頭。

她初來乍到的時候也曾碰過夏駝子，當時瞧對方說話還前言不搭後語，這段時間邏輯似乎清晰了不少，興許是找回了兒子，人也清醒了起來吧。

黃茂宣還在強行跟聞西陵搭話。「夏大哥，你這樣的品貌怎麼能做這些粗活呢？快放著，讓我來。」

「行了行了，你就別逞強了。」這蠢兒子！黃東河瞪了自作主張的黃茂宣一下，又對著邊上的僕人使了個眼色。

僕人立刻上前要接過聞西陵的貨，表示自己非幫忙不可。

聞西陵見黃家父子邀請他們進去鋪子坐坐，猶豫再三，又望了沈蒼雪幾眼，最後還是將東西遞給那僕人，說是送去街道對面的胭脂鋪子就行。

黃茂宣拉著人進了鋪子後還在絮叨。「要我說啊，夏大哥這樣的人，實在不必幹這些活。」

聞西陵神色微變。

他從前習武是吃了不少苦頭，但在外面幹苦力活還是破天荒頭一遭，可不做又不行，夏駝子認死理，非要出去掙錢養他。如今他寄住在夏家，承了人家的情分，便不能眼睜睜地看著對方受苦受累。

再者，夏駝子雖然自己過得不怎樣，對他卻是掏心掏肺的好，光是為他治傷的錢就是一筆不小的開銷，更別說他身上穿的衣裳還都是前些日子剛做的。

夏家本就不富裕，如今多了一個他，更顯得捉襟見肘了。聞西陵又不是鐵石心腸，這般情況之下，他也得想想法子才行。

他岔開話題，問黃茂宣。「你們怎麼在此處？」

「我跟蒼雪正準備合作做生意呢，今日請我爹一道過來看看鋪子。」

合作做生意？看鋪子？

聞西陵狐疑地看了看黃茂宣，又瞧了瞧沈蒼雪。

這個黃家小少爺如此胡鬧，他爹就不管嗎？這麼傻乎乎的一個人，跟別人做生意，也不怕被騙？

沈蒼雪還不知道自己在聞西陵心中就是這麼個形象，等夏家父子進門之後，她端詳了聞西陵半晌，忽然問道：「夏大哥可曾想過別的營生？總是幫忙搬貨也不是什麼長久之計啊。」

聞西陵心中百轉千迴，不過面上尚且穩得住，反問道：「我沒本事，也想不出什麼好點子來，不知沈姑娘可有高見？」

「高見算不上，不過我這包子鋪眼瞅著要開業了，如今還缺一個助手。」

「助手？」夏駝子懵了。「做什麼的？」

沈蒼雪道：「便是幫襯我料理鋪子，處理各種棘手的事，算是左膀右臂吧。」

聽起來似乎很不錯，做的事好像也不同於尋常，夏駝子不禁心動。他不願意兒子跟著他在外受苦，這包子鋪的活兒雖然不輕鬆，但是既體面又乾淨，總比在外頭風吹日曬的好。

不是夏駝子吹噓，他兒子回來村裡以前也是富貴人家養出來的，哪能跟尋常人一樣總是做些體力活呢？

沈蒼雪又開出條件。「咱們都是一個村裡的，場面話就不必多說了。我這兒包吃住，只要人到了就行，活兒會不會不要緊，回頭我自然會教。至於月例，第一個月手頭緊，給得少一些，每日只有五十文錢。」

夏駝子皺了皺眉，聞西陵則是覺得好笑，心道這個沈姑娘還挺會坑人的。

沈蒼雪像是沒注意到他們的異樣一般，兀自說道：「等到第二個月，每日就有一百文錢，若能堅持到第三個月且表現優良，每日可得一百五十文錢甚至兩百文錢。當然，具體能得多少錢得看夏大哥的表現，左不過多勞多得。我這鋪子雖說是新開的，可經營起來生意只會越來越好，只要用心辦事，待遇差不了的，總好過在外面搬重物吧？」

聞西陵心想，原來她就是這麼糊弄黃家父子的？

夏駝子已經被徹底說服了，趕忙給兒子使眼色。他覺得這個地方好，雖然頭一個月月錢實在低了一些，但是包吃包住啊，還有什麼好挑剔的？再說撐過這個月，往後待遇就越來越高了，這樣的好東家，打著燈籠都難找！

壓力給到了聞西陵身上，面對夏駝子熱切的目光，他不知道該說什麼。

沈蒼雪也盯著他。一時半刻她也招不到什麼合適的人，聞西陵雖說並非知根知底，但是看他對待夏駝子的模樣，也曉得並非忘恩負義之人。

自己與黃茂宣雖然年紀不算小，可也並不大，有聞西陵坐鎮，鬧事的也要掂量掂量自己的身板。再說，她頭兩個月給的錢都不算多，怎麼看自己都不虧。

沈蒼雪半天沒見他應聲，追問道：「夏大哥覺得如何？」

聞西陵垂下眸子，「矜持」道：「我考慮一日。」

「好。」沈蒼雪笑了笑，沒再糾纏。

既然都是同村的，黃東河便留他們一道乘馬車回去。

等回到了下塘村之後，黃茂宣又溜去沈蒼雪家中商議鋪子的事。

沈蒼雪急著掙錢，打算明日便去簽訂書契、置辦該買的東西，而後便可以帶著一雙弟妹去鋪子裡長住了。

黃茂宣自然打算跟著。他算是沈蒼雪的正經「合夥人」了，還是個闊氣的合夥人，他甚至表示，鋪子裡的一應開銷全由他來負責，他出錢，沈蒼雪出手藝。

其實沈蒼雪聽了有點心動，不過很快就打消這個念頭。她是要找贊助不假，但不該一直花別人的錢，若真是如此，旁人只會唾棄她。

沈蒼雪表示，自己手頭攢下來的銀子都會添進去，若是不夠，黃茂宣再出便是了。至於分紅，依舊如前頭所說的，五五分成。

黃茂宣卻認為自己受之有愧。「我又沒本事，不過出些碎銀子罷了，連我爹都說，我能跟著妳辦事說不定是自己的造化，哪裡能要這麼多？三七分就夠了。」

「可當初說好了要五五分成的，我總不能讓你白忙活一場。」

兩人你來我往，誰也說服不了誰，最後各退一步，定下了四六分成。

第五章　隱瞞身分

沈淮陽跟沈臘月迷迷糊糊地聽了半晌，終於聽明白了——阿姊要開包子鋪，且地方已經定好了，不日便能帶著他們去臨安城。

對這個消息，龍鳳胎的反應大不相同。

沈臘月歡欣雀躍，不管要去哪兒，只要跟著阿姊她就安心；沈淮陽卻憂心忡忡。

等黃茂宣走後，沈淮陽追上了沈蒼雪，憂慮地問道：「阿姊，臨安城的租金是不是很貴啊？」

沈蒼雪揉了一下他的腦袋瓜說：「放心，租金再高都不礙事，只要這鋪子開起來，便再也不用擔心錢的事了。」

沈淮陽被她的信心所感染，想到方才阿姊跟黃小少爺商議的事，抿著嘴糾結了好一會兒，才跑去床下，將藏在家裡的銀錢給翻了出來。

這個家由沈蒼雪負責賺錢跟花錢，且她對家人花錢一向捨得大方，因此管錢一事不能交給她，而是由沈淮陽負責。

他心細，總能找到各式各樣藏錢的地方，既隱蔽又安全。

這些錢都是沈淮陽的心頭寶，他恨不得一輩子藏著，但是這會兒阿姊要出去幹大事，他可不能扯後腿，只得抱出來。

沈蒼雪收了錢之後，看到自家小弟那一臉肉疼的小表情，樂得直笑。然而，想到逃荒路上的悲慘遭遇，沈蒼雪笑不出來了。

不只「沈蒼雪」為了省一口吃的餓死，就連小小的沈淮陽也是一樣，為了給姊姊跟妹妹多留點吃的，餓暈了好幾回，醒來之後也不肯多吃一口東西，所以他看著比沈臘月還要瘦小。

窮怕了，如今看到錢便覺得是救命稻草。

沈蒼雪蹲下身，安撫著這個沒有安全感的小孩。「以後阿姊會賺更多的錢，多到花不完，全都交給淮陽收著，好不好？」

沈淮陽鼻子一酸，重重地點了點頭。

有這麼聽話懂事的弟弟妹妹陪在身邊，沈蒼雪只覺得肩上的重擔更沈了。無論如何，她都得趕緊賺錢養家，哪怕不能立刻大富大貴，好歹也要將他們三個人的身子養好。

翌日一早，沈蒼雪先等來了聞西陵，不出意外地得到了他願意過來做工的答覆。被問及何時開張，沈蒼雪只說讓他先等等，如今尚未準備好。

打發了這一位，沈蒼雪又馬不停蹄地去了黃家，帶著黃茂宣去臨安城簽好書契。

租賃的書契拿在手裡，沈蒼雪便覺得事成了一半，剩下的一半，也在這幾日陸續處理完畢。

有黃茂宣攢下來的壓歲錢兜底，即便沈蒼雪已一文錢都不剩，該置辦的東西也置辦全了。桌椅、鍋碗瓢盆，包括食材跟灶上的一應用具換成了簇新的，門口擺著幾個大蒸籠，門上掛了寫著「沈記包子」的招牌。

招牌掛上去之後，兩個小孩加上黃茂宣都忍不住觀望許久，好似看到了他們鋪子燦爛的未來。

比起黃茂宣，沈淮陽的感觸更深，他們從父母雙亡、一無所有，到逃荒路上幾度瀕死，再到如今，終於有了自家的鋪子，一切都朝著更好的方向發展。

過了一日，聞西陵得了消息後，一大早就被夏駝子催著收拾好包袱，趕到了沈記鋪子門口。

他過來的時候，看到幾個人對著鋪子指指點點，湊近了才聽到他們在好奇這家鋪子的老闆是誰、究竟什麼時候開業，怎麼一點動靜也沒有……

大門沒開，聞西陵從後門直接進入院子。

院子還算寬敞，中間栽著一棵常青樹，樹下放著一張石墩子，眼下沈蒼雪正帶著其他三人商議事情，見聞西陵過來，沈蒼雪幫忙把他的包袱放進屋裡，接著要他坐下再說。

聞西陵剛坐定，便發現龍鳳胎好奇地盯著自己。

沈淮陽跟沈臘月心想，他們還從來沒見過這樣好看的哥哥呢。

聞西陵被盯得不自在起來，沈蒼雪卻忽然鄭重道：「既然人來齊了，我便宣佈一件事，明日，咱們鋪子試營運！」

眾人躍躍欲試，唯獨聞西陵覺得麻煩要來了。

有關開業各項事宜，沈蒼雪近來思考良多，現在分派起事情也是有條不紊。她是大廚，黃茂宣負責跑堂，聞西陵則負責一應雜活。

沈淮陽興致勃勃地問：「那我們呢？」

「你們就負責在邊上數錢，免得客人結帳的時候漏給或多給了錢。」

龍鳳胎鄭重地點頭，覺得這是一件大事，甚至比黃茂宣跟聞西陵兩個人的差事加起來還要重要。

沈蒼雪又說：「因是早點鋪子，每日早上會格外累一些，今天晚上你們早些睡，明日寅時便得起床。」

黃茂宣問：「那麼早，有生意嗎？」

「沒有生意，不過早點鋪子都是這樣，尤其是賣包子、饅頭之類的，要準備的餡料多，雜事一堆。罷了，如今跟你們說，只怕你們也體會不到，到時跟我早起便知道該忙什麼了。」

目前這些事還用不著操心，沈蒼雪拍了兩下手，吸引所有人的注意力，接著道：「現在有一件更要緊的事，明日開業，這鋪子今日裡外都要再清掃一遍，務必做到纖塵不染，聽明白了？」

黃茂宣格外積極，一聽這話就站了起來，直接拿了抹布說：「明白，我先去擦桌子。」

沈淮陽道：「我跟臘月再去將灶臺弄乾淨。」

看到大家這麼主動，沈蒼雪點點頭，看向聞西陵。他們都動了，這傢伙怎麼還穩如泰山？

聞西陵無言地坐了一會兒，方認命道：「我去掃地。」

「去吧。」沈蒼雪頗有老闆架式地說道。

目送聞西陵拿著掃帚去了前面，沈蒼雪不由得打起了評語——這位新員工瞧著並不積極，這可不行，既然當了她的員工，就別想有什麼憊懶偷閒的念頭！

沈蒼雪踱步去了廚房，將明日要用的東西都備好。

雖然她自問手藝在這個時代也稱得上是傑出，但他們既沒有請舞龍舞獅，又不準備敲鑼打鼓，只怕能吸引到的人有限，所以她不想準備太多餐點。

肉包子僅有豬肉跟羊肉兩種，素包子只有豆腐包、鹹菜包與豆沙包三樣，至於配粥，一鍋白粥、一鍋甜粥、一鍋香菇青菜瘦肉粥足矣。若是都賣完了，後日再添上一些也使得。

沈淮陽他們本來在灶臺忙活，後來又跑去了前頭，在聞西陵身邊轉悠。沈臘月對這個新來的好看哥哥尤為好奇，化身成了小跟班。

聞西陵起先一直在掃地，沒注意身後，等回過頭才發現背後站著一個黃毛小丫頭。他蹲下身準備搭兩句話，不想沈臘月忽然害羞地跑走了，弄得聞西陵有點莫名其妙。

沈淮陽笑道：「臘月膽子小，熟悉了就好了。」

聞西陵見他倆生得瘦小，便問：「你們幾歲了？」

沈淮陽一邊洗抹布，一邊回道：「七歲了。」

「原來這樣大了……對了，聽說你們老家在建州，建州那裡有座武夷山遠近聞名，你可去過？」

沈淮陽動作一頓，語氣低沈下來。「我家從前就在武夷山腳下。」

可惜那個家如今已經沒了。

聞西陵察覺到他狀態不太對，略一猜想便知這裡面有事，隨即不再多問。

倒是沈淮陽反問道：「那夏哥哥呢，您從前是何方人士？」

聞西陵道：「與你們差不多，不過我是從福州那一帶避難過來的，途中遇上了劫匪，家裡人都去了。」

沈淮陽眨了眨眼睛，盯著他說：「可是夏哥哥的口音似乎不像福州人，反倒像是京城那邊的。」

聞西陵一愣，隨即說了一句福州話。

好在他是真的會福州話，因為原先身邊一個侍衛就是福州人，耳濡目染之下，該會的都會了。

聞西陵又解釋道：「我養父一家原是京城人，後來搬去福州做生意，但在家中依舊說官話，我也就帶了些京城口音。」

沈淮陽「喔」了一聲，並未追究。

反倒是聞西陵多打量了沈淮陽兩眼，也不知是心虛還是怎的，他更賣力幹活了，地掃完之後還跟著黃茂宣一塊兒洗好肉，用籃子吊進井裡備用。

鋪子徹底打掃乾淨之後，聞西陵才鬆懈下來，帶上房門，躺在床上，閉上了眼睛。三個院子各一間房，沈蒼雪帶著沈臘月睡，黃茂宣選擇跟沈淮陽一起睡，聞西陵幸運地獨占一處，雖然是最小間的，但樂得清靜。

誰知沒多久，沈蒼雪便帶著書契過來找他。

瞧著書契上的條款，聞西陵沒多想就蓋上了手印，沈蒼雪收好書契之後，又告誡他明日務必早起。

聞西陵滿口答應，送走她後才又躺下，半晌後摸了摸胸口，仍舊感覺些許不適。那場刺殺太過凶險，身邊的侍從大都死於非命，留下的幾個為了分散殺手，也與他失聯了。若非他命大，遇上了好心的夏駝子，只怕最後也會成為孤魂野鬼。

想到夏駝子對自己關懷備至的模樣，聞西陵便滿懷歉意。他並非有意打聽他家的事，也並非惡意裝成他兒子，只是為了保命罷了，若當初救他的是別人，他也會做出一樣的事。在這個小村子，只要有心，打聽一個人的過往並不困難。

聞西陵出身武將世家，父親是手握重兵、鎮守北疆的輔國將軍定遠侯聞風起，長姊是如今的大魏皇后聞芷嫣。他自幼習武，十歲便跟著父親征戰沙場，十四歲便能獨自帶兵殺敵，手刃無數敵國將領，連先皇都說他是天縱奇才。

他本該跟他父親一樣鎮守北疆，無奈當今聖上鄭頲身中奇毒已有一年有餘，三個月前毒發後眾人才驚覺此事，想要救治卻已經晚了，他目前已昏迷不醒，朝政則被泰安長公主鄭鈺把持。

鄭鈺利慾熏心，又喜歡結黨營私，行事更是殘酷不仁，惹得朝野動盪。

聞風起憂心國本動搖，於是讓聞西陵前去京城看護聞芷嫣母子，並想法子救治聖上。回京後，聞西陵立刻叫來幾位太醫商議如何解毒，然而他們全都束手無策。最後是太醫院院使蔣新站了出來，說有一位姓沈的神醫或許可以一治。

當年鄭鈺被後宮妃嬪下毒，奄奄一息之時，幸得沈神醫夫婦途經京城，留下一顆藥丸救了她一命。據說那藥丸可解百毒，只要找到沈神醫，要解聖上的毒就有希望了。

聞芷嫣得知此事，苦苦哀求弟弟前去求藥，聞西陵見不得女人掉淚，被她哭得頭皮發麻，只能帶人前去尋醫問藥。

當初那位沈神醫救人卻不願留名，費了好一番工夫，聞西陵才找到沈神醫的住處，可惜天不從人願，待他找到時沈神醫夫婦已經入了土，屋子也被一把火燒了乾淨。

不過聞西陵細細查證過後發現，那屋子的起火點有些不尋常，像是遭人惡意縱火。不知為何，他想到了鄭鈺，這狠辣的作風，頗像是她的做派。

聽說沈家留下一位姑娘和一對龍鳳胎，可他們卻因逃荒而不知去向。聞西陵琢磨著，既然南方鬧了災荒，自然要往北逃，於是他一路往北找人，哪知路中遇上刺客，落得現在這個下場。

聞西陵醒過來之後也想過回京，只是他手裡一文錢都沒有，只剩下當初為了方便辦事偽造的路引，加上不確定那些刺客還會不會來，他便選擇按兵不動。

養傷期間，聞西陵得知了沈蒼雪姊弟三人之事。姓氏、年齡、性別、出身地都對得上，聞西陵懷疑這便是他要找的人，只是不知那藥丸在不在他們身上。

聞西陵想過直接將他們帶走，可潛在的敵人太多，沈家幾個人手無縛雞之力，帶著實在是累贅。

好在他失蹤的消息應該已經傳回京城了，侯府應該會派人尋過來，為今之計，還是老實待在這鋪子裡，查明沈神醫有沒有留下什麼東西。

翌日一早，天還未亮，沈蒼雪、黃茂宣加上聞西陵便全都醒了。沈蒼雪自不必說，其他兩人也不得閒，全被她提溜進了廚房。

他們不會做包子，沈蒼雪分派給他們的任務就是剁餡，反正這兩人有的是力氣，不使喚豈不可惜？

黃茂宣從前在家裡四體不勤，聞西陵更是沒下過廚房，食材被塞到手上時瞬間都茫然了，動起手時也是手忙腳亂，鬧出了不少笑話。

唯有沈蒼雪不疾不徐，還能抽空抬頭指點幾句，讓他們重一點或是輕一點，彷彿一切盡在掌握中。

進了廚房，便是沈蒼雪說了算。她平常說話有些不著調，不過一旦站到灶臺前，整個人便顯得沈穩非常，帶著一股讓人信服的力量。

等到將所有餡料剁好之後，沈蒼雪便開始和麵調餡，那些東西在黃茂宣跟聞西陵手裡格外不聽話，但是到了沈蒼雪那邊便乖順得很。

手指翻飛之間，漂亮的包子褶便捏出來了。

聞西陵嘆為觀止，終於相信沈蒼雪不是騙錢的了。只是他怎麼都想不通，這個才十四歲的小丫頭怎麼會有這樣的手藝，難道是天生的?!

沈蒼雪見他們發呆，拉下臉道：「愣著做什麼，繼續剁餡！」

「還要剁？」聞西陵遲疑道。

「自然，這點哪夠？」

同樣是拿刀，剁餡跟砍人用的肌肉部位不太一樣，手已經有些不聽使喚的聞西陵，只能慢吞地回去幹活。
他從來不知道，原來早點生意這麼辛苦。
一通忙活，過去了將近一個半時辰。三鍋粥已被挪到前頭，放在小爐子上溫著，咕嘟咕嘟地冒著泡。
天色微明之後，十幾籠包子也放在了門口處的火灶上，沈蒼雪站在灶前控制火候，專心等它們在熱氣中慢慢膨脹、餡料與包子皮從交融到分離為止。
也不知過了多久，蒸騰的熱氣將香味帶了出來，空氣中飄散著令人垂涎三尺的包子香。
餓了一早上的黃茂宣跟聞西陵兩眼發直，這味道……著實讓人招架不住！
胡同口的人醒得都早，不過一會兒工夫便陸續有人出門了，誰知出來之後隨即聞到一股霸道的香味。
眾人被這香味熏得如癡如醉、飢腸轆轆，一路尋過來，才發現是胡同口的那家沈記包子。
好傢伙，怪不得之前不聲不響的，原來是有真本事呢！
大夥兒紛紛圍上前去，立刻有人問：「老闆，這包子怎麼賣？」
沈蒼雪拿出木牌子掛好，說道：「素包子一個一文錢，肉包子一個兩文錢。」
當下就有人笑了出來，說：「老闆，您這包子可比別人家的貴上不少。」

「貴有貴的道理，我家包子還比別人家的香呢。」沈蒼雪說著，直接掀開了蒸籠。

一時之間濃郁的香味撲鼻而來，不少人餓得肚子都咕咕叫了。再一看蒸籠，白白胖胖的大包子挨個兒擺放，大小整齊、蓬鬆暄軟。

「咕嚕」一下，也不知道是誰嚥口水嚥得這般大聲。

下一刻便有人忍不住了，率先開口道：「老闆，給我來兩個豬肉包跟一個羊肉包！」

「好咧。」黃茂宣眼睛一亮，趕緊上前招呼客人。「您是要在店裡吃，還是要帶走？」

那人看了乾淨整潔的店面一眼，心生好感。「在這兒吃。」

黃茂宣立刻挾起三個包子，歡歡喜喜地往鋪子裡面端過去。

有了第一筆生意，剩下的還會遠嗎？

第六章　開張大吉

黃茂宣難得機靈一回，包子端上離門口最近的那一桌，方便客人表演「吃包子」這齣戲給眾人瞧瞧。

那位客人也不挑剔，黃茂宣既然選了地方，他便欣然坐下。方才在外頭就饞得不行，如今坐下之後他立刻拿起筷子挾了一個包子，一口咬下去，汁水四溢，別提有多鮮了。

包子蒸得恰到好處，麵皮內側浸潤著湯汁，鬆軟可口，簡直讓人一吃就停不下來。豬肉包已經夠美味了，羊肉包更是教人欲罷不能，鮮嫩的羊肉餡不知加了什麼，有些麻麻辣辣的，吃下去通體舒暢，格外過癮。

湯敬南難得吃上這麼對味的一口，滿足地喟嘆一聲，又說：「再給我來兩個肉包子。」

外頭那些人一看他吃得這麼歡，也紛紛按捺不住了。

「看樣子是真好吃，老闆，也給我來兩個肉包子，羊肉的。」

「我愛吃豬肉的，來三個。」

「也給我來兩個吧，打包帶走。」

眼見點餐的人變得越來越多，沈蒼雪連忙挾包子，一刻也不敢鬆懈。

有人想嚐嚐鮮便買肉包子，有些人覺得貴了，便只買素包子。

本是抱著試一試的態度，結果素包子入口後令他們異常驚豔——豆沙包細膩甜潤、豆腐包嫩滑可口，小小的包子都能玩出花樣來。

最令人驚奇的是那不起眼的鹹菜包，微辣鮮香、滋味獨特，嚐一口之後，特別想配口粥。

沈蒼雪當然要推銷自己的粥。「爐子上還溫著粥，諸位要不要喝一點？」

眾人一聽，隨即朝木板看去——白粥兩文錢一碗，甜粥跟香菇青菜瘦肉粥三文錢一碗。老實說並不便宜，但是看著眼前的包子，那粥的味道應當也不錯，不缺錢的便要點來嚐嚐。

本來鹹菜包配哪一種粥都行，然而嚐過之後，方才知道這裡的粥也是別有洞天。白粥煮得軟爛，輕輕一抿就化了；甜粥甜而不膩、溫醇可口；最妙的是那香菇青菜瘦肉粥，鹹香宜人，是從來沒嚐過的滋味。

光是打粥，黃茂宣就有點忙不過來了，沈淮陽兄妹兩個洗漱好之後就趕來幫忙。

聞西陵從前是高高在上的侯府世子、戰場上的少年將軍，從沒做過這種伺候人的活。黃茂宣忙得團團轉的時候，他還有點抹不開臉，站在原地不動。

沈蒼雪回頭看了他一眼，拿出了老闆的架子。「今日的工錢不想要了？還不趕緊去幫忙？」

聞西陵臉色微變，肢體僵硬地幹起活了。

偏偏那些人瞧他模樣生得好看，格外喜歡使喚他，不管是添粥還是拿包子，都樂意讓聞西陵替他們服務。

對著相貌出色的人，誰都免不了多吃兩口粥。

一旦有人起了個頭，後面便有越來越多人跟風進門，一口粥、一口包子，人生最享受的事莫過於此。短短這麼一會兒，鋪子裡幾張桌子都坐不下了，好在美食當前，眾人也不挑，給個板凳便能坐在外頭吃。

見主事的沈蒼雪年紀小，有客人一邊喝粥，一邊忍不住打聽。「老闆，您這粥都是自己熬的？」

沈蒼雪忙得腳不沾地，還能分出心神跟他們聊天。「可不是？昨晚就開始用文火熬粥，今日方才入味，諸位可覺得能入口？」

「老闆這話實在謙虛，咱們在北城待了這麼久，還沒見過哪家的早點比您家的出彩。」

沈蒼雪客氣道：「若覺得好，煩請回頭替我們宣揚兩聲。小店生意難做，都靠諸位賞臉了。」

「好說好說！」

吃得盡興、滿足了，什麼都好商量，美食最能撫慰心靈了。

聞西陵也忙得昏頭轉向，走到哪兒都有人叫。大家不知道他的名字，便只叫「那位俊俏的小哥」。

一聽到這個稱號，聞西陵頓時換上一張黑臉，可這點臉色尚不足以嚇退「好色」的人，眾人依舊愛點他的名。

為此，黃茂宣還有點吃味，一副「你怎麼運氣這麼好」的表情。

聞西陵卻覺得荒謬極了，他為什麼要受這種罪？

然而工作還得繼續，日子也得過下去。聞西陵才剛給人端好了粥，便看到第一個進店的那人朝他交代起來，讓他打一碗白粥跟一碗香菇青菜瘦肉粥送過去。

他真成了跑腿的了……聞西陵無奈嘆氣，有氣無力地打好粥之後端過去，可那人卻讓他忍不住上下打量起來——體格精幹、目光如炬，是個練家子，雖說穿著常服，但應是府衙的捕頭之類的。

聞西陵如今敢在外頭做工，也是經過了一段時間的觀察。當初他殺光了追過來的刺客，又逃了許久才倒下，前些日子他已回去將那些屍體一把火燒個乾淨，餘下的蛛絲馬跡也抹除了，鄭鈺的爪牙應當沒有這麼快追來。

現在的臨安知府陳孝天是先皇的人馬，也效忠於當今聖上。只是聖上如今已中毒昏迷，不知他心思是否有所改變，往後若有機會，當去試探一二。

聞西陵將粥遞過去，湯敬南不禁多看了他一眼。「練過武？」

只見聞西陵笑得謙虛，說道：「學過幾年功夫。」

「怪不得，身板子挺結實。」

沈蒼雪離得近，恰好聽到這幾句話，眼神在聞西陵身上轉了一圈——肩寬、腰細、個兒高，嘖嘖嘖，不僅結實，還怪好看呢。

包子賣得極快，不到中午，沈蒼雪準備的那些東西便全都見底了。

今日做的量本就不多，加上那股香氣實在霸道，大夥兒一窩蜂地湧進來，直接把包子搶空了。這還是頭一天呢，等到這批客人回去之後，想必會口耳相傳，明日來的客人只多不少。

黃茂宣還沈浸在開張大吉的喜悅當中，掀開鍋後發現粥沒了，便問沈蒼雪。「咱們晚上還做嗎？」

沈蒼雪搖了搖頭說：「只做早上的生意。」

黃茂宣唉聲嘆氣，沈淮陽也覺得很遺憾，要是晚上還做生意的話，肯定能掙更多錢。

不過沈蒼雪可禁不起這麼折騰，今日起得實在是太早，累了一上午，連胳膊都抬不起來，晚上再來一齣，人還要不要了？

關門之後，沈蒼雪便招呼黃茂宣跟沈淮陽一塊兒數錢。聞西陵對他們掙了多少不感興趣，坐在邊上想著如何回京的事，畢竟光等侯府的人找上門不是辦法。

聞西陵那裡眉頭緊皺，沈蒼雪這邊則喜笑顏開。

他們數清楚了，這日足足賺了一千四百零三文錢，開業頭一天便賺了這麼多，可以想見往後的生意必定會更好。

黃茂宣已經開始暢想自己變成富翁之後衣錦還鄉的畫面了，屆時看村裡還有誰敢瞧不起他？

他跟沈淮陽還在瞎樂呵，沈蒼雪已經挪到了聞西陵跟前，甚至還在他對面坐下，不動聲色，但目光灼灼。

聞西陵動了動身子，不明白她打算做什麼。這麼多年來他一直待在軍營裡，沒接觸過多少女性，也很少有姑娘家會這樣看著他。哪怕沈蒼雪如今還是個瘦弱小丫頭，聞西陵還是有點不自在，下意識地粗聲粗氣起來。「做甚？」

「你這是對老闆說話該有的態度嗎？」

聞西陵一噎，這才反應過來自己目前是寄人籬下。

沈蒼雪決定趁這個機會好好挫一挫他的盛氣，於是開門見山道：「坦白說，你今日的工作態度，我不太滿意。」

聞西陵皺眉，他認為自己已經夠賣力了，還要怎樣？

沈蒼雪用手指點了點桌子，繼續道：「咱們開門做生意，就要以客人的意願為優先。客人讓你給他添粥，你便不能耽擱，若是耽擱了，有人鬧起來，這生意還要不要做了？我花錢雇你來這兒做工，可不是為了讓你在那兒歇著的。大家都在忙，你若一直不在狀態，豈不扯了咱們的後腿？」

聞西陵的表情有些難看，一張俊臉又臭了起來。

對他的想法，沈蒼雪倒是了然於心，她話鋒一轉，又說：「不過你早上剁餡的時候倒是挺賣力的，今日能順利開業，你功不可沒。」

聞西陵詫異地看了她一眼。雖然方才那些話說得不好聽，但是這會兒的話還算是熨貼。

沈蒼雪擅長打一棒子再給個甜棗，又道：「待這個月結束，除了你的工錢，我還會看你的表現酌情給些獎勵。這鋪子是大家的，只要生意火起來，往後該給的都不會少。我向來不會虧待手底下的人，你待上兩個月就知道了。」

聞西陵覺得這話還算中肯。他從前的確不缺錢，但是現在卻缺得緊，若是沈蒼雪肯大方一些，那再好不過。

就是她這說話的語氣，怎麼越來越張揚了？

沈蒼雪毫無所覺，還拍了一下聞西陵的肩膀，豪氣道：「好好幹，再過一段時間你便是沈記的老員工了，往後漲工錢自然以你為先，不過你也必須付出更多努力，說吧，能不能做到？」

聞西陵頓時無語，被她問到不會回答了。

若回「不能」，豈不是很尷尬；若回「做得到」，那也太羞恥了，他說不出口。

沈蒼雪眉頭一蹙。「你怎麼這般唯唯諾諾？在外行走就是要大方，尤其是咱們開鋪子的，更得抹得開臉面。來，黃茂宣，你說你能不能做到？」

沈浸在賺錢喜悅當中的黃茂宣，中氣十足地喊了一聲。「能！」

很好，沈蒼雪覺得這才是她心目中的企業文化！

轉頭看到羞恥得恨不得找個洞把自己埋了的聞西陵，沈蒼雪搖了搖頭，這小員工的改造之路，任重道遠啊。

午膳隨便吃了幾口，眾人便跑去睡午覺。

下午，沈蒼雪記掛著方府的事，拎著一罈鹹菜先出去了。

去的依舊是方府後門，沈蒼雪敲門之後來的是位小廝，她請對方代為通傳，沒多久，杜鵑就急匆匆地趕了過來。

見真的是沈蒼雪，杜鵑一把拉過她的手道：「妳可終於來了，全府上下都等著妳呢！」

說完，杜鵑立刻將沈蒼雪拉去了廚房。

這會兒正是準備晚飯的時候，幾個廚子都在，瞧見沈蒼雪來，一時不知該擺出什麼表情，既有點驚訝，又有些驚喜。毫無疑問，眾人這些日子都盼著她來。

先前那碗麵沈蒼雪教了，廚子們也按照她的作法學起來，但是做菜這件事畢竟不能完美復刻，廚子不同，做出來的東西自然有所差別。然而老夫人就好那一口，開了胃之後總想吃一模一樣的，奈何廚子沒這個能耐。

別看只是區區一碗麵，裡面的門道大著呢！

好在老夫人的胃口已好轉了許多，雖說這陣子沒吃太多東西，但到底跟以往不同了。

不過，得讓府裡的老夫人吃得高興，他們這些廚子日子才能好過。這般想著，杜海便對沈蒼雪又客氣了幾分。「沈姑娘總算來了，老夫人已念叨妳那份手藝許多遍了。」說著自然而然地將一罐鹹菜給放上了桌。

沈蒼雪也料到會有這樣的結果，她並不排斥幫忙，正想著跟上回一樣再下碗麵，但思及方老夫人這些天應該吃了不少麵，即便她煮的麵再好吃也沒什麼新意了，於是靈機一動道：「我做點別的如何？」

眾人一怔，別的什麼？

「左右那麵老夫人吃過好幾碗了，就是做得再好吃也比不上第一回，不如做點別的，我最近剛學了幾道拿手菜。」

她說得認真，眾人又見識過她的手藝，心想待會兒還得偷學兩招，便立刻擁著沈蒼雪上前，主動將灶臺讓給她。

沈蒼雪熟練地挽起袖子，倒出鹹菜，一邊想著菜譜……她今日得做些不一樣的菜。

廚房動靜鬧得這樣大，連卓管事都驚動了。見是沈蒼雪過來，卓管事眉開眼笑，主動上去攀談。

得知沈蒼雪在臨安城開了一家包子鋪，卓管事笑著說：「那極好，回頭我讓人去北城認認門面，往後便能時常光顧沈老闆的鋪子了。」

沈蒼雪笑得眉眼彎彎道：「多謝卓管事賞識。」

「謝什麼？」卓管事看了看灶臺，心想自己還得感謝她呢。

看沈蒼雪做菜實在是一種享受。一條大魚在她手裡聽話極了，沒多久就被處理好，片得乾乾淨淨，輕薄如紙、瑩潤泛光。

最讓人看得眼花撩亂的還不是這個，而是之後的豆腐。

豆腐有多軟，吃過的人都知道，可這樣軟趴趴的豆腐，兩三下就被切成了絲，放在清水裡，筷子一劃便全都散開了，像髮絲一般又細又密，重點是都沒斷。

杜海讚不絕口。「這樣好的刀工，也不知道得花多久的時間才能練成？」

沈蒼雪忙著做菜，沒聽清他的話，並未回應。

不過杜海本就沒指望沈蒼雪跟他閒聊，光她今日露的這一手，便夠讓他苦學了。

廚子的本事在案板上見真章，他要學的可多了。

卓管事站在那兒看了許久，才恍然想起自己要去回話，遂趕緊轉身，一路小跑著去了前廳。

方老夫人正帶著自家大孫女方妙心聽人說戲，看到卓管事火急火燎地跑過來，方老夫人也不惱他一去便這麼久，只問了一句。「今日廚房那兒動靜似乎不小？」

「回老夫人的話，老夫人跟大小姐今日可是有口福了。上回來賣鹹菜的沈姑娘來到了府裡，如今正在廚房做菜呢，小的回來時菜已經做得差不多了，估計再過一會兒便能端上來。」

方老夫人眼睛一亮。「沈姑娘做了什麼？還是麵嗎？」

卓管事搖頭道：「看不分明，不過瞧著應當都是開胃菜。」

一旁的方妙心聽了，不由得心生期盼。

上回沈蒼雪留下的兩碗雪菜麵中，有一碗讓方妙心嚐過，味道確實獨特，不知這回又有什麼樣的驚喜。

接著又聽卓管事說，沈蒼雪在北城開了一家包子鋪，方妙心不禁越發佩服起了她。要是記得沒錯的話，杜鵑說這姑娘不過才十四歲，比她還小一歲呢，竟然就能自己開鋪子養家餬口了。

沈蒼雪動作快，沒教她們祖孫倆等太久。杜鵑生怕旁人解釋不清，親自帶人拎著三道菜過來了。

菜一上桌，蓋子一揭開，眾人的眼睛便不夠用了。明明只有三道菜，瞧著卻比人家十幾道的還要豐盛。

「老夫人請看，這道叫文思豆腐。軟嫩清醇，入口即化，聽沈姑娘說還有補虛養身的功效呢。」

「哦？」方老夫人雙眸微微發光。

「這道叫鼎湖上素，別看食材簡單，吃起來卻是清香爽口。至於這最後一道——」

杜鵑還沒說完，方老夫人跟方妙心便先動了筷子，三道菜，唯獨這道香味最刺激，是一道鮮香麻辣的酸菜魚。

一口彈牙的魚肉下肚，方老夫人跟方妙心不約而同地喟嘆一聲。

她們之前吃的都是什麼啊……虧他們方府還是遠近聞名的豪奢大家呢，府裡的廚子卻沒有外頭的十四歲小姑娘出眾。

祖孫倆怡然自得地吃著沈蒼雪替她們準備的小灶，菜好不好吃，一嚐就知道，哪裡用得著杜鵑在那邊描述？說得再多，也沒有直接吃一口來得實在。

第七章　有口皆碑

杜鵑看她們吃得急，連忙交代。「另兩道也就算了，這道酸菜魚老夫人還是少用些，沈姑娘說這道菜油水重，老夫人您大病初癒……」

「什麼大病初癒？」方老夫人直接打斷她的話。「我身體好著呢，從前是沒有對胃的才那般半死不活，現在好不容易得了幾道對胃口的菜，還不讓我多吃？」

杜鵑被說得啞口無言。

因為走了沈蒼雪的運道，她在老夫人這兒也能說得上兩句話了，可要說規勸老夫人，她不敢。

祖孫兩人很快便將三道菜吃得乾乾淨淨，飯飽之餘，方老夫人才想起今日的功臣，她讓杜鵑將那位沈姑娘帶過來。

杜鵑依令下去，沒多久便帶來了在廚房等候的沈蒼雪。

沈蒼雪進來之後儘量不四處觀望，雖然有些好奇，但是她依舊擔心方府規矩大，自己會失禮。

好在方老夫人瞧著並不是什麼盡耍威風的主子，反而像是個慈祥的老太太，對於沈蒼雪這個難得一見的大廚也給足了尊重，甚至褪下一只銀鐲子直接套在沈蒼雪手上。

沈蒼雪被銀鐲子的重量給壓得手往下掉，接著便聽方老夫人有些惋惜地道：「好歹是個大廚，怎的將自己瘦成這樣？」

方老夫人年紀雖大，眼睛卻不花，這沈姑娘五官模樣生得姣好，可惜太瘦了，教人心疼。

沈蒼雪苦笑道：「原先也不瘦，只是逃荒來的時候餓了幾個月的肚子。」

聞言，方老夫人跟方妙心唏噓不已，立刻弄清楚了沈蒼雪的來歷。必然是從南方來的，去年那裡正鬧饑荒呢。

方妙心一向心軟，見沈蒼雪進退有禮，很是喜歡，便說：「沈姑娘往後若是得空了，可以時常來府裡逛逛，我與妳年歲相當，正是說得上話的時候。」

沈蒼雪忙道：「大小姐若不嫌棄，我得了空一定過來。」

「怎會嫌棄？」

想到方才那幾道菜的好滋味，方妙心可是巴不得沈蒼雪日日都來呢。

如今方妙心正是天真爛漫的年紀，不禁跟沈蒼雪多說了幾句，若不是天色漸晚，覺得留不住人，方妙心真捨不得讓這麼好的大廚走。

沈蒼雪大抵也摸清楚了這位姑娘的脾性，就是個吃貨，脾氣也好。

臨走前，沈蒼雪問了一句。「大小姐平常喜歡什麼口味？」

方妙心不假思索地回道：「甜的。」

沈蒼雪記下了。

從方老夫人那邊出來，卓管事又給了不少賞錢，返回廚房之後，杜鵑遞了一大包東西給她，說道：「這是莊子裡的佃戶送過來的乾菜，老夫人不愛吃，留著也沒用，妳若用得上，便全送妳了。」

沈蒼雪甚至都沒掀開包袱看一眼便接下了，白拿的東西，怎麼都是香的。

出了方府，沈蒼雪腳步輕快了不少，等回到自家鋪子後，她才迫不及待地盤點自己的戰利品。

黃茂宣回家吹牛去了，聞西陵也蹭了他的車回去探望夏駝子，兩人如今都不在，正好方便了沈蒼雪。

卓管事給的賞錢不少，加上方老夫人那只實心的銀鐲子，今日少說有五、六兩銀子的進項。這可是尋常人家兩、三個月才能賺來的錢，雖然比不得前一次的收穫，但是誰不喜歡穩賺不賠的買賣呢？

沈蒼雪樂完了便將錢交給沈淮陽，再次重申自己放出去的大話。「你瞧阿姊說的沒錯吧？憑我的手藝，咱們家早晚都會大富大貴。這還只是小錢，等回頭轉了大錢，阿姊便給你們買一個三進三出的大宅子，再雇十個、八個幫工，到時候連吃飯都有人追著餵到嘴邊！」

沈臘月開心地「哇」了一聲，顯然是深信不疑。

至於沈淮陽，則是默默扒拉著銀錢，思索著藏在哪兒才最安全。

一路逃荒，他們三人吃盡了苦頭，樂觀者如他阿姊，不僅沒被苦難打倒，反而越來越豁達；悲觀者如他自己，對未知的日子並不抱太大希望，只想守好眼下的錢財，畢竟有錢，才有安身立命的根本。

沈蒼雪吹噓完了之後，經沈淮陽提醒，才想起自己還有一個大包裹沒拆。她趕緊拎了過來，一打開，便是黑乎乎一片。

沈蒼雪不由得笑了，這不是梅乾菜嗎，怎麼會沒人吃？本來還在頭疼明日要不要添一種包子，看到這個，她便不再傷神了。

晚一點的時候，黃茂宣跟聞西陵才從下塘村回來，黃茂宣的神色有些沮喪，跟志得意滿的沈蒼雪迥然相異。

沈蒼雪不免問了一句。「這是怎麼了，不是回去炫耀的嗎？」

黃茂宣昨日說今日若是賺了錢就返村耀武揚威一番，結果去一趟回來就這副模樣，看樣子是沒討到好。

果然，黃茂宣苦著一張臉，很不高興地說：「我娘不信咱們鋪子能賺錢，還說今天是頭一日，大家才來捧場的，等明日就……」話說到一半，他覺得太不吉利了，索性閉上了嘴。

他娘的原話是，太過張狂明日就沒人來了，要他不要高興得太早，免得打自己的臉。

黃茂宣實在想不通，自己高高興興回家分享鋪子開門大吉的喜悅，怎麼他娘偏偏要說這樣的喪氣話？

他不服氣，酸澀道：「她就只會誇我兄長，我兄長做什麼都是對的，我做什麼都是敗家。」

沈蒼雪沈默了，家家都有本難念的經，這話果然不假。

黃茂宣企圖從別處尋找安慰，問道：「你們家也會這樣嗎？」

沈淮陽搖了搖頭，他爹娘一向一視同仁。

見狀，黃茂宣苦哈哈地看向聞西陵。

聞西陵漠然道：「我家只有我一個兒子。」

黃茂宣捂著胸口更傷心了，他覺得沒人能理解自己的痛苦，於是只能岔開話題，追問沈蒼雪今天出門做了什麼。

沈蒼雪遂將自己去方府做菜，還拿了不少賞賜的事情說了。

黃茂宣聽完，捂著臉回了自己房間。

沈蒼雪懵了一下，後知後覺地反應過來，自己可能打擊到黃小少爺的自信心了。不過黃茂宣是個樂天派，便是傷心，也不會持續太久的。

晚上沈蒼雪懶得做菜，只煮了麵隨便應付大夥兒，可她的「隨便應付」，在他人看來已是一等一的美味了。早上做的包子賣光，他們也沒吃著，但眼下這幾碗麵瞬間彌補了沒吃到包子的遺憾。

黃茂宣一下便忘了自己在家裡遭受的不公平待遇，埋頭苦吃，恨不得把頭塞到碗裡，他對沈蒼雪佩服至極。「蒼雪，妳真是太厲害了！」

沈蒼雪抬起腦袋，對他的誇獎照單全收。沒錯，她就是這麼出眾！

聞西陵不禁多瞧了她兩眼。

這樣天性樂觀的姑娘，他不論是在京城或北疆都從未遇過，一時之間倒是讓他對她多了幾分好奇。父母雙亡、一路逃荒，還拉拔著一雙弟妹，她是怎麼保持這般心性的？

沈蒼雪許是感應到了，轉頭對聞西陵笑了笑。

聞西陵故作無事地收回目光。

沈蒼雪嘿嘿一笑，心想這小哥還挺害羞的，不過有個英俊的人在旁邊，桌上的飯菜都美味了幾分。

賺了錢，好處也隨之而來，要是放在十幾天前，他們姊弟幾個哪能吃上這樣好的精糧？近來吃飽喝足，兩個小孩臉上都長了些肉，她的膚色也不似從前那般枯黃了。

沈蒼雪幹勁滿滿地敲了敲碗筷，道：「明日寅時一刻就得起，回頭我做一種新包子，你們都學著點。」

黃茂宣跟聞西陵雖然好奇，卻不敢吱聲。剁餡還行，可是捏包子對他們來說實在是太難了，他們沒這天分。

這晚眾人都歇息得早，雖然下午補了眠，但畢竟累了一日，剛倒在床上便呼呼大睡起來。

第二日天還未亮，三人便已起身。有了昨日的經歷，黃茂宣跟聞西陵已知道該做什麼了，哪怕沈蒼雪沒吩咐，也依舊做得十分到位。不過話說回來，這種重複性的體力勞作，實屬單調。

聞西陵非常想擺爛，但又不好當著沈蒼雪的面做得太過分，畢竟人家小姑娘都能吃苦耐勞，他一個大男人沒理由在這裡叫苦連天。

可是轉念一想，這又不是他的鋪子，是沈蒼雪跟黃茂宣的事業，自己作為一個幫工，做得差不多就算仁至義盡了，難道還要他把鋪子當成自己的家？笑話！

聞西陵的動作漸漸慢了下來，他實在沒必要因為簽了一份幫工書契而肝腦塗地。

沈蒼雪不知何時走了過來，定定地看著他。

正在開小差、想著如何回京的聞西陵有一瞬間的不自在。

沈蒼雪對他的心態能猜到七七八八，她問自己，要是員工想擺爛，該怎麼辦？那自然是要讓他愧疚到底！

只見沈蒼雪哥倆好似的拍了拍聞西陵的胸膛，她原本是想拍肩膀的，可惜拍不到，只能退而求其次地拍了拍別處。

聞西陵差點沒繃住，下一瞬便見她那張巴掌大的小臉上滿是他看不懂的欣慰，她還對他道：「不錯，今日比昨日表現好多了，淘米、加水、剁餡，不用我吩咐便能妥善處理好，可見你將我的話放在心上了。再接再厲，等過些日子我就發獎金，少不了你的。」

聽到這話，聞西陵頭皮發麻，那種被人哄騙的感覺又來了。

沈蒼雪說完，還搥了搥自己的腰說：「唉，我要是有你這樣的力氣就好了，也不會讓你們都頂上。可惜之前逃荒的時候傷了身子，如今稍微累一點都夠嗆。」

黃茂宣一聽，這可不得了，趕緊上前表示要幫忙。「我來吧，我力氣大！」

沈蒼雪連連擺手，有氣無力地說：「不用不用，我撐得住。」

她面色痛苦，落在聞西陵眼中卻格外有趣。他不覺得自己被冒犯了，在戰場上摸爬滾打這麼多年，見識到的心眼不計其數，沈蒼雪這點小算計在他看來無傷大雅，也不教人討厭，只是令人啼笑皆非。

也罷，聞西陵又想，自己對這家人畢竟有所求，他越發篤定沈蒼雪三人便是那位沈神醫後代，他既有目的，也不好太放肆。

是以不用沈蒼雪再繼續唱戲，聞西陵逐漸加快了手上的動作。

很好，沈蒼雪滿意了，轉身離開的時候臉上浮現了笑意，哪還有一點痛苦的模樣？

她覺得自己的表演起了作用，頗為自得。就說嘛，像她這般厲害的老闆，怎麼會拿捏不了員工呢？

天明之後，伴隨著鋪子門大開，包子的香味也跟昨日一樣飄散了出來。

附近早就有人等著了，見包子鋪開門，第一時間便擁上前去。

沈蒼雪眼力好，一眼便看出這些人都是來鋪子光顧過的。昨日來過，今日又來，說明對他們的鋪子極其滿意。

只見沈蒼雪笑吟吟地打招呼。「諸位今日要吃什麼，可要試試鋪子裡的新品？」

她體格嬌小，卻打理得很乾淨，頭髮高高梳起來，精緻的眉眼中帶著三分稚氣、三分明媚，美中不足的便是膚色過於黯淡了。

不過即便是這樣，也無損眾人對她的好印象，連帶著對她口中的新品多了些好奇。

有人問：「老闆說的是什麼？」

「這個。」沈蒼雪挾了一個包子出來，兩手一撕，包子從中間整整齊齊地分開，露出裡面的梅菜瘦肉餡。梅乾菜有股特殊的乾香，肉一副燉得入了味的樣子，可惜賣相不好，黑乎乎的。

有人望而卻步，也有人躍躍欲試，第一個開口的依舊是湯敬南。

既然有他起了頭，剩下的人也大都願意嘗試，不過有人昨日吃的包子還沒吃夠，依舊要了相同的口味。

喜好這種東西是天生的，譬如沈蒼雪引以為傲的梅乾菜包，有人吃過之後驚為天人，有人卻還是覺得豬肉包最好。

然而毫無疑問，沈記的包子絕對是他們吃過最出色的，沒多久，鋪子裡再次人潮洶湧。

黃茂宣跟沈淮陽兄妹倆熟練地穿梭在人群中，比起他們，聞西陵便顯得懶散多了，不過好在沒撂挑子，仍舊悶頭做事，只是興致不算高。

湯敬南要了兩碗粥跟五個包子。他似乎不缺錢，每餐都奔著吃撐而去，正因為有閒錢，所以他將沈蒼雪這兒所有包子都嚐了個遍。

吃飽喝足之後，湯敬南對沈蒼雪誇個不停。「沈老闆，您這手藝真的沒話說，這鋪子若是開在集市口，生意鐵定更好。」

沈蒼雪苦笑道：「那兒租金太高了。」並非她不想，而是負擔不起。

「倒也是。」湯敬南點了點頭，又安慰道：「不過如今這鋪子也不錯。」

說完，他又讓沈蒼雪給他拿四個豬肉包跟四個羊肉包帶走。

沈蒼雪好奇地問道：「這是要拿回去當午膳嗎？」

「這點包子拿來當午膳，下午得餓壞了，我是帶過去給同僚嚐嚐的。昨日我跟他們說您的包子味道一絕，偏他們不信，我今日就讓他們開開眼界！」

「對，我也要帶兩個。」湯敬南這話引起旁邊另一人附和。「我昨日也這麼說，可那些人竟嘲笑我沒見過世面，我今日就讓他們知道誰才是井底之蛙！」

他不比湯敬南闊氣，這兩個包子他帶著，是準備吃給別人看的。沈記的包子香成這樣，不得把那些晦氣鬼催得饞死？

從沈記出來之後，湯敬南直接去了府衙，聞西陵猜得沒錯，湯敬南是府衙的捕頭。這會兒時間還早，府衙裡的人只來了一半。

湯敬南過來時，將包子揣在衣裳裡頭，進了府衙後，幾個要好的兄弟看他胸口鼓鼓的，全都嗤嗤地笑，其中一人打趣道：「你該不會是揣著一隻老母雞在懷裡吧？」

「去你的。」湯敬南白了他們一眼，將包子拿出來。「別怪我沒惦記著你們，我可是特地給你們帶來了。」

說完，他還神情倨傲地掃視周圍一圈。「你們今日有口福了。」

眾人都被他這沒見過世面的模樣給嚇了一跳，與湯敬南最為交好的師爺陳裕德一向嘴欠，先損道：「不就是包子嗎？有什麼好稀罕的。」

湯敬南也不惱，只說：「那行，你別吃。」

他留下一個豬肉包跟一個羊肉包在手上，便把剩下幾個包子分了出去。

包子到手，眾人一瞧還是熱的，笑著說「湯捕頭有心了」，也沒糾結，張口就啃，結果才吃一口，大夥兒互相交換了一個眼神，動作忽然快了許多。

包子咬開，裡面濃郁的肉香便擋不住了。

陳裕德使勁嗅了一鼻子，明明今日早上他已經吃得很飽，卻又飢腸轆轆起來，於是也不管自己方才說了什麼，覥著臉上前道：「你那兒不是還剩兩個嗎，給我嚐嚐。」

「你不是不稀罕嗎？」

「誰說不稀罕了，稀罕得要命，就盼著這一口呢。」

反正都已經不要臉了，只要能嚐一嚐味道，服軟就服軟吧。

不料湯敬南聽完之後卻沒教他如願，只是躲著他過來搶包子的手，說道：「想吃就去買吧，北城的沈記包子，記得早起排隊，否則吃不著。這剩下的兩個可不是留給你的，我要送給知府大人。」

陳裕德臉一僵，半晌後煩躁地揮揮手說：「去去去，要獻殷勤趕緊去。」

大不了他明日自己買就是了。

第八章　互相試探

湯敬南還真的去獻殷勤了。他本事大，人也機靈，雖是前兩年剛招進來的，待在府衙的時間不算長，不過知府陳孝天對他一向很不錯。陳孝天雖貴為知府，但為人和善，私底下跟眾人相處得都很融洽。

陳裕德雖說湯敬南是獻殷勤，但這不是什麼酸話，畢竟這樣的殷勤他們都獻過，況且陳裕德自己跟陳孝天還是族親呢。

儘管陳裕德沒吃上沈記的包子，旁人卻有幸嚐到了，聚在一塊兒嘖嘖稱奇。

「真沒想到，咱們這附近還有這樣的早點鋪子。」

「不過是尋常包子，怎麼味道就這般好？既做得出這樣的包子，生意該好成什麼樣子？」

「明日不就知道了嗎？」陳裕德回了一句，越吃不到才越惦記著，他現在就是這樣的狀態。

同樣的場面，其他地方也在上演。

沈記的包子最不同於尋常的地方在於香氣十足，光是聞味道便教人口舌生津，若是聞到了味卻還吃不著，心裡可真是癢得難受。於是用不著食客們費力宣傳，便已有了一批潛在的顧客。

今日新做的梅乾菜包也賣光了，跟昨日一樣，鋪子裡的東西都被搶購一空，且因為多了梅乾菜包，賺來的錢加總起來快有兩貫了。可惜的是，那梅乾菜包他們幾個都沒吃到就沒了。

若不是沈蒼雪機靈，提前揀了幾個包子出來，又盛了幾碗粥，只怕到了中午他們連飯都沒得吃。

忙完之後，眾人都有些虛脫。為了避免外頭的人進了鋪子問有沒有吃的，沈蒼雪索性將門直接關上，帶著他們去後面院子的石桌前用飯。

簡單吃過午膳，回頭再洗漱一番便要休息了，再不睡，真的撐不住，至於買菜……等睡醒了再說吧。

沈蒼雪打算今日去集市上面碰一碰運氣，看看能不能找到合適的賣家，最好每天早上將新鮮的肉、菜送過來，省得他們每日得往集市跑。

飯吃到一半，沈蒼雪累得無精打采道：「等下午，你們倆誰陪我去一趟集市吧。」

黃茂宣已睏得一雙眼皮都在打架了，聽到這話，還是強打起精神道：「那我陪妳吧，我力氣大，能拎不少東西。」

沈蒼雪打了一個大大的呵欠，用手撐著下巴說：「好啊，那就你跟著吧。」

看他們一副在比誰更憔悴的模樣，聞西陵真的不知道該說什麼。

也不至於如此吧，他還在啊，又不是死了。

黃茂宣到底沒去成，他實在太睏了，倒在床上之後就睡得昏死過去。連著兩天早起，這位小少爺已經累壞了，最後還是聞西陵臭著臉跑去幫沈蒼雪的忙。

他自然不是針對誰擺臭臉，只是習慣如此罷了。他從前不僅是大少爺，還是世子爺呢，從沒想過自己有一天會跑去集市上買菜，也沒想過有一天要為了一、兩文錢掰扯來、掰扯去。

沈蒼雪在跟人討價還價的時候，聞西陵總是跟在她身後，雖然被人打量有些不好意思，但他心裡還挺佩服她的。

可沒佩服多久，報應就來了，沈蒼雪買來的這些東西，最後都掛在了他身上。沒錯，他一雙手已經拿不下了，得掛在身上。

就在沈蒼雪不知道在哪裡買了一把蒜，又要往他身上掛時，聞西陵忍無可忍道：「別塞了，已經塞不下了。」

「沒塞，準備掛你脖子上。」沈蒼雪心道這傢伙果然是從富貴人家出來的，吃不得一點虧，不過只要順毛擼就成了，她會。

沈蒼雪立刻安撫說：「你老實一點，回去給你漲工錢。」

聞西陵不禁閉上了眼睛。不管身體還是心靈，他都感到無力。

下午的集市並沒有多少人，沈蒼雪跟聞西陵兩個大包小包地買了一圈，回去時正好碰上一對年輕小夫妻，只見那娘子手上拎了一堆東西，丈夫卻抱著胳膊昂首闊步在前。

沈蒼雪跟這位娘子迎面相對，大眼瞪小眼。

兩人擦肩而過之後，沈蒼雪就聽到走在前面的那位丈夫慘叫了一聲，離得遠了，依舊能聽到那娘子憤怒的低吼。「你就不能學學人家嗎?!」

沈蒼雪搖了搖頭，覺得有點好笑。她這一趟耗費心力砍價，聞西陵則提供勞力搬貨，付出的都差不多，情況並不如那娘子想的那般。

然而聞西陵顯然不這麼想，尤其是出了集市後，他幾番被人打量，甚至有人上前告誡。「兄弟，你這樣可不行，出門在外都被人拿捏得死死的，關上門來豈不是更要被欺負得翻不了身？」

說完，還意有所指地在聞西陵身下掃了一眼。

聞西陵一開始沒聽懂，等到反應過來他們在暗示什麼時，頓時惱羞成怒。

忍是忍了一時，可聞西陵越想越氣，他手裡、身上全是肉跟菜，受了一路的注目禮，待回了鋪子之後便忍無可忍，凶神惡煞似的將東西摔在井邊。

從來沒有人敢這麼質疑他，從來沒有！

肉重重落地，菜也一樣，可這麼多東西裡面，唯有雞蛋得到輕拿輕放的待遇，僥倖躲過一劫。

黃茂宣打著哈欠目送聞西陵氣勢洶洶地回了房，這才湊到沈蒼雪身邊說道：「夏大哥這般好模樣，妳也捨得讓他做這種事？」

「我又不是不給他工錢。」

「這是工錢的事？」

沈蒼雪固執地覺得是，不過模樣好看的人的確總讓人多疼惜兩分。當初她費盡心思把對方拖回下塘村，未嘗不是因為他長得賞心悅目。

即便他剛才忽然發了這麼大的火，沈蒼雪也對他生不了氣。

進廚房之後，沈蒼雪思考起了明日要做的新包子。

今日沒買到梅乾菜，不過豬肉跟八角卻買到了不少，她檢視了一下，決定明日做些醬肉包。

沈蒼雪並不擔心隔些日子添新品項會江郎才盡，反正後世的包子種類那麼多，做上一個月不重複的都行。

她不喜歡墨守成規，就喜歡獨樹一幟。

定好了要做的新包子，沈蒼雪又想起自己還買了幾碗牛乳。

原是想給龍鳳胎補充一點營養，現在想想，單喝牛乳有什麼意思，不如花點心思做點別的，也能讓他們吃得高興些，這陣子還沒來得及好好犒勞這兩個小孩呢。

沈蒼雪決定動手之後，便叫上了黃茂宣。

目前開包子鋪只是權宜之計，等賺到了足夠的錢，她想開個飯館，屆時包子鋪的生意自然要放下，便宜別人不如提拔黃茂宣。

沈蒼雪在做包子的時候，一點也不避著黃茂宣，反而讓他在旁邊跟著學，一日不行就兩日，兩日不行就三日，她不信自己帶不出一個合心意的徒弟。

黃茂宣雖然看來呆呆的，但是他不傻，沈蒼雪有意栽培他，他豈會不知，是以學得更賣力了。

沒多久，院子裡便傳來了一陣陣奶香味，這香味太迷人，風一吹便散往各家各戶，饞得人直嚥口水。

距離這麼近，若還不知道是誰家弄出來的動靜，那他們就真的傻了。有些人實在按捺不住，甚至跑過來敲門問情況了，結果卻得知人家沈大廚是在家裡鬧著玩呢，沒準備明日賣這東西。

眾人大失所望，不過還是有人追問道：「回頭鋪子裡會賣嗎？」

沈蒼雪沒將話說得太死，只道：「若是牛乳夠的話，應當能賣。」

對面的糧鋪老闆封立祥咧嘴一笑，說道：「賣牛乳的啊……我倒是認識一個，他那兒的牛乳管夠。」

沈蒼雪沒想到還有這樣的意外之喜，當下便拜託封老闆幫忙引薦引薦。

封立祥本人是個老饕，而且嗜甜如命，自然滿口答應。

一番交涉過後，兩邊都滿意得緊，沈蒼雪甚至打算明日做些奶黃包送給封老闆，總不能讓人白白幫了自己。今日是不行了，做得太少，自家都不夠分，拿出去送人也不像話。

外頭這麼大的動靜，聞西陵又不是死人，怎會不知？只是他一直忍著，不願為了一口吃的折腰。

他氣外面那些不知死活的人口無遮攔，也氣沈蒼雪拿他當小廝看，今日若是不把態度擺出來，回頭定還會被毫無限度地使喚。

一屋子人，憑什麼只有他地位最低？

聞世子爺從小到大沒受過委屈，然而到了沈記之後，一天到晚都有罪受，他豈能忍？

「好香啊……」

聞西陵還在滿腹牢騷的時候，沈淮陽跟沈臘月已經盯著蒸籠上的包子回不了神，他們哪曾見過這樣香香軟軟的東西？

沈蒼雪揀了幾個包子遞給他們，道：「嚐嚐，這叫奶黃包，餡是甜的。」

照顧了兩個小的，便要滿足大人的口腹之欲了。沈蒼雪正準備把這些奶黃包分一分，忽見黃茂宣手一指，她這才想起房間裡頭還窩著一個彆扭精呢。

他們家這位俊俏的員工既傲嬌又扭捏，跟貓似的。奶黃包做都做了，若是不分給他，回頭定會氣壞。生氣不打緊，憤而辭職就不好了，她上哪兒去找一個又便宜又好用、客人還都喜歡的員工？

思及此，沈蒼雪願意禮讓他一些，遂親自揀了兩個奶黃包端走，敲響了聞西陵的門。

「沒睡吧？起來嚐嚐我特地做的奶黃包。」

呵，現在知道來了？

剛有了起身念頭的聞西陵冷笑一聲，一頭釘在枕頭上。

沈蒼雪敲了半天門，都沒聽到裡面傳來回應。

她涼涼一笑，心裡跟明鏡似的。這是作上了嗎？也是奇了怪了，這夏嶺瞧著是個貴氣天成的公子哥兒，怎麼如此不大方？

縱觀鋪子裡頭的幾個人，她沈蒼雪自問是最爽朗大氣，黃茂宣則是最好相處，沈淮陽少年老成，沈臘月天真爛漫，唯獨這個夏嶺，性子古怪又懶散。

話雖如此，沈蒼雪如今還不好翻臉，畢竟這個人可是能幫她掙錢的。

沈蒼雪索性推了推門，門沒鎖，一推就開，倒令她很詫異。

推開門後，沈蒼雪便見對方和衣而臥，雙目緊閉──大家都知道，人在睡著的時候，眼睛並不會閉得那麼緊。

她笑著走過去，將那兩個奶黃包子端到床前，聲音軟了下來。「你今日也累著了，好歹吃口東西再睡吧，這可是我特地為你做的，要犒勞犒勞你。」

聞西陵睜開眼睛，輕蔑道：「為我做的，那你們沒吃？」

這人怎麼這麼難搞啊？沈蒼雪耐著性子道：「你方才又不在，他們幾個嘴都饞，東西一做好便搶著吃了。若不是我記掛著你，虎口奪食搶了兩個過來，這包子早就沒了。」

沈蒼雪將盤子遞過去道：「嚐一下吧，大少爺。」

聞西陵哼了一聲，從床上坐了起來，伸手拿過一個包子。

這奶黃包蓬鬆柔軟，隔著一層包子皮，都能聞出濃郁的奶香味。

聞西陵從沒說過，但他其實喜歡吃甜的。北疆日子過得粗糙，沒有多少甜食，所以平常聞西陵總是壓抑著自己的喜好，不過在面對好吃的甜點時，他很難昧著良心說難吃。尤其是這包子的餡跟蜜汁一樣，甚至還能流出來，又甜又糯、奶香十足，看得出是下了不少功夫的。

沈蒼雪嘖嘖稱奇，這人究竟是什麼來頭，旁人吃包子一向接地氣，怎麼他偏偏能把包子吃得像山珍海味似的？

她乾脆在他床邊坐了下來，問道：「老實說，你從前究竟是什麼身分？」

聞西陵先是一怔，旋即苦澀一笑。「我若說了，妳未必肯信。」

「你說說看。」

「我養父出身顯貴，府中男嗣唯我一人，我上面也只有一個姊姊。我一懂事，便是按著繼承人的身分加以栽培。」

沈蒼雪的眼神有些微妙，究竟誰是養父、誰是生父，還不一定呢。不過她急著聽八卦，倒也沒戳破。

又聽聞西陵道：「姊姊及笄之後，嫁入一高門大戶，比我養父家還要尊貴幾分，然而豪奢之家，總免不了為家產勾心鬥角。我姊姊有一個小姑，性格強勢，又頗受寵，便起了不該有的心思，她暗中謀害我姊夫，企圖爭奪全部的家產。」

沈蒼雪的目光越來越亮，好傢伙，這個小姑真是厲害呢！「你那姊夫未查明真相嗎？」

聞西陵有些輕蔑地說：「他這人素來優柔寡斷，因記掛著兄妹情分，從不肯對他妹妹下手，也是他過於懦弱，才會讓人有可乘之機。我姊姊求到了我身上，我只能替她奔走，興許是擋了她小姑的道，路上差點沒被她雇凶殺死。好在我福大命大，遇上了生父救我一命。」

沈蒼雪無語，心想：你福大命大，是因為遇到了我！

不過她懶得說這些了，追問道：「你就不想回去報仇嗎？」

「仇自然是要報的，可也得徐徐圖之，如今我勢力還太弱了，貿然回去不過是蚍蜉撼樹。」

沈蒼雪一想也是。他如今不僅勢力弱，還是個窮光蛋。人家能雇凶殺他，他卻連買牛車的錢都沒有，嘖嘖……窮得可憐啊。

聞西陵半真半假地說完，又問起她來。「妳呢，從前日子如何？」

沈蒼雪可沒有什麼花花腸子，她那點經歷說出來也無妨。「爹娘還在的時候，家中日子尚可，雖沒有大富大貴，可也衣食無憂。爹娘不幸去世之後，情況便急轉直下，後來又遇上災荒，不得已才帶著一雙弟妹前來投奔伯父，可惜伯父人也沒了。好在張家顧念著伯父的香火情，讓我們留在下塘村。」

聞西陵道：「妳爹是大夫？」

「你怎麼知道？」

「先前見淮陽在看醫書。」

沈蒼雪笑了笑，說道：「那是我爹留給他的，他寶貝得要命，不知藏在了哪兒，倒沒被燒毀。不過醫書上的東西除了他沒人看得懂，我跟臘月都沒學過。」

聞西陵暗暗點頭，那醫書……說不定是個突破口。

沒多久，聞西陵的目光又落到沈蒼雪脖子的紅線上。雖然有些冒昧，但是他不想錯過眼下這樣大好的機會，遂厚著臉皮問道：「妳脖子上繫的也是妳父親留給妳的嗎？」

「這個啊？」沈蒼雪扯著紅線，直接拿了出來。

聞西陵終於見到了他很想看的東西，可映入眼簾時，卻是一愣。

那只是一塊石頭，若說有什麼花樣的話，不過就是石頭中間有一道金色的線而已。

沈蒼雪說道：「這是我娘給我求的護身符，聽說請大師開過光，雖然不是什麼值錢的玩意兒，如今卻成了念想。」

原主一直將這石頭戴在身上，所以沈蒼雪便沒拿下來，都戴習慣了。

聞西陵稍顯失望，如今看來，那藥丸應當不在沈蒼雪身上，或許關鍵在沈淮陽那裡也未可知。

經過這麼一番交談，兩人重修於好，晚上還坐在一塊兒吃了飯。

聞西陵回去歇息之後，黃茂宣還跟沈淮陽咬耳朵。「夏大哥的臉真是跟六月的天一樣，說變就變，難得你阿姊肯由著他。」

沈淮陽不想在背後說人閒話，便沒有附和。

翌日一早，沈蒼雪的新品醬肉包新鮮出爐。

黃茂宣在沈蒼雪的調教下，已經從笨手笨腳的小少爺變成了得力小助手。之前對他來說最難的就是將包子褶捏成一朵花，可他練得多了，總算是找到了點竅門，也能幫沈蒼雪出份力了。

不過今日打開大門以後，外頭的情況卻讓沈蒼雪嚇了一跳。

黃茂宣也是瞪著外頭，久久不能回神。「怎麼……怎麼這麼多人？」

前兩日也沒有這麼多人排隊啊？

排在前頭的湯敬南他認識，不過他後面怎麼跟著一群精瘦的練家子？

第九章 同行相忌

湯敬南咧嘴笑道：「沈老闆，我今日可是給您招攬了不少客人。」

聞言，沈蒼雪眼睛一亮，趕緊讓他們進鋪子。都是府衙裡頭的人，出手肯定一樣大氣。湯敬南已經熟門熟路了，很快就往自己的老位置上一坐，還招呼同伴坐下。

今日來的人格外多，門一開生意自然就來了。

封立祥的鋪子還要人看著，他只在外面拿了幾個包子就準備帶走，可是臨走前又看到菜單上新添了一樣東西。「醬肉包？老闆又出新花樣了？」

「是啊，總得要多些新意才能吸引人。」

排在後面的鐵匠鋪子老闆鄧老三道：「老闆，您家就是尋常的包子也一樣吸引人。我家小孩的嘴挑剔成那樣，都對您家的包子讚不絕口。如今孩兒他娘也不擔心他吃不下東西了，反而發愁晚上沒包子，孩子得鬧騰個沒完。老闆，你們就不考慮晚上也賣包子嗎？」

沈蒼雪想了想，認真道：「眼下人手不夠，等日後招到了人，興許會賣。」

「那敢情好，到時候我每天晚上都來光顧。對了，那醬肉包給我來兩個，昨日的梅乾菜包呢？怎麼沒了？」

沈蒼雪無奈地說：「梅乾菜沒了，一時半刻也買不到，下回買到了一定做。」

他們聊得起勁，後面還有人不斷催促，瞧著像是等不及了。

陳裕德跟著湯敬南坐下，心裡對沈記好奇到了極點。這排隊的人裡頭有一個人陳裕德也認識，就是他隔壁的鄰居。

那老太太平日最是摳門，脾氣又差，跟誰都處不來，連買雞蛋也要討價還價爭個半天。陳裕德本以為這老太太捨不得花錢，定要磨蹭半天占個便宜再說，不料她乾脆地給錢拿包子，還一副很滿意的樣子。

陳裕德搞不懂現在是什麼情況，不過很快的，桌上傳來的香味便由不得他繼續思考了。醬肉包一入口，陳裕德一雙不大的眼睛猛地張開了。這包子餡還能這樣有滋有味？別說是做餡了，就是單獨弄成一道菜，味道也不差。

湯敬南咧嘴笑著說：「怎麼樣，我就說很不錯吧？」

陳裕德頓悟了，怪不得那老太太也滿意，這味道是實打實的好。

一群人吃得津津有味，前頭的沈蒼雪卻碰到了一個意料之外的人。

杜鵑笑咪咪地說道：「沈老闆，沒想到會是我吧？」

沈蒼雪還真沒想到她會來，趕緊道：「妳今日怎麼來了？快去裡面坐。」

「妳這兒忙成這樣，我怎麼好意思去坐？老夫人放了我半天假，我便過來瞅一瞅。妳給我留十個肉包子，豬羊各半，我帶回去下午吃。唉……妳這鋪子裡也沒多少人幫襯，罷了，我來幫忙吧。」

「怎麼能讓妳做這個？」

「這有什麼，我在府裡不也是端茶倒水嗎，都是一樣的。」

杜鵑說完，竟然真的進去幫忙了。

黃茂宣跟聞西陵見她跟沈蒼雪很熟稔，便未予阻止。

沈蒼雪很想跟杜鵑說不用，可是後面的人都在等著拿包子，她實在分不出心神招呼杜鵑。

杜鵑進了鋪子之後，很自然地接過了收拾桌子的活兒。

在收拾湯敬南與陳裕德那桌的時候，杜鵑刻意多瞧了他們兩眼，又凝神聽了片刻，知道陳裕德對沈蒼雪的手藝極為滿意，還聽他們說要多買一些回去給知府大人，說知府大人也愛吃這個。

杜鵑心下一驚。她是過來湊熱鬧順便找門頭的，哪裡想到還有這樣的意外之喜？

近兩日，方府一直想透過陳裕德這條路跟知府大人搭上話，最好是能請到家裡吃一頓便飯。可惜他爹跟另兩位廚子做出來的菜色過於尋常，被老爺連番訓斥，責怪他們不上心。

天地良心，這哪裡是不上心？分明是老爺要求太高，又摸不清知府大人的口味，關心則亂啊。

如今得知知府大人喜歡沈蒼雪的手藝，杜鵑的心思一下就活絡開了，她可以建議老夫人讓沈蒼雪來府裡掌勺啊！

人家在外頭經營鋪子，也不必擔心她會因此搶了她爹的飯碗，再加上沈蒼雪廚藝的確出眾，有她幫襯，還怕這宴席不夠出彩嗎？

不到中午，鋪子裡的東西便賣得一乾二淨了。

大早上那一會兒，幾個人抽空吃了些包子，尤其是沈蒼雪引以為傲的醬肉包，她給大夥兒都拿了兩個嚐嚐味道。有了先前的經驗，若那會兒不吃，現在就什麼都不剩了。

黃茂宣對著空鍋刮了起來，想刮出一丁點剩粥，結果刮了半天都沒能弄出什麼。

「別折騰了。」沈蒼雪直接脫掉了圍裙。「你們幫著收拾收拾，我去廚房做些好吃的。」

平常中午隨便吃就罷了，今日可是有杜鵑在，人家還幫了一上午的忙，沈蒼雪無論如何都得弄些可口的。

杜鵑笑得合不攏嘴，道：「那我今日來得真值！」

沈蒼雪雖說開的是包子鋪，但是廚房裡頭什麼器具都置辦得齊全，尤其是她還花了大手筆，讓鐵匠鋪子的老闆鄧老三打了一口跟方府一模一樣的鐵鍋。為了這口鐵鍋，她又去買了不少油、鹽、醬、醋，如此做飯或炒菜都方便。

今日招待客人，沈蒼雪便炒了幾道菜，葷素搭配，出鍋之後教幾個人都挪不開腳了。

杜鵑吃得差點捨不得走。別說她搞不清楚了，就連她爹都想不通，明明食材一樣，怎麼經過沈蒼雪的手，就能變得那般美味？不過，這也說明了她的決定沒錯。

吃過中飯，杜鵑不好打擾他們午休，她略坐了一下，跟沈臘月玩了一會兒便離開了。臨走時，還神神秘秘地對沈蒼雪說，過些日子與許會過來麻煩她做件事。

杜鵑不說，沈蒼雪也沒追問，只是正準備關上鋪子休息的時候，無意間看到巷子口似乎有兩個鬼鬼祟祟的人影。

等她細看的時候，那兩個人便迅速縮回了頭，再定睛一看，哪還有半個人影。

聞西陵比她更加敏銳，已經瞧著那邊看了好一會兒了。

沈蒼雪問他。「你也發現了那兩人？」

聞西陵沈著臉，微微點頭。

沈蒼雪扯了扯嘴角道：「大概是見咱們鋪子生意好，想要使壞呢，這段日子小心一些，別著了他們的道。」

聞西陵卻想得更深入一些，他擔心他們是鄭鈺的眼線，若真是如此……這兩個人便不能留了！

方才鬼頭鬼腦的兩個人縮回去之後，不約而同地打了個冷顫。明明陽光明媚，怎麼會忽然升起一股涼意？

小廝興旺有點害怕，同他家老爺王亥道：「老爺，要不咱們隨他們去吧，別管了。」

「隨他們去？那鋪子的生意怎麼辦？」

「府上鋪子多著呢，再說了，耽誤生意的不過是個早點鋪子罷了，就算少掙了些也不打緊的。咱們不是還有酒樓嗎？那可是整個臨安城首屈一指的店鋪，不是這小小的包子鋪能比的。」興旺越說越覺得自家老爺小題大作了。

「管他們能不能比，只要我看不順眼，對方就不可能安然度日。」看自家老爺一副不善罷干休的模樣，興旺出了一身冷汗。

事情是這樣的，自從沈記包子鋪開張之後，王家的早點鋪子生意便一日淡過一日。原本他們老爺並未將此事放在心上，畢竟王家的收益不光靠這個鋪子，然而得知是被人搶了生意之後，老爺就坐不住了，尤其發現那是個不知天高地厚的黃毛丫頭開的鋪子時，更令他憤憤不平。於是他們老爺打算最近鬧出一點動靜，威懾對方一番。

興旺如今盼著沈記包子鋪能一捏就死，只要能讓他們老爺出一口惡氣，事情就結束了，他也不用再擔心受怕。

這對主僕商量對策時，杜鵑已經回了方府。如今她在方老夫人那邊頗得臉面，回府之後便直接去方老夫人那裡回話了。

知道老夫人對沈姑娘頗為好奇，杜鵑便一直描述她鋪子裡的生意如何的好，最後才說到了點子上。「老夫人，您猜奴婢今日在鋪子裡遇到了誰？」

「有話就說，猜來猜去的，我怎麼猜得到？」方老夫人嗔怪道。

只見杜鵑笑了笑，說道：「老夫人肯定想不到，奴婢竟然遇上了陳師爺！今日奴婢去的時候，陳師爺正帶著府衙裡頭的人在鋪子裡吃東西呢。」

杜鵑之所以認識對方，是因為他們家老爺請過陳師爺好幾次。方府跟陳師爺家有姻親關係，陳師爺又跟知府大人是族親，所以方府更捧著陳師爺了。

當然，杜鵑剛才說的那些還不是重點，她繼續道：「奴婢守在旁邊聽了一耳朵，據說知府大人很滿意沈姑娘的手藝呢。」

方老夫人立刻同杜鵑想到了一處。「妳是說，可以請沈姑娘過來？」

杜鵑點了點頭道：「可以一試。」

方老夫人思量了一會兒，半晌後說道：「好丫頭，多虧妳惦記著，我今晚就跟你們老爺說說。」

上回沈蒼雪露的那一手便夠外頭那些人學上幾年了，倘若這樣的手藝都不能讓知府大人吃得高興，那這口味也挑剔得沒邊了。

方老夫人是個急性子，午後就跟兒子方如山商量了一下，方如山之前雖然沒嚐到沈蒼雪做的菜，但既然有方老夫人力薦，他願意一試。

「我明日就讓卓管事去請她，若是廚藝出挑，便是讓她擔任主廚又有何妨？」

方老夫人笑著說：「那你可得準備好厚厚的賞錢。」

「少不了的。」

招待知府大人是方府上下目前最要緊的頭等大事，那位沈姑娘若是做得好，賞錢給得再多也使得。

沈蒼雪還不知道自己即將有個賺外快的機會，她強拉著聞西陵去買菜，又交代了黃茂宣一個任務。

「你且回一趟下塘村，跟里正商議一番，就說我們鋪子要在村裡收筍——曬乾的乾筍，二十文錢一斤，總共要收五百斤，先來先得。再來，若是各家有雞蛋、鴨蛋的話，也可以收一些，每日都要二十來斤，亦是先到先得，雞蛋跟鴨蛋都按照市價收購。」

黃茂宣一聽要去跟里正商議，下意識便想拒絕。

沈蒼雪看出來了，她不打算讓他開口，直接道：「你可是要做生意的人，既然如此，哪能不跟人打交道？最好現在就歷練起來，以後才不至於亂了陣腳。」

黃茂宣猶豫了半晌，終究還是咬牙點頭了。之前他娘說他們鋪子第二日生意就會變差，結果隔天他們依舊忙得腳不沾地，他娘見狀又改了口，說他現在全依靠沈蒼雪，自己沒出什麼力氣。

家裡壓根兒沒人知道，他為了掙錢每日多早起來，又跟著沈蒼雪學了多少東西，反正在他們看來，自己不過是瞎胡鬧。

黃茂宣其實也想讓他們看看自己的變化，不再被家人看扁。

交代完黃茂宣，沈蒼雪便不操心這事了。

黃茂宣可是他們鋪子裡的二把手，早晚都必須獨立起來，倘若這點小事都辦不好的話，那往後還能指望他什麼？

等黃茂宣出門之後，沈蒼雪也拉著聞西陵去了集市。

老實說聞西陵不願意去，他想留下來趁沈淮陽睡覺時去把那本醫書找出來看看，然而沈蒼雪就是不給他這個機會。

去了集市，沈蒼雪又買了牛乳，這回買得夠多，到家之後立刻做成奶黃包，在聞西陵的冷眼中拿了一大半去給對面糧鋪的封立祥。

封立祥正等著這口呢，一嚐到包子，立刻說道：「沈老闆放心，人我都聯繫好了，明日他便過來跟妳談。他那兒的牛乳足夠，如今會用牛乳做點心的人不多，妳跟他談的時候不必顧忌我，只管壓價就是。」

沈蒼雪一陣感動，這真是遠親不如近鄰啊！

才準備客氣互吹個兩句，沈蒼雪就聽到她家鋪子那邊忽然傳來吵鬧聲。

封立祥皺了皺眉頭，他懷疑有人鬧事，跟沈蒼雪說道：「我到後面叫兩個人過去瞧瞧。」

沈蒼雪點點頭，快步踏出糧鋪回去。

才到門口，便看到鋪子裡頭歪著兩個人，這會兒正哭天喊地，嚇得沈臘月小臉蒼白，一個勁兒地往聞西陵身後躲，聞西陵則被他們嚎得煩不勝煩。

興旺頭一回親自出馬做這種沒良心的事情，但是沒辦法，今日不給沈記一點教訓，回頭他們家老爺就要親自動手了！

他不想把事態鬧大，只能沒皮沒臉地帶著人鬧一回了。

見沈蒼雪回來，興旺立刻擺出一副凶神惡煞的模樣說：「沈老闆，我娘子跟我母親可都是吃了妳家的豬肉包才生了病！一上午腹瀉不止，去看了大夫，大夫說是吃了不乾淨的東西，她們倆今日只吃過妳家的包子，妳說這事要怎麼算？」

沈蒼雪大怒，這是什麼低級的撒潑伎倆？「我今日早上就看到你在外頭鬼鬼祟祟，原來打的是這個主意！警告你，說話要憑證據，張口就想誣衊我，作你的春秋大夢去吧！」

「妳！」坐在地上哭鬧不止的老婆子一聽這話也惱了。「就是吃了妳家的包子才生病的，難不成生病還能有假？妳家的東西不乾不淨，還不讓人說了?!」

沈蒼雪冷笑。「生病還能賴在地上撒潑？」

「妳敢說我撒潑？」那老婆子一躍而起，作勢要推沈蒼雪。

聞西陵神色一變。

興旺只覺得眼前忽然一黑，一根筷子擦過他的鼻尖插進了旁邊的門板，響亮的一聲過後，滿室皆靜。

老婆子直勾勾地瞪著那根筷子，都忘記拉扯沈蒼雪了。讓筷子這樣飛過去插進門板，得要多大的力道？若是這筷子戳進自己身上，不死也要去半條命。

興旺被嚇得冷汗瞬間冒了出來，可鼻尖卻似乎熱得像在冒火。他摸了一把，只覺鼻尖火辣辣的疼，應該是被削掉了一層皮。

聞西陵冷著聲說：「鬧夠了沒有？」

興旺不禁嚥了嚥口水。老爺啊，您知道自己惹了一個殺神嗎？

他嚇得屁滾尿流，帶著那老婆子跑了。

封立祥才剛找好幾個壯漢前來撐腰，便發現鬧事的人離開了，不過因方才那老婆子叫罵的聲音頗大，引得外頭好些人過來看熱鬧。

只見封立祥嫌棄地揮揮手說：「都圍在這兒做什麼？明知道人家來鬧事，也不肯上去幫一幫？」

眾人被他這麼一說，心中有愧，遂都散了。

這個世上總是看熱鬧的人多，真正願意且敢於伸出援手的，其實沒幾個。

沈蒼雪等人散盡了之後才跑去門板處，她費勁一扒，筷子卻穩穩地插在原地。

聞西陵站在她身後，捏住筷子一提，方才還像釘子般的筷子瞬間便鬆動了。

沈蒼雪「嘖嘖」兩聲，將筷子取下來，捧在手上仔細地看了看。「當真只是一支尋常的筷子啊。」

「否則還能是什麼？」聞西陵淡淡道。

沈蒼雪沒說話，逕自牽起他的手打量了起來。

聞西陵的指尖不自在地縮了一下，在沈蒼雪的目光中，他渾身都僵硬了起來——他從來沒跟一個姑娘家這般接觸過。

沈蒼雪還在納悶。「都是五根手指，怎麼你的力氣就這麼大？」

聞西陵的目光不自主地落在了她臉上。這些日子吃得好，沈家幾個人的臉色都好了許多，如今沈蒼雪眉眼盈盈，表情比平日裡更靈動，不過聞西陵卻敏銳地察覺到，她似乎跟沈淮陽兄妹兩人生得並不像。

興許……那兩個隨了他們父親，眼前這個則像母親吧。

第十章　真假千金

遠在京城的汝陽王府中，此刻正是一片愁雲慘霧。

家裡的大郡主落水之後遲遲未醒，汝陽王鄭毅與汝陽王妃趙卉雲都快要急壞了，拜完了各處神佛，又請來了京中名醫，仍不見女兒有半點起色。

趙卉雲慌了神，說道：「會不會是魘著了？若再不醒，是不是該做場法事？」

鄭毅一籌莫展道：「再等等吧。」

他們夫妻兩人並未注意到，躺在榻上的鄭意濃正眉頭緊鎖，整個人沈浸在絕望與痛苦之中。

驀地，鄭意濃睜開了眼睛，她先是一愣，待偏頭看到汝陽王夫妻後，她的目光變得極度訝異，難以置信地盯著周遭的一切，神色從凝重轉為狂喜。

她這是……回來了?!

鄭意濃難掩激動之情，既然給她重來一次的機會，便代表連老天都眷顧她。

這回，她絕不會讓沈蒼雪搶走她的一切！

上輩子，定遠侯府的人先一步找到了沈蒼雪，因沈蒼雪獻藥有功，甫一回京便被封為郡主。

宮宴之上，汝陽王妃不可避免地與沈蒼雪見了面，她們倆生得那麼像，沒引起非議才是怪事。

經過一番調查，王府的人才發現，當年兩家夫人在寺廟中生產的時候，竟抱錯了孩子——王府的下人抱走了沈家的大姑娘，沈家人也錯抱了王府的大郡主。

真相大白之後，鄭意濃成了最尷尬的那一個。她一直以王府嫡長女、郡主的身分自傲，可到頭來一切卻都是空！

因為沈蒼雪的郡主是聖上親自封的，還有封號。要知道，一般王府的郡主並無封號，汝陽王府上下因此對她敬重有加，沈蒼雪的地位越是顯赫，她鄭意濃便越是卑微。最讓鄭意濃無法忍受的是，連她的未婚夫陸祁然都被沈蒼雪迷惑了。

憑什麼？憑什麼她要如此受辱？如果沒有沈蒼雪，這一切悲劇都不會發生。

鄭意濃被恨意蒙蔽，漸漸迷失了自我，在陸祁然退婚之後，鄭意濃為了報復，買凶了結沈蒼雪的一生。

東窗事發之後，鄭意濃自然無法逃脫，而後十多年，她都被囚禁於獄中，不見天日。她原以為自己這輩子再也翻不了身了，不料老天開眼，竟然讓她回來了！

這次她絕對不會讓沈蒼雪回京，既然她這麼喜歡臨安城，那就一輩子留在那邊好了。

鄭意濃眼中蓄滿仇恨，可一轉頭面向汝陽王夫妻時，卻顯得格外孱弱無助。「父王、母妃……」

夫妻倆猛地轉身，待發現寶貝女兒醒來後，皆是喜極而泣，趙卉雲喊道：「阿濃，妳可把我們嚇死了！」

說著，她一把抱住女兒。

鄭意濃雙手微顫，眷戀地抱住趙卉雲。

她有多久沒有體會到母妃的關愛了？自從沈蒼雪回來之後，母妃的目光似乎就從自己身上離開了。不過那是上輩子的事了，她絕對不會重蹈覆轍。

鄭意濃知道沈蒼雪如今還在臨安城，幾個月後，定遠侯府的人會發現聞西陵的屍體，順帶找到沈蒼雪。

她只要搶在定遠侯府之前先找到沈蒼雪，就能除之後快，甚至還能拿到那顆藥丸。

對，那藥丸本來就是她的，是那對親生父母欠她的。

這一世，鄭意濃仗的就是這未卜先知的底氣，她還知道當今聖上跟泰安長公主之間的博奕獲勝的究竟是誰。只要她帶著汝陽王府投靠對方，別說是榮華富貴了，往後她要什麼都易如反掌。

汝陽王府暗流湧動，聞西陵這兒也繃緊了神經，他尾隨興旺到了王亥府上。

待王亥回來以後，興旺便對著他哭訴。「老爺，咱們還是收手吧，那沈記裡頭有一個極厲害的年輕人，身手了得，等閒人根本奈何不了他。您都不知道，奴才今兒差點就被他打死！」

王亥本以為今日能聽到喜訊，誰料等了半天卻等來了這樣喪氣的話。他原只是不滿生意被一個黃毛丫頭給搶走了，現在一聽對方竟然敢欺負他們家的人，不禁越發惱怒。「不中用的東西，這點事情都辦不好！」

「老爺，收手吧，生意被搶就算了，不就那點錢嗎，咱們府上也不缺啊。」興旺哭得傷心。

「哪裡是錢？那是顏面！」王亥下定決心。「她既然不識好歹，那就別怪我不客氣了。」

興旺頓時止住哭聲，心頭一緊，問道：「您要怎麼做？」

王亥輕輕一笑，說道：「這你就別管了。」

生意場上的競爭不就是那麼點事嗎？只要捨得砸錢，什麼人扳不倒？

趴在屋頂上的聞西陵聽了半晌，便收了殺心。

既然不是鄭鈺派過來的，那就罷了，先放他們一條生路。

聞西陵回去時並未驚動任何人，甚至沒人發現他曾經離開過。

黃茂宣從下塘村回來時春風滿面，不用他開口，沈蒼雪也能看出來事情定然是成了。

沒等到沈蒼雪問自己話，黃茂宣憋得可憐，好一會兒之後終於忍不住了。「妳怎麼都不問問我？」

沈蒼雪挑眉道：「你臉上寫著『事成』兩個大字，還需要我再問？」

黃茂宣嘿嘿一笑，頗為自得地說：「里正已經答應了，還說過幾日便能將東西給妳送來。我原先在他那兒從來沒有得到一個正眼，今日話說完之後，里正忽然對我尊重不少，讓人受寵若驚。」

這種感覺黃茂宣挺稀罕的，總覺得自己又長進了。

「對了，里正還說讓我代他道聲謝，說多謝妳如今還惦記著鄉親。」

沈蒼雪笑了笑，沒說話。人與人之間最可貴的是互助的精神，她其實也很感謝當初下塘村的人收留他們沈家姊弟妹，如今既然有能力，自當回報這份恩惠。

第二日，鋪子的生意一切照常，封立祥聯絡的那位養牛大戶也到了，沈蒼雪讓黃茂宣去跟他談。

黃茂宣戰戰兢兢地接下了這個任務，費了半天工夫才談好了價格，又忐忑地跟沈蒼雪匯報。

他是頭一次跟人談價格，生怕自己做得不好，不想沈蒼雪得知結果之後，竟道：「不錯，看來你知道如何做生意，往後若有能合作的對象，都交由你負責好了，還能乘機練一練口才。」

黃茂宣整個人猶如行走在雲端，都有點飄飄然了。

在家的時候，他爹娘從來不會給予他肯定，反倒是出來闖蕩之後，不管做什麼都格外順利——蒼雪果然是他的貴人！

中午快關門的時候，沈記包子鋪斜對面許久租不出去的鋪子忽然來了不少人，似乎在搬東西。

沈蒼雪跟封立祥打聽了一下，封立祥敲著算盤，不甚在意地說道：「誰知道是怎麼回事？八百年沒租出去的鋪子，如今也不知道是哪個冤大頭接了盤。」

那家鋪子租金極高，尋常人根本問都不會問一句，也就某個財大氣粗，或是犯病發瘋的人才決定要盤下來做生意。

沈蒼雪原先還在納悶，等到瞥見興旺的身影後，頓時恍然大悟——原來是他們。

興旺似是感應到了，遙遙地望過來，待瞧見沈蒼雪，他就想起那個一言不發、丟根筷子就能嚇死人的殺神，瞬間緊張到屁都不敢放一個，埋頭便往鋪子裡走。

別怪他啊，這全都是他家老爺的主意，他也是被逼的！

沈蒼雪猜出了他們有什麼打算，不過她並不怎麼擔心，她的手藝才是立身的根本，其他東西都能被替代，唯獨手藝不會。

圍著那即將開張的鋪子轉了兩圈，把興旺給嚇得不敢出來後，沈蒼雪的鋪子就來了一位客人——方府的卓管事。

因為方如山極看重此事，才由卓管事親自來請人，他見到沈蒼雪後說話也格外客氣。「沈老闆，未曾知會一聲便冒昧過來打攪，實在抱歉。」

沈蒼雪忙道：「不礙事，左右我下午都閒著。」

卓管事點點頭，隨即面露難色。

沈蒼雪會過意來，立刻說道：「咱們去裡頭談？」

「如此正好。」卓管事跟著她去了後院。

剛在石凳子上坐下，卓管事便開門見山道：「沈老闆，不瞞您說，今日過來是有事相求。我家老爺準備置辦一桌宴席，無奈廚子做的菜老爺都不甚滿意，老夫人力薦讓您過府一試，不知您如今……可有空啊？」

卓管事說完，又想起自己還有一件要緊的事沒交代，遂又添了一句。「若能置辦好宴席，我們老爺必有重賞。」

沈蒼雪一下精神就來了——她可太喜歡賞賜了！

她解下圍裙道：「哪日辦宴？」

「只要菜品定下，過兩日便能請人上府。」

沈蒼雪一思量，覺得時間緊迫，便道：「既如此，今日便去府上試菜吧。」

卓管事笑著點頭說：「如此甚好。」

他們家老爺正巧在府上，她過去之後興許就能定下菜品了。

沈蒼雪說走就走，聞西陵見狀便問：「妳不午休了嗎？」

聞言，沈蒼雪輕輕推了他一下，讓他去裡間待著，別當著人家的面說什麼午休不午休的，只要賞錢給得夠，她可以全年無休！

見沈蒼雪匆忙離開，聞西陵便自動地攬下帶孩子的活。

沈淮陽懂事、沈臘月乖巧，照顧他們其實不費事。等兩個孩子睡熟之後，聞西陵當起了梁上君子，準備拿那本醫書來看看，然而尋了半天，連醫書的影子都沒見到。若不是掘地三尺太過明顯，聞西陵真恨不得把地都挖開來好好找一找。

找了一圈，結果一無所獲，倒把自己累得氣喘吁吁。聞西陵靠在床榻上，旁邊就是沈淮陽恬淡平靜的睡顏，平緩的呼吸極有規律地噴灑在他臉旁，像是在嘲諷他的不自量力。

難怪沈蒼雪總說她弟弟藏東西的水準一流，這還真不是老王賣瓜，而是確實有實力。這麼大一點的人，心眼倒是挺多的，聞西陵氣得想捏他的臉蛋。

不過他到底沒敢動手，否則將人吵醒就不妥了。

沈蒼雪隨卓管事趕到方府之後，方如山和方老夫人第一次正式接見了她。

原先在方府廚房裡做的菜不過是小打小鬧，但這次不同，若是做得好了，往後沈蒼雪在方府的地位可是能水漲船高。

沈蒼雪也清楚這一點，不過比起虛名，她更在意賞錢，哪怕是為了錢，她都要將這宴席給整治好。

方如山並未明說要宴請哪位貴客，只說貴客有二，其中一位身分不凡，吃過的山珍海味不計其數，所以他們這回辦的宴席，不僅味道要出挑，更要有新意，最好能讓人眼睛一亮。

眼睛一亮……沈蒼雪聽到這個要求之後，眼前立刻浮現出幾道菜品。

臨安城近江，水產頗多，哪怕是不常見的水產，只要費些心思都能找到，既如此，索性來一道佛跳牆當作主菜。剩下的，雞、鴨、魚都得有，雞做成叫花雞；鴨子做成烤鴨；魚做成松鼠桂魚，再添上一道炙羊排，葷菜也就齊了。這些菜照如今的標準看來，可說是異常新奇。

至於素菜，以清炒為主，既好吃又解膩，是上佳的輔菜之選。

沈蒼雪只報菜名，卓管事揮筆「唰唰」幾下便全記下來了，寫好之後方遞給他們家老爺過目。

方如山旁邊就坐著方老夫人，兩人看著這菜單，只覺得一頭霧水。上面每個字他們都認識，可是合起來後便沒聽過了，例如這道佛跳牆，又比如這道叫花雞。

沈蒼雪道：「這佛跳牆原是建州那邊的特產，若想做得道地又入味，須提前準備好食材，怎麼著也得費上兩天工夫。老爺和老夫人若是好奇，我便將那些好做的菜做上兩道，請兩位嚐嚐鮮。」

方如山還沒說話，方老夫人便先替他答應了。「好，妳需要什麼材料，只管跟廚房說，讓他們給妳備齊就是了。」

沈蒼雪謝過方老夫人，便熟門熟路地走向廚房了。

只要沈蒼雪過來，方府的廚房便會人滿為患，除了想來偷師的廚子幫工，連尋常的丫鬟與小廝也會過來湊熱鬧，今日亦然。

叫花雞作法奇特，眾人還是頭一次見到這樣料理雞肉的，一方面略有些嫌棄，一方面又很期待味道。

至於松鼠桂魚，若要好看，得有番茄醬，只是這會兒沒有番茄醬，沈蒼雪只能以油、醬油加一點其他調料代替。儘管沒有番茄的滋味，但是瞧起來也鮮亮，出鍋的時候引得眾人目光流連許久，這光鮮透紅的醬汁，看起來可太有滋味了。

另有幾道小炒，不過片刻之間就完成了。

幾道菜端上桌之後，方如山跟身邊幾個伺候的人頓時目不暇給。

方老夫人還記掛著大孫女，趕緊讓人將方妙心給請了過來。

待方妙心過來時，恰好碰上幾個人對著叫花雞一副百思不得其解的模樣，而後便見沈蒼雪敲了雞肉外側的黃泥幾下，除去繩子、解開乾荷葉——

方府祖孫三人圍坐在桌前，情不自禁地深吸了一口氣。

實在太香了。

這叫花雞看著寒磣，裡頭卻別有乾坤，肉香混著荷葉的清香，香氣撲鼻，色澤棗紅明亮，當真獨特。

那道松鼠桂魚，造型更為奇妙，過去根本未曾見過，也不知道沈蒼雪究竟是哪來的本事，能做出這樣的菜品來。

方妙心陶醉在香味中，有些迫不及待了。雖然她爹跟她祖母還端著，可她忍不住了，直接對叫花雞下手，拿筷子撕開兩隻後腿，說道：「先吃再說吧。」

此舉正合方老夫人的意思。

祖孫倆吃得不亦樂乎，唯有方如山還記得宴請一事，除了品鑑美食，他不忘跟沈蒼雪打聽一下這些菜是怎麼做的，到時候好跟知府大人多聊兩句話。

結局自然是沈蒼雪順利接過了主廚的活兒。

方府急著邀請貴客，方如山說明日他便會親自登門拜訪知府大人，若是順利的話，三天後就能擺宴了。

三天，時間不長，要準備的東西卻不少，不過沈蒼雪完全不擔心，擬好單子之後便交給了卓管事。她相信，家大業大的方府，絕對不會置辦不齊。

今日回來，沈蒼雪格外意氣風發，連黃茂宣同她說起斜對面那個包子鋪的事，她都沒放在心上。

「我雖不知究竟哪裡得罪了那位王老闆，可若他想要搶生意，那就只管放馬過來吧。」

她沈蒼雪可不是被嚇大的。

王亥大張旗鼓地宣傳，沒多久，附近的人都得知沈記對面有一家新的包子鋪要開。再一打聽，這家背後的老闆，竟然是王家的當家人。

不少人都替沈蒼雪捏了一把冷汗，王家在生意場上的損招一向簡單蠻橫，沒什麼多高明的手段，就是砸錢，砸到對方受不了，捲鋪蓋走人，再將對方的地盤跟顧客收到自己手中。

這手段王亥二十來歲便在用，如今依舊屢試不爽，不知道沈記能在王家的權勢之下撐多久。

每日早上都有人拿這件事找沈蒼雪問主意，可沈蒼雪能有什麼辦法，只道：「不過是兵來將擋、水來土掩罷了。他縱有萬貫家財，可我也有祖傳秘方，誰熬得過誰還不一定呢！」

說完，沈蒼雪便不再煩心這事，反而賣力地推銷自己的奶黃包，只可惜收效甚微。

一來，奶黃包三文錢一個，實在太貴；二來，這玩意兒好吃歸好吃，但是不如肉來得紮實，所以除了一些手中有閒錢的女顧客，一般男子並不捨得花錢買奶黃包。

沈蒼雪早預料到會這樣，所以才沒多做，但她不準備斷掉這包子。奶黃包的利潤高，如今只是沒找到合適的客人罷了，等回頭推銷開來，說不定能賺個飽。

第十一章　大展身手

過了兩日，封立祥不知道打哪兒聽來的消息，說那家包子鋪明日開業。「他們那兒風頭正盛，說是明日就要將妳家的生意徹底搶過去！」

「我的生意是他們想搶就能搶的？」

「這可說不準，誰知道他們又會使出什麼損人的招數？依我看，他是打著把妳的店鋪整垮再低價收購妳手中方子的主意，過去王家一直都是這麼做的。」

只要捨得花錢把人給弄垮了，後面怎麼做都是穩賺不賠。

沈蒼雪呵呵一笑，正鼓足幹勁準備明日殺殺他們的風頭，後腳便聽到方府那邊傳來消息，說貴人明日赴宴，問沈蒼雪幾時能過去。

這個時機也太巧了。

得了，還是賞錢更重要，至於王亥那邊，等她賺好了錢再去教訓！

沈蒼雪將店門一關，掛上明日休息的告假牌子，連打掃環境的活兒都交給了黃茂宣等三個男丁，便領著沈臘月進了方府。

將沈臘月帶走，是因為不相信這些男人會帶女孩，連晚上的洗漱都是個問題，與其放在這兒，還不如帶在自己身邊。

沈臘月黏沈蒼雪黏得緊，叫她去哪兒就去哪兒，乖得很。

去了方府，沈蒼雪原想將妹妹託付給杜鵑，結果方妙心看到沈臘月之後，立刻大包大攬起來，態度親熱到不行。

方府沒有這麼小的孩子，沈蒼雪估計方大小姐就是興致來了，所以才會想要帶小孩。這樣也好，方妙心身邊伺候的人多，沈臘月跟在她身邊，總不缺人照顧。沈蒼雪將帶來的三籠奶黃包遞過去，權當是謝禮了。

方妙心原以為只是尋常的包子，便放在桌上，自己帶著沈臘月去玩了。

沈蒼雪則去廚房準備明日的午膳，這件事沒有出錯的空間，尤其是那道佛跳牆得放在爐子上慢慢地燉，她不能鬆懈。

府衙這邊，明日休沐，陳裕德可是費了好一番功夫，才讓陳孝天答應前去赴宴的。他跟方府有姻親關係，可陳孝天沒有，他之所以答應要去，是因為陳裕德說方府花大手筆請了一個手藝了得的廚子。

陳孝天應下了，不過卻玩笑般地點了點陳裕德。「明日若是菜色一般，可要治你一個謊報軍情的罪。」

聞言，陳裕德擦了擦腦門上的汗，心中懊惱，不該聽自己媳婦兒胡攪蠻纏應下這樁差事的。他這遠親堂兄對吃的尤其較真，可他哪裡知道方府準備的酒宴到底好不好呢？

老天保佑，只盼著方府機靈，當真請來一個出眾的廚子。

晚上沈蒼雪正看著爐子同杜鵑說話，客廳外忽然傳來一道急急忙忙的腳步聲，人還未到，聲就傳開了——是方妙心。

她火急火燎地闖進來之後，一把拉起沈蒼雪說道：「蒼雪，這奶包子也是妳做的？」

沈蒼雪的目光落到她手裡拿著的半個奶黃包上，默默地想著，原來這位大小姐有晚上加餐的習慣啊⋯⋯

被方妙心搖了兩下後，沈蒼雪才點點頭說：「是我做的，我鋪子裡面剛好也在賣。」

方妙心一聽，覺得妥了。鋪子裡有賣自然最好，省得她隔三差五就要煩勞蒼雪幫她做了，怪不好意思的。

嗜甜的方妙心吃完最後半個奶黃包，面對空無一物的雙手，悵然若失道：「我以為這不過是尋常的包子，便給丫鬟跟婆子們分了一大半，結果一嚐才發現竟這般美味，早知道該多留幾個才是。」

沈蒼雪道：「看來妳們都喜歡，不怕妳笑話，我這包子自從做出去之後少有人提及。」

「怎麼會？」方妙心轉了一下眼睛，復又拍了拍胸脯，信心滿滿。「我知道了，妳放心，這事包在我身上，保管過些日子便會有食客了。」

沈蒼雪笑吟吟地跟她道謝。她知道方大小姐認識的姑娘家應該挺多的，有她幫忙，自己的確省了不少事。

沈蒼雪今日睡得晚，光看爐子就看到了半夜。

方妙心讓人將沈臘月安頓好之後，也陪著沈蒼雪坐了好一會兒，想打聽沈蒼雪還會做什麼甜品。

沈蒼雪故意饞她。「會的可多了，可惜現在沒工夫做，回頭等到夏日弄出幾樣來，可比這奶黃包還要好吃千百倍，包準讓妳吃得痛快。」

方妙心不禁著急道：「妳現在就讓我吃個痛快吧！」

「別急，現在還得照顧好你們家那位貴客呢。」沈蒼雪對著爐子使了個眼色。

方妙心只得偃旗息鼓。罷了罷了，貴客重要。

她們倆靠在一塊兒，有一句沒一句地說著話，杜鵑則在旁邊給她們烤花生。烤過兩遍的花生又香又脆，往地上一滾殼便炸開，方妙心一不小心又吃多了。

與此同時，沈記裡頭也有個地方徹夜燈明，就是聞西陵的房間。

託了沈蒼雪的福，今日她帶著沈臘月離開這裡，沈淮陽夜間翻來覆去地睡不著，便拿醫書翻看起來，看著看著人便睏得倒下了，沒來得及將醫書給藏好，便宜了聞西陵。

天上掉了餡餅下來，聞西陵心情難掩激動，可等到他點上蠟燭，小心翼翼地翻開醫書後，卻臉色微滯——無他，這醫書的內容實在是晦澀難懂，這樣深奧的醫書，沈淮陽那小子真能看得進去？他才多大？平常該不會只是做做樣子吧……

聞西陵從前看的都是兵書，這類醫書碰都沒碰過，因而讀得艱難。又因為怕黃茂宣夜間起身發現他未歇下，他便不敢多點一根蠟燭，只能藉著僅有的一點微光，窩在桌角處蜷縮著，偷偷翻看醫書。

燭火閃爍不停，泛黃的紙張上光影斑駁，盯久了眼睛痠澀不說，還格外容易讓人睏倦，沒多久，聞西陵便不由自主地打了一聲呵欠。

意識到不妥之後，他趕忙甩了甩腦袋，重新打起精神，決定無論如何都要盡速將這本醫書看完。

翌日雞鳴時分沈蒼雪便起身進了廚房。安靜了一夜的廚房如今也甦醒過來，裡頭的人有一個算一個，都被沈蒼雪使喚得團團轉。

若是隨便炒幾個菜，沈蒼雪一個人綽綽有餘，但今日要做十幾道菜，光靠她一人遠遠不夠，關鍵時候能用得上的人都得上陣。

廚房裡透著一股煙火氣，剛踏進方府的陳孝天，也聞到了有點不尋常的飯菜香。

方如山並未注意到知府大人這些微的停頓，仍然畢恭畢敬地將人往裡面引。「大人，您這邊請。」

陳孝天微微一笑，加快了步伐。

方府不愧是遠近聞名的高門大戶，宅子比京城裡不少大宅占地都廣。只是宅子雖大，佈置卻淡雅清新，不見奢靡之風，陳孝天瞧著有幾分滿意。身為一方父母官，他當然不希望府城裡數一數二的大戶人家沒涵養、只知爭奇鬥富，方府這樣穩重的做派，正合他的心意。

進了主院，陳孝天落座之後，其餘客人才紛紛坐下。

方如山為了這次的宴席也是豁出去了，不僅請了沈蒼雪坐鎮，就連府城裡頭有名的文人才子他也請了兩個，為的就是陪知府大人說說話，免得他笨嘴拙舌，惹得知府大人不悅。可惜他兩個兒子在外地收帳，數月未歸，不然這樣的場合，他怎會忘了兒子？

不過方如山想得太多了，陳孝天態度親和，與眾人相談甚歡，即便料理還未上桌，氣氛也好不熱鬧。

推杯換盞之間，廚房裡頭的飯菜好得差不多了，卓管事往廚房走了一趟，去時空著手，來時幾個丫鬟手上都端著精巧的托盤。

托盤上的蓋子揭開之後，眾人眼睛都黏在了盤子上，陳孝天甚至有些坐不住了，身子不由自主地前傾了兩分。

方如山捻了捻鬍鬚，很是得意。他按照沈蒼雪的交代，淨了手，親自揭開一張薄如蟬翼的餅皮，上面放上黃瓜、蔥絲跟幾片烤得金黃的鴨肉，蘸上醬汁包好，雙手奉給知府大人。

「大人，配著這些小菜跟醬料一起吃更有風味。」

陳孝天接過，迫不及待地咬了一大口——果木烤出來的肥鴨，上頭還留有果木清香，鴨肉肥瘦相間，嚐過一口，便令人回味無窮。他不由得慶幸自己今日來了方府，否則豈不錯過了這樣的美食？

他對著烤鴨盛讚。「鴨肉酥香、肥而不膩，真乃一絕。」

方如山不禁眉開眼笑，招呼起了客人。「諸位也都嚐嚐吧。」

眾人等知府大人開動後，也都各自動起筷來，然而桌上的菜實在太多，一時之間竟然不知道該先吃哪個好。

陳孝天獨愛烤鴨的口感，陳裕德卻覺得叫花雞吃不膩，被方如山請過來作陪的周先生跟謝先生，一個喜歡炙羊排，一個對松鼠桂魚情有獨鍾。

這幾道菜對他們來說都新鮮得很，因而席間說話的人並不多，大多埋頭吃飯，只間或聽到方如山招呼兩聲，或是請他們多吃些，或是為他們斟酒。

幾道大菜實在出彩，剩下的小炒也獨有風味。

陳裕德感慨。「我從前也在酒樓裡吃過兩道炒菜，當時覺得滋味甚好，可跟眼下這些比起來，竟索然無味了。」

方如山哈哈大笑。「陳師爺，您這話興許說早了，還有一道大菜沒上呢。」

陳裕德驚訝不已。「還有別的？」

「另有一道佛跳牆，做了兩日了。」

陳孝天琢磨了一下之後，說道：「名字甚是古怪。」

「沈大廚說，這道菜連佛祖聞到了都得跳牆食之，『罈啟葷香飄四鄰，佛聞棄禪跳牆來』，說的便是這道佛跳牆。」

周先生點頭道：「好傲氣的打油詩。」

話音才落，卓管事又領著人端菜過來了。

眾人的目光由遠及近，便見這道菜被放在了正中間。罈子打開時，醞釀了兩日的香味瞬間滿溢，酒香與各類香氣雜糅，調和得恰到好處，一陣白霧過後，方見佛跳牆的真身。

烹飪好的佛跳牆，湯汁金黃，魚翅、海參、鮑魚各類珍饈吸足了湯汁，潤著油光，賞心悅目。

卓管事也毫不含糊，直接為眾人各盛了一碗，最先遞給知府大人。

按理說陳孝天應當稱讚兩句的，可眼下他顧不得了，哪還管名字古怪不古怪，直接飲了湯汁一口。

大夥兒見狀，也迫不及待地品嚐起來。

嚐過之後，才知這道佛跳牆恰如其名，果然是連佛祖都會心動的味道，不論是香味還是滋味，皆堪稱極品。

謝先生看好友吃得連頭都不抬了，抽空打趣了他一句。「你就跟餓了好幾天的流浪漢似的。」

「閉嘴，烏鴉笑豬黑。」周先生小聲回懟。他不覺得自己被冒犯了，畢竟知府大人也是如此，又不是他一個人沒見過世面。

只是方府究竟是從哪兒請來的寶貝大廚？既這般有能耐，為何原先臨安城沒聽過這些菜？

不僅是周先生好奇，陳孝天同樣有這個疑問。

廚房這邊，沈蒼雪正領著妹妹跟幾位廚子坐在灶臺前吃獨食。方老夫人跟方妙心的那份菜早就送過去了，剩下的便都便宜了他們。

沈蒼雪顧不上別人，得先餵她妹妹吃飽，看著沈臘月頭埋進飯碗裡吃得跟小豬進食一般，她不免鼻子一酸。

她是一路帶著龍鳳胎逃荒過來的，當初苦到連樹皮都啃過，沒想到有一日能吃上這樣的好東西。

「慢慢吃，不夠還有。」

「阿姊也吃。」沈臘月催促道：「再不吃就沒了。」

沈蒼雪正想說鍋裡還有很多，然而轉過身卻發現鍋裡已經空空如也，剩下的湯湯水水都被人用饅頭給刮乾淨了。

這……她看向杜鵑他們。

杜鵑只是傻笑了兩聲。沒辦法，前面的客人們都忍不住了，他們也一樣啊，這麼香，很難不搶的。

沈蒼雪嘆了一口氣，重新坐了下來。算算時間，前頭大概吃得差不多了，她正想著什麼時候能拿到賞錢，便見到小廝火急火燎地跑了過來。

「沈姑娘快收拾一下，大人要見您。」

要見她？沈蒼雪心中一喜，該不會這位也要給賞錢吧？

天大地大，賞錢最大！鑽進錢眼裡的沈蒼雪連忙脫下圍裙淨了手，跟著小廝一塊兒朝前廳去。

一路上沈蒼雪心潮澎湃，雖不知道這位貴人究竟是誰，但是連方老爺都如此慎重，方府上上下下也嚴陣以待，想必來頭不小。

沈蒼雪又想起，方府似乎與府衙裡頭的某位大人有些關係，這次來的貴人興許是那邊的人也未可知。府衙來的，非富即貴，賞錢只會更多。

這般想著，沈蒼雪的心情越發好了。

待陳孝天見到這場宴席的大廚後，除了訝異竟是個女子之外，便是感慨這姑娘真是落落大方，面對生人也能面帶笑容、毫不怯場。

陳裕德驚訝了一會兒之後，失聲道：「沈老闆？」

咦?!沈蒼雪看過去，便瞧見了那位常在他們家鋪子買包子的老主顧。「陳師爺？」

方如山明知故問。「兩位認識？」

陳裕德笑著說：「沈老闆在北城開了一間鋪子，生意極好，咱們府衙裡頭的人常去她那兒買包子。」

說完，陳裕德又敬佩地看向沈蒼雪。「只是沒想到，沈老闆不僅包子做得好，連宴席也整得有聲有色，今日算是開了眼界。」

陳孝天恍然大悟。這些日子府衙的人都迷上了吃包子，他嚐過幾個，味道確實不錯，原來也是這位大廚做的，只是她的年紀未免小了些。

他忍不住問沈蒼雪。「妳小小年紀，怎會有如此本事？方才那些菜色，便是宮宴上也不曾有過。」

方如山眼睛頓時一亮，好傢伙，原來沈姑娘的手藝竟比御廚還要高？

沈蒼雪看了問話的人一眼，四十來歲、眉眼端方，頗為正派的模樣，周圍人又隱隱有以他為尊的架勢，她還能看不出今日的貴客是誰嗎？

如此一來，說話可得像個樣子。沈蒼雪回道：「回大人的話，小女自幼便愛琢磨這些，後來有幸結識了一位老廚子，跟他學了幾招。許是有幾分天賦在身吧，這兩年手藝精進了不少。」

周先生笑著打趣。「妳不鑽研別的，單單研究菜品？」

沈蒼雪一本正經地說：「有道是民以食為天，小女不過尋常百姓，又無別的長處，唯有鑽研此道，才有立身的本錢。」

陳孝天見她言之有物、不卑不亢，一時又看重了幾分。聽她口音似乎不是本地人，問過之後才知道，這沈姑娘也是命途多舛，一路奔波才到了臨安城，好在下塘村的人心善，給他們留了個落腳之地。

眾人為了他們沈家的遭遇唏噓不已，可沈蒼雪言及自身卻並不覺得悲慘，她總覺得人要往前看，過去的都過去了，如今在臨安城不也過得挺好嗎？

陳孝天欣慰道：「看來沈姑娘很喜歡此處。」

「臨安城乃富庶之地，百姓樂善好施，治安更是井井有條，但凡來了便很難不喜歡。小女自從進城開鋪子後，日子過得越發安穩了，不過……只一點有些遺憾。」

沈蒼雪就差沒有瘋狂暗示別人趕緊追問她了。

第十二章　惡意競爭

陳孝天不負所望，開口問她。「所為何事？」

沈蒼雪心中嘿嘿一笑，終於到她大展口才的時候了！她方才忽然想明白了，有沒有賞錢不重要，能不能給以後的飯館鋪路才要緊。儘管她的飯館還沒成型，依舊要早早謀劃，畢竟還有個不要臉的王亥做競爭對手呢。

斟酌了一番說辭後，沈蒼雪道：「臨安城美食眾多，常聽有人爭論哪家酒樓、飯館的菜色出眾，然而眾口難調，孰強孰弱豈是一、兩句話能掰扯清楚的？若能有一場比賽，廣邀各家廚子當眾比試廚藝，方能斷出高低來。」

沈蒼雪說完，目光灼灼地看向知府大人。

陳孝天心知她有什麼打算，只是淡淡一笑，道：「如此大費周章，只是為了一場比賽？太過浪費了。」

「怎會？」沈蒼雪睜大眼睛，說得很誠懇。「雖只是廚子之間的切磋，但是全城百姓都可參觀。人生在世，總得內外兼修，在外是物質，在內卻是心靈。臨安城內的百姓多衣食富足、物質無憂，但是精神上的樂趣卻不多，若能辦一場比賽，一則娛樂大眾，二則凝聚人心，可謂是兩全其美。」

陳孝天還是頭一次聽到這樣新奇的論調，雖是有些道理，但依舊不足以改變他的想法。勞師動眾只為了辦一次活動，不太值得。

沈蒼雪見知府大人不表態，便知道這還不能說服他，於是又道：「至於花費，其實也可以找些贊助。」

陳孝天愣住了，問道：「什麼『贊助』？」他沒聽過這個詞。

「讓臨安城裡有頭有臉的店家捐贈資財，幫助府衙舉辦比賽，相對的，府衙也可以在活動中替捐贈者宣揚一番。如此一來，府衙獲得了錢財，捐贈者獲得了名聲。」

沈蒼雪說完，再次滿懷希望地望向知府大人，眼中的光芒遮都遮不住。

陳裕德笑了笑，對陳孝天道：「沈老闆的提議確實有些意思。」

此刻，陳孝天的心中詫異非常，他沒想到這個才十四歲的小姑娘能說出這樣一番話來。雖然這主意的確不錯，但茲事體大，陳孝天沒有立即予以明確的回覆，只說：「日後若有機會，再考慮考慮吧。」

沈蒼雪以為這是被拒絕了，心中一嘆，日後……那就代表短時間內應當是不可能了。意見沒被接受，沈蒼雪也不糾纏，免得討好不成，反而讓別人厭惡她。她的事業才起步，可不能跟府衙交惡。

沈蒼雪及時止住，不僅陳裕德鬆了一口氣，就連方如山都放下了懸吊的心。他還真擔心沈蒼雪固執己見，好在她挺聰明的，進退有度。

陳孝天又問過兩句後，便讓沈蒼雪下去了。

他原本為廚子準備了一塊玉珮當作謝禮，可是沈大廚是名小姑娘，送這個就不合適了，若要賞錢，他今日出門帶的錢卻又不夠。也罷，送禮不在這一回，回頭讓陳師爺帶些別的贈予她吧。

沈蒼雪沒等到賞錢，意見也沒被接納，難免有點沮喪。這感覺就好像滿心以為自己能中頭獎，結果刮出一個「謝謝惠顧」。

她退下之後，被卓管事一路領著往方老夫人那兒去。到了方老夫人門口時，沈蒼雪已經重拾信心，方才什麼都沒有，這下總不會落空了吧？

沈臘月也在那裡，她正乖乖地跟方妙心翻花繩，見到自家阿姊過來才停下手，雙眸發光地望著沈蒼雪。

作為龍鳳胎中的妹妹，沈臘月對沈蒼雪的依戀更深。父母雙亡之後，她幾乎把沈蒼雪看成了母親。

方老夫人見狀，不由得心疼起來。

窮人家的孩子懂事得早，明明年紀相仿，沈姑娘已經能拉拔一雙弟弟妹妹了，他們家妙心卻還天真懵懂呢。

方夫人去世得早，內院都是由方老夫人掌管。今日外頭的動靜，方老夫人時刻都留意著，得知沈蒼雪做的飯菜合知府大人的胃口，方老夫人便將她請來了。

「今日多虧了妳。」方老夫人將沈蒼雪拉到身邊。「我就說我沒看錯人，當初推妳進府試菜，再合適不過了。若不是妳在，這宴席斷弄不出來的。」

沈蒼雪謙虛道：「老夫人過譽，我不過是動動嘴罷了，許多活兒還是幾位廚子替我做的。」

方妙心攬著漂亮可愛的臘月小妹妹，聞言抬起頭說：「妳這話可就謙虛太過了，誰不知道妳的功勞？妳今日就是咱們家最大的功臣！」

「妙心說得不錯。」方老夫人點頭，示意丫鬟將東西拿來。

沈蒼雪不禁屏住呼吸。來了來了，她下一個鋪子的本金來了！

方老夫人拿起托盤上的荷包，拉著沈蒼雪的手，將荷包放在她手心。「好孩子，多虧妳費心，這都是妳應得的。」

嗚嗚嗚……

沈蒼雪感受到手中沈甸甸的分量，心頭雀躍。她快要稀罕死這荷包了，恨不得立刻揣進兜裡，可為了維持形象，她不得不裝出一副受之有愧的樣子。「老夫人您實在太客氣了。」

方老夫人卻用實際行動表示，她還能「更客氣」。

不僅給了賞錢，還送沈蒼雪四、五疋布，再加上糕點跟小半車的山貨。那些山貨都是莊子上的人送過來的，自家吃不完，剛好沈蒼雪又是開鋪子的，給了她再好不過。

沈蒼雪當然是照單全收了，順便答應方妙心過些日子來看她，之後稍微逗留了一會兒，便牽著妹妹走了。

不走不行，她家鋪子明天還要做生意呢。

方妙心有點捨不得沈臘月。沈臘月生得小巧玲瓏，雖說之前瘦得跟竹竿似的，可這段時間吃得好、睡得飽，不僅白了些，臉上的肉也多了一點，更惹人憐愛。沈蒼雪又天天幫她洗澡，身上香噴噴的，抱著格外舒服，昨晚方妙心便是摟著她睡的。

可惜這不是她妹妹，方妙心在原地大聲交代。「有空記得帶臘月過來啊！」

沈蒼雪遠遠地回了一句。「記住了！」

坐上方府的馬車之後，沈蒼雪立刻不忍了，笑得一臉燦爛。這荷包裡鐵定是大把銀子，今日不虧！

沈臘月手上正捏著一塊芙蓉糕，見沈蒼雪笑得嘴巴都張大了，便捏著糕點往上湊。「阿姊吃……」

「妳吃、妳吃。」沈蒼雪推了推，順帶吸了一口——她妹妹可真香啊。「阿姊以後帶你們吃香的、喝辣的！」

沈臘月抱著她的脖子，開心地笑了起來。

姊妹倆笑得像兩個傻子似的，然而歡樂的時光總是很短暫，等到了沈記，沈蒼雪才想起一件事——他們家斜對面那家包子鋪今日開業。

不同於沈記，這家包子鋪一天到晚都在營業，而且名字就叫王記包子。

要點臉吧！沈蒼雪冷冷地看了斜對面一眼。

那邊似乎察覺到了動靜，走出一個端著水盆的女人，她見到沈蒼雪之後，故意將髒水往她的方向潑了一盆。

她潑完髒水之後還十分得意，高高挑著眉，不知是說給誰聽的。「唉唷，這生意好的啊，真教人忙不過來呢！」

方府趕馬車來的人都忍不住罵道：「什麼人啊，生意忙又如何，至於對著人潑水嗎？」

「不長眼的人哪兒都有。」沈蒼雪淡淡地回道。

沈蒼雪忽然想到，雖說她這兩天是因為要替方府掌宴，才暫時關了鋪子，可旁人未必知道啊，興許這姓王的還以為自己怕了他們，才會囂張成這樣。

王檀跟妻子李湘正是這麼想的。王檀是王亥庶子，不過商賈之家嫡庶之別並不分明，王檀不受重視，乃是因為他母親不受寵，不過他的妻子行事作風卻狠辣。這回王亥想找個人噁心沈蒼雪，頭一個想到的便是這個兒子跟兒媳。

今日他們本來打算大出血，寧願不賺錢也不讓沈記好過，沒想到他們還沒出招呢，沈記就先慫了，壓根兒不敢跟他們對上，嚇得連門都關了。

原先每日過來排隊的顧客沒能吃到沈記的包子，見王記的包子便宜，便都去了那裡，這下王家夫妻更張狂了。

李湘潑完了髒水，便跟丈夫炫耀。「我方才見到沈記那個女老闆了，不過是個黃毛丫頭而已，我朝她潑水她都不敢吱聲，可見她膽小。這樣窩囊的人，也不知爹究竟在怕什麼？讓我們來對付她，真是殺雞焉用牛刀。」

「管她呢，她懦弱無能最好，也省得咱們使手段了，無論如何，都要盡快收了這沈記。咱們向來不受爹待見，倘若這點小事都辦不好，往後在家哪有立足之地？」

李湘一想也對，遂與丈夫琢磨起明日要用什麼損招。

沈蒼雪繞過緊閉的大門，直接領著人走後門進了院子。方府的人卸了貨便忙著走了，沈蒼雪甚至沒來得及請他進去吃盞茶。

這麼多東西，沈蒼雪一個人是搬不動的，她先進去，剛走兩步便看到鋪子裡三個男的像商量好了似的坐在石桌前。

沈淮陽在發愣，黃茂宣一邊練習刀功一邊切著明天要用的菜，聞西陵……則是在打盹兒。他似乎累極了，眼下青黑，精神也不太好，暈暈欲睡的模樣。

睏成這樣，昨晚莫不是去做賊了？沈蒼雪腹誹道。

她將東西一放，道：「我們回來了。」

沈淮陽跟黃茂宣驚喜地抬頭，見到沈蒼雪後立刻上前幫忙。

兩人一見沈蒼雪帶回來的東西，都嚇了一跳。這大包小包的，東西足足有半車，若不是知道沈蒼雪是去方府走了一遭，都要以為這是從哪兒打劫回來的。

黃茂宣說：「妳這是把方府給搬過來了？」

沈蒼雪樂了，說道：「真把他家都搬過來，又豈止這點東西？」

黃茂宣趕緊將這些貴重的東西抱回屋裡。這樣的好布，尋常人家是買不起的，便是他們家也得咬咬牙才捨得。然而方府一出手便是這麼多，可見地主跟權貴區別甚大。

沈蒼雪搬完了東西，才問黃茂宣。「今日外頭有什麼動靜嗎？」

黃茂宣知道她問的是什麼，便回道：「別提有多厲害了。咱們開業的時候不聲不響，那家倒是鑼鼓喧天，把附近的人都吸引過去了。咱們這邊大早上的也圍了不少人，我還同他們再三解釋，他們才信了妳今日當真不在，吃不上包子。

「可咱們不開業，到底便宜了那一家。他們招來了不少顧客，對此囂張得很，總覺得已經憑本事把咱們的生意給搶過去了。」

黃茂宣也是憋了一肚子的氣，沈蒼雪今日不在，他嘴拙得很，根本吵不過王記的人，反而把自己給氣得夠嗆。「咱們對外說是有秘方，他們也說自己有，還說是從京城傳過來的，那邊的人吃了都說好。又說開業前三日，所有包子一概半價出售。」

他一股腦兒說完，鼻翼都在呼呼喘著氣。

沈蒼雪陷入了沈思。這個王記真是來勢洶洶，先前是她小看了對方，王家生意能做起來，自然是有他們的本事。口味先不說，這做生意的手段跟魄力，就比別人強上許多。不成，她今晚得弄些新玩意兒出來，否則明日還不知道誰輸誰贏呢。

「看來明早有一場硬仗要打。」沈蒼雪呢喃。

說完，她便發現周圍似乎安靜到有些詭異，巡視一圈後，最終將目光放在了聞西陵身上。

聞西陵手撐著下巴，明顯精神不濟。

沈蒼雪用手肘頂了頂黃茂宣，問道：「他是怎麼了？」

黃茂宣小心地覷了聞西陵一眼，壓低聲音道：「不知道，打今早便一直如此，懶懶的，誰叫也不搭理。」

沈蒼雪跟黃茂宣說的話，聞西陵都聽到了，可他實在提不起精神。

昨晚他徹夜未眠，然而那本醫書僅僅只看到了一半，還是囫圇吞棗地看，有無遺漏尚且不知。那位沈神醫當真無愧於神醫之名，編寫的書內容龐雜，如他這樣的門外漢，若想看懂，不下一番苦功夫是絕對不行的。

這日一大早，聞西陵便趕忙將書還回去了，免得被沈淮陽發現。鋪子不開門，原本他可以躺著休息，然而黃茂宣跟王記的老闆娘吵了一架後，一直在院子裡嘟嘟囔囔，他被煩得實在睡不著。下午還被黃茂宣拉著去買了菜，他硬生生撐到現在，沒發脾氣已經很不錯了。

今晚無論如何都不能繼續看那本醫書了，再看下去他真的會睏死。

回房之後，沈蒼雪將布給分了。

黃茂宣跟聞西陵各分得一疋，剩下的沈蒼雪打算給自家人做衣裳。先前過得太苦了，如今好不容易得了新布料，當然要一次做個夠。

除了布疋、糕點，剩下的便都是山貨了，全堆在了廚房。

再有的，便是那個荷包了。

沈蒼雪帶著兄妹兩人圍坐在床上，荷包打開之後，三個人互相看了一眼，眼神如出一轍的明亮。

掂了掂後，沈蒼雪嘿嘿一笑。「裡頭大概有二十多兩呢，方府真是實誠人家，回回給的都是銀子。」

這要是給銅錢，二十貫放在一起，足以把人砸死。

沈蒼雪摸了摸沈淮陽的腦袋說：「這銀子你藏好了，再攢一攢，攢到四十兩時，咱們就能開一家飯館了！」

聞言，沈淮陽很想說，這四十兩給阿姊當嫁妝不是更好嗎？可是看他阿姊一臉憧憬，只好默默地嚥下了話。

因為這筆意外之財，三人晚上睡得格外香甜，連王記包子的事情，都沒能影響他們的好眠。

隔天一大早，黃茂宣先一步醒過來了，順便將補了一晚眠卻還沒睡夠的聞西陵一道拉了起來。

聞西陵陰惻惻地盯著黃茂宣，偏偏這個傻子一點都沒察覺，還在那兒幹勁滿滿地琢磨著今日如何將王記給壓下去。

「夏大哥，你得上點心啊，鋪子是大家的，王記便是咱們的敵人，對待敵人可不能有絲毫鬆懈！」

聞西陵心想：那是你們的鋪子，不是我的。

沈蒼雪往他們那邊看了一眼，見聞西陵興致不高，便道：「你老實幹活，待會兒給你弄個新包子嚐嚐，包准你沒見過。」

黃茂宣立刻興奮起來，問道：「那我的分呢？」

「他後面就輪到你。」

黃茂宣很容易滿足，聽了這話便點點頭，滿臉笑容。

聞西陵見黃茂宣傻樂的模樣，不由得認為他好打發。就算身為鋪子裡的二把手又如何，還不是要排在他後頭？

只見聞西陵恢復了精神，主動上前接過沈蒼雪手裡的麵團道：「我來吧。」

沈蒼雪習慣了他的忽冷忽熱，這人生氣跟被哄好，幾乎是一瞬間的事。

今日沈蒼雪忙著做新品項，比較抽不出手是真的。最近包子都由黃茂宣負責捏，她不過是調個餡罷了。

黃茂宣不負所望，已經學得有模有樣了，沈蒼雪決定再栽培他一段時間，便讓他自己摸索，看看能不能弄點新花樣出來。

天明時分，沈蒼雪開了鋪子。

像是盤算好了似的，斜對面的王記也開了門。

沈記外頭排隊的人明顯沒有前天多，雖然黃茂宣昨日再三交代他們今天會營業，但人還是少了些。

王記那邊沒什麼人排隊，不過門開了之後，李湘就吆喝道：「來來來！新店開張，包子買一個送一個！」

第十三章　針鋒相對

封立祥端著碗來沈記打粥，聽到那聲吆喝，又看到不少人已經圍了過去，便笑著跟沈蒼雪說：「倒是跟你們對上了。」

「管他呢。」沈蒼雪深吸了一口氣，打開蒸籠，開始賣包子。

然而王記那邊卻還沒鬧騰完，李湘像是故意刺激沈蒼雪一樣，聲音又大了些。「好吃不貴的包子，這裡什麼包子都有，豬肉包、羊肉包、醬肉包、雪菜包、豆沙包，要多少有多少！」

圍觀的群眾中有人說道：「你們家東西不少呢。」

李湘笑著說：「還不只這些，我們家連麵條跟餛飩都有，要啥有啥，畢竟鋪子大嘛，可不比那些小店鋪要啥沒啥，客人裡面請。」

還真有不少人進去了，畢竟王記是真的便宜。

黃茂宣簡直氣壞了，說道：「他們連包子都是抄咱們的！」

沈蒼雪無奈，有什麼辦法呢？自家包子種類並不多，若不問味道，別人要跟著做出來並不困難。

那對夫妻還在攬客，沈蒼雪便對著黃茂宣使了一個眼色。

黃茂宣嗓門大，記著她的交代，喊道：「走過路過，不要錯過！沈記推出新品灌湯包！」

「又有新包子了？」不少人一聽便停下了腳步。

沈記的作風他們知道，但凡有新品，味道絕對出挑！

沈蒼雪笑意盈盈道：「是啊，湊巧做了灌湯包。這包子做起來最是麻煩，只有今天賣，下回什麼時候賣就不一定了，若有喜歡的，趕緊過來嚐嚐，包准味道比前頭任何一種包子都妙！」

這是什麼意思，明日就沒有了？眾人忙不迭過去排隊。

李湘這邊剛招呼了兩個人，結果還沒等到將他們帶進鋪子裡，就見他們說沈記出了什麼今日限定的灌湯包，轉頭便跑去那邊排隊了。

這可讓李湘說不出話了。瘋了吧，有便宜不占，非要吃貴的?!

王檀跟李湘只能眼睜睜地看著到手的顧客又被沈記給吸引過去了，氣得直咬牙。

李湘實在不服，說道：「能有多好吃，一個個像沒見過世面一樣趕著去排隊，還能是什麼龍肝鳳髓不成？」

王記鋪子裡有沈蒼雪的擁護者，聽到李湘這樣說，忍不住替沈記打抱不平。「老闆娘怕是沒吃過沈記的包子吧？那邊的包子味道確實與眾不同。咱們在這胡同口待了這麼久，還沒吃到哪一家比他們家的口味好，可惜他們的肉包子賣得稍微有些貴了，否則天天吃也使得。」

這話得到了旁邊的人贊同。「就是，我恨不得天天吃沈記，可是他們家的包子不算大，吃兩個不夠，三個又得花太多錢，只能偶爾過去嚐嚐鮮了。」

「真不知今日的新品是什麼樣的，肯定很貴。」

「那還用說？多掙點錢吧，說不定下一回還能吃到。」

眾人對於不能吃到沈記的新品包子扼腕嘆息，這話聽在李湘跟王檀耳裡越發不滿，表情都差點扭曲了。

沒錢才來他們這兒吃包子，攢了錢就去沈記奢侈一把，這算什麼？合著他們招攬的客人都是窮光蛋，去沈蒼雪那兒的才是有錢人？辛辛苦苦地降價做買賣，還換不來這些人的感激涕零，反而讓人記著別家的好，吃著碗裡的、看著碗外的，別提有多讓他們憋屈了！

偏偏還有人沒心眼，對著夫妻倆說：「你們家包子是便宜，不過味道卻比不上沈記的。」

李湘真恨不得把她手上的托盤直接摔到這人的大餅臉上！

不過王檀夫妻到底是做生意的，沒把臉色擺出來多久，便又客客氣氣地出門招呼客人了。

唯有廚房的萬喜得知客人的評論後，氣得早飯都吃不下了。

他的小徒弟在那兒一個勁兒地勸道：「師傅您就吃兩口吧，大早上的忙到現在，再不吃人都餓壞了。」

小徒弟也替他們家師傅不值，大酒樓裡的主廚，莫名其妙被調到了這個鬼地方做包子，真是欺人太甚。

可這是主家的安排，他們能說什麼？他家師傅本來就不是做包子起家的，辛辛苦苦做出來了，不計成本地賣出去，最後還被人拿來跟沈記比較，沒跑出去破口大罵，那是他們家師傅涵養好！

不同於王記的人氣得嘔血，沈記這邊徹底地熱鬧了起來。灌湯包五文錢一籠，一籠八個小包子，確實不便宜，但是勝在新鮮，別處從來沒看過這東西。

小小的包子，看著晶瑩剔透，咬破皮之後，裡面的湯汁金黃透亮，泛著油光，又香又鮮，吃上一口滿嘴留香。

來沈蒼雪這兒買包子的多多少少有點積蓄，所以哪怕這頓早飯貴了些，咬咬牙還是買得起的。畢竟明日這包子就沒了，今日不吃，下回不知道要等到什麼時候，他們可不想讓自己後悔。是以一籠一籠的灌湯包賣得很快，幸虧沈蒼雪今早做得多，要不然壓根兒不夠賣。

眾人坐下來之後，吃得津津有味，就是裡面的湯汁實在是太燙了，哪怕沈蒼雪跟鋪子裡其他人再三提醒他們要慢慢吃，還是有不少人被燙到了舌頭。

湯敬南便被燙到了好幾下。

聞西陵遞了一碗粥給他，見他燙得齜牙咧嘴，不由得提醒。「還是吃慢點吧，免得燙傷。」

湯敬南嘆了一口氣道：「看來心急不僅吃不了熱豆腐，還吃不了灌湯包。只是這美味的包子近在眼前，放著不吃，怎麼忍得住呢？」

在沈記待得越久，湯敬南便越覺得這家鋪子實在有意思。

嚐著可口的灌湯包，湯敬南又瞧了聞西陵一眼，說道：「你們忙到現在，不會連早飯都沒吃吧？」

聞西陵勾起了嘴角，莫名有點自得地說：「早吃過了。」

剛蒸好的第一籠灌湯包就是他的，第二籠才是黃茂宣的。

今日他好言好語，倒教湯敬南心生詫異。

不只是湯敬南，鋪子裡的老顧客也發現今日這位相貌非凡的小二語氣莫名的好。

雖然擺著臭臉無損眾人對他的偏愛，但是態度能好一些的話，誰又願意受虐呢？是以聞西陵客客氣氣的，讓不少人受寵若驚，覺得今日來得格外值。若是每日都能被這位好言相待，他們一定天天來！

湯敬南吃完之後還要了一份帶走，說是帶回去給府衙的兄弟們嚐嚐鮮。

沈蒼雪打包好，湯敬南接過東西之後，提醒了她一句。「那邊若是要鬧事，只管來府衙尋我。」

此話一出，沈蒼雪想得便有些多了。「王家人行事作風一向蠻橫嗎？」

若不是如此，便不會連湯捕頭都擔憂這件事了。

湯敬南無奈道：「王家雖不是臨安城首屈一指的富戶，行事卻是最招搖，自王家發跡之後，在他們手上被弄垮的鋪子不計其數。甭管多有本事，到了王家這兒依舊被整治得死死的，最後倒閉的倒閉、走人的走人，久而久之，許多地方便是王家獨大了。」

對於王家的作法，也曾有人去府衙申冤，但是開門做生意，有競爭在所難免，王家既沒殺人越貨，更未知法犯法，哪怕做的事缺德了一些，府衙也拿他們沒辦法。

湯敬南擔憂沈蒼雪掉以輕心，再次交代。「這段時間千萬警醒些，他們家可是什麼花招都使得出來，妳若招架不住，便去府衙求救。」

沈蒼雪對湯敬南多了幾分感激，認認真真地道了謝。

將最後一份灌湯包遞出去後，沈蒼雪如釋重負道：「一籠五文錢，白粥一碗兩文錢，一共七文錢。」

對方匆匆遞過七個銅板，轉身便走了。

沈蒼雪站在櫃檯前，凝視著那個人的背影，總覺得怎麼看這人怎麼不妥。

鋪子裡雖然時常有新面孔，但到底是熟人多。這人是個十足十的新面孔，且過來買包子的時候眼珠子亂轉，極不老實。
沈蒼雪沒當場發作，只是拉過聞西陵道：「方才過來買最後一籠灌湯包的人，應當是王記的。」
聞西陵警戒道：「他這是過來打探生意的？」
沈蒼雪搖了搖頭說：「生意好壞對著門口看一眼不就行了，哪裡用得著特地出錢買咱們家的東西？除非……」
說著，沈蒼雪忽然朝聞西陵湊了過去。
細眉桃花眼近在咫尺，聞西陵一顆心漏了半拍，他定了定神，只聽沈蒼雪波瀾不驚地道：「除非他們別有所圖。」
她將手放在聞西陵的背後，抬著頭小聲說道：「所以……你跟著他，去探一下虛實。」
聞西陵意識到她說了什麼話，當場炸毛。「妳讓我去偷聽?!」
「是探聽！」沈蒼雪強調。
聞西陵老大不願意，為了這點雞毛蒜皮的小事就讓他去跟蹤，他覺得委屈。
「去嘛去嘛。」沈蒼雪拍著他的背，經驗十足地揉著這隻傲嬌的大貓。「晚上回來給你做好吃的。」
聞西陵扯了扯嘴角，她也就只有這一招了。
沈蒼雪繼續說：「我保證，是一款從未有過的餃子，甜甜香香的，裡面還有彈牙又好嚼的珍珠丸子，好喝得要命。別人都沒喝過，做出來頭一份給你留著。」
聞西陵瞧了瞧口水，可恥地心動了，轉身丟下一句。「等著，我去瞧瞧。」
臨走時，他還頗為得意。
奶黃包是為了他做的，小籠包他第一個吃的，如今又要為他做新飲子——錯不了，沈蒼雪喜歡他。
沈蒼雪笑了笑。反正本來就要招待方大小姐，早些將這風靡後世的飲料做出來也不錯。
聞西陵來去無蹤，等閒人根本發現不了。
那人在外頭繞了一圈才回到王記後門處，以為無人發現，便直接走了進去。
王檀夫妻跟萬喜都在鋪子裡，此刻萬喜正被夫妻兩人逼著吃灌湯包。
李湘想得挺美的，說道：「這一籠都給你，你吃完了記得做一份一模一樣的，明早咱們家也來賣這個。」
萬喜覺得自己被侮辱了。「我豈能拾人牙慧？」
王檀虎著臉說：「少廢話，別忘了你當初落魄的時候是誰提拔你的！」
萬喜瞬間啞了聲。
王檀掃了他一眼，語帶警告。「我爹將你派過來，就是為了搞垮沈記，記著你的差事！往後沈記有的，咱們也要有，不僅有，還比他們更好、更便宜！別告訴我這點東西你做不出來，堂堂王家酒樓的大廚，還不至於比不上一個初出茅廬的丫頭片子吧？」

萬喜臉上青一陣、紫一陣，神色難辨。

半晌後，他終究還是拿起了筷子。

王檀輕蔑地轉過頭，又與李湘算計起沈蒼雪。「如今先跟他們玩玩，看他們能撐幾天，她還能有數不清的新奇點子不成？等到她沒了新包子，便是死到臨頭了。」

李湘搖搖頭道：「可是爹未必會給咱們這麼久的時間。」

「那妳的意思是？」

李湘瞧著萬喜，終究還是不信任他，只跟王檀道：「你附耳過來。」

接下來的話，伏在屋頂上的聞西陵聽不到了。

之後許久沒人再開口，聞西陵心知再往下也聽不到什麼，便回了沈記，將王家人目前的打算告知沈蒼雪。

沈蒼雪正在算帳，新添了灌湯包，還賣得比一般包子貴，但是賺的錢卻跟從前一樣多，這就意味著今日的生意並沒有之前好。

其實不用算帳也知道，鍋裡還有大半白粥沒賣完，蒸籠裡也還剩一些素包子。王家雖然無恥，但他們確實對自家的生意帶來了一些影響。

尋常時候，他們家的白粥也很暢銷，但是眼下斜對面就有更便宜的，甚至在那裡吃三個包子還會白送一碗粥，有不要錢的東西，不少人便不願意來沈蒼雪的鋪子裡買了。

如今再聽到聞西陵的話，沈蒼雪更為鄙夷，僅靠這點手段就想打倒她，那是癡人說夢。

「好啊，他們只管抄，我這兒的方子能做一個月不止，就看他們能不能虧本抄一個月！」

聞西陵問道：「那咱們明天要做新的？」

沈蒼雪點頭道：「當然了。他們要鬥，咱們也不怕。」

根據她打聽來的消息，這個王檀在家並不受寵，王亥能給他揮霍的錢想必不會太多，就看看誰能耗得死誰了。

新包子是什麼，聞西陵並不太在意，反正也不是為了他做的，但是之前沈蒼雪承諾的飲子不一樣，那可是她親口說要做給他的。不過她現在一點動作也沒有，該不會……忘了吧？

聞西陵很想裝作沒事，可偏偏眼神十分不爭氣，三番兩次往沈蒼雪那兒暗示。

沈蒼雪不是木頭，她推開帳本，果斷取了牛乳、茶跟做珍珠的材料，這就給他做起了飲子。

方大小姐前些日子既然開口了，便一定會來，且說不定就在這兩日。

姑娘家最喜歡吃甜食，他們鋪子裡的甜點除了豆沙包，便只有奶黃包了，這兩樣東西雖然味道也不錯，但過於單調，便是再好吃，連續吃個兩天也會膩。

沈蒼雪想要的，是長久的買賣。她做珍珠奶茶的時候，也讓黃茂宣在一邊旁觀，甚至還會讓他動手試試。

黃茂宣對這種事已習以為常，也不知道是因為沈蒼雪教得認真，還是他真的天生就是吃這一行飯的，總之這些時日下來，他的手藝已經很不錯了。

雖然黃茂宣只是個學徒，聞西陵卻還是很警惕，等沈蒼雪做好珍珠奶茶之後，第一碗直接被他給接了過去。

他對自己是否是第一順位這件事，異常的在意。

沈蒼雪無奈地笑了笑，又裝了兩碗要送去給弟弟妹妹，只交代黃茂宣。「你自己再琢磨琢磨，甜一點、淡一點都無妨，畢竟每個人口味不一樣，但你得掌握大部分人都能接受的範圍。」

黃茂宣慎重地點頭，繼續待在廚房裡鑽研。

說真的，研究這些包子跟甜點時，他非但樂在其中，也確認自己確實有天賦，而不是像他爹娘說的那樣一無是處。

另一邊，沈淮陽跟沈臘月還是頭一回喝到這樣好喝的飲子，有些停不下來。

沈蒼雪摟著妹妹，留意到沈淮陽一邊喝珍珠奶茶一邊看醫書，她知道自家弟弟天賦卓絕，便問：「如今看到哪兒了？可要出去買些藥材給你試試？」

只見沈淮陽猶豫了片刻，才道：「藥材回頭可以自己去山上採。」

得了，沈蒼雪知道這小傢伙肯定又捨不得花錢了。也罷，她哪天去藥鋪直接帶東西回來供他學吧。

沈淮陽細細翻看他爹留給他的醫書，喝著自家阿姊做的珍珠奶茶，頗為滿足。

這一晚，聞西陵再次苦尋醫書無果。他可真是越來越佩服沈淮陽藏東西的實力了。

翌日一早，沈蒼雪開了鋪子之後便發現，排隊的人貌似還是不如之前多，哪怕他們昨日剛推出了灌湯包，話題性十足。

幾個老顧客站在門口，這些日子他們已經習慣早早就在門邊候著，反正每日開業的時間就在這個點，來得早些方便占位置。

見到沈蒼雪開門營業了，有人便問：「老闆，今日真的不做灌湯包了嗎？那包子味道真不錯，我帶了一籠回家，我娘吃完之後今早還在念叨著呢。」

第十四章　自討沒趣

沈蒼雪不好意思地回道：「昨天就是做給大家嚐嚐鮮的，今日沒有了，之後再做。」

她確實抱著短時間內不會再做灌湯包的心思，雖然她的手藝出挑，但是斜對面有更便宜的對照組，她並不覺得能天天壓過王記。唯有不斷推出新品，才能教對方疲於應付，也順便讓人知道，王記永遠在東施效顰。

不少人隱隱有些失望，實在是那灌湯包太好吃了，一邊吃包子，一邊喝湯的感覺教人欲罷不能，價格雖然高了一點，但是咬咬牙還是能接受的。

可惜，他們想付錢，人家沈老闆卻沒有做這樁生意的意思。

王檀夫妻找準了時機，由李湘高聲道：「各位鄰居，不妨過來瞧一瞧，咱們的灌湯包剛做好，三文錢一籠，又香又好吃，各位快來嚐嚐，晚了可就沒有了！」

有客人驚奇道：「你們家也有灌湯包？」

「可不是嗎，百年傳承的老字號了，這灌湯包我們家從前就有，只是前兩日太忙了壓根兒沒時間做。咱們家的灌湯包不僅好吃，還便宜呢，一籠才三文錢！」王檀刻意強調自家產品的低價。

沈記的灌湯包五文錢一籠，他們家的三文錢，王檀就不信這些人不動心。

的確有不少人心動了，方才那位說想買了帶回家給娘吃的谷明也不由得轉向王記去。他是個孝子，只想讓他娘吃得高興。

王檀夫妻倆還在賣力地吆喝著，只見沈蒼雪默默地拿出一塊木板，將毛筆遞給聞西陵——她覺得聞西陵肯定會寫字。

聞西陵順從地接過東西。他本不願寫這再平常不過的牌子，然而昨天那珍珠奶茶實在太對他的胃口，加上他深信沈蒼雪對他有意，而他並不喜歡她，心中有愧，就按照沈蒼雪的意思「隨意」寫了兩筆。

龍飛鳳舞十幾個大字——今日新品，竹筍肉包，售價兩文。

不知道的人還以為這是在題詞呢。

「這一手字寫得真好，比街邊那位秀才老爺的字還要好看！」

「你們家怎麼連小二都是會寫字啊？」

聞西陵聽到「小二」這個字眼，臉色又是一臭。

沈蒼雪不在意這點議論，隨口吹道：「他文武雙全，什麼都會。」

誇她的員工，不就是誇她自己嗎？畢竟是她慧眼識珠嘛。

聞西陵的火氣頓時消了下去，沈蒼雪對他的維護當真細緻，同時他也訝異於沈蒼雪對他的用心。

他從未說過自己文武雙全，她卻是了然於胸，若非對他太過在意，怎會發現這些？

沈蒼雪拿了一只盤子，放上兩個竹筍肉包後交給聞西陵。「快帶客人進去裡面坐。」

「喔。」聞西陵再次被哄得服服貼貼。

竹筍肉包裡用的乾筍都是筍尖，混著醬肉，筍乾吸收了肉的香味，不僅香，還特別有嚼勁，有別於以往任何一種包子的口感。

封立祥端著飯碗，發出喟嘆。「沈老闆，你們家為何什麼包子都好吃？」

「用心做的，當然好吃，咱們家主打的就是味道，否則不就跟尋常的包子沒區別了嗎？」

客人們聞言，遙遙看了斜對面的王記一眼。

那邊客人也不少，畢竟便宜，不過包子吃著確實跟普通包子一樣，就算種類相同，也比不過沈記。知道了什麼叫味道好，再去吃一般包子便索然無味，也就價格還有一點競爭力了。

這兩天沈記跟王記兩家包子鋪明爭暗鬥，連帶著北城百姓也看足了熱鬧。本來沈記包子開張不久，不少人壓根兒不知道這家鋪子，這回因為跟王家對上，不僅是北城，連南城百姓都知道這兒有一家包子特別好吃的鋪子。

如今大部分的人還只是看熱鬧，不過也有不少好奇的人打算過些日子上沈記嚐嚐。

這些事王檀夫妻並不知道，他們倆眼下正壓抑著火氣。雖然早就預料到了，但是真的聽人說他們家的灌湯包比不上沈記的時候，王檀還是難免遷怒他人，對象就是萬喜。

王檀對萬喜失望透頂。「不過是個灌湯包而已，又不是什麼新奇的玩意兒，連這都做不好？你一個大廚，卻比不過一個黃毛丫頭，真是把咱們王家的臉都給丟盡了！」

萬喜難堪至極，他早就說過自己不擅此道，卻還是被趕鴨子上架，對王檀也有氣。「我早就說過我不是做包子的，再說了，人家珠玉在前，咱們便是做得再好也沒了新意。她如今一天一道新品，咱們便是第二天就跟上，也還是比不過她。」

「那你就想法子啊。」王檀說得理直氣壯。「否則要你有什麼用?!」

聞言，萬喜只覺得無力。能想出什麼法子？他又不是專門做包子的，他那一雙手是做大菜的！

萬喜真恨不得自己沒跟王家沾上關係，否則也不至於被人欺負成這樣，甚至要被一個小丫頭比得一文不值。

他出來做菜的時候，那小丫頭還在娘胎裡頭呢！

不僅是鋪子裡的客人覺得這灌湯包跟沈記比起來差點意思，就連谷明的老娘吃了之後，都咂了咂嘴，悵然若失道：「不一樣。」

谷明也知道不一樣，他早上就嚐過了，不過還是說道：「沈記今日不賣灌湯包，我在另一家買到的，他們家便宜，肉也給得紮實。」

卻見谷太太嘆了一口氣道：「便宜歸便宜，但是口感和味道跟沈記比起來還是差遠了。」

一句話，便讓谷明知道了自家娘親的意思。

看來往後包子還是得買沈記的，王記的實在不合他娘的胃口。

谷太太又問：「這沈記今日賣什麼包子？」

「聽說是竹筍肉包。」

谷太太嚼不動竹筍，頗為遺憾地說：「但願明日的包子好嚼一些。」

這是點明要吃沈記的包子了，谷明默默記在心上，也盼沈記出個老人家能吃的。

及至晌午，沈蒼雪準備打烊時，胡同口忽然停了幾輛華麗光鮮的馬車。

李湘見那幾輛馬車停下來後，立刻掐了王檀一把，說道：「瞧，那是不是你表妹？」

王檀一瞧，還真是！不過不是他的表妹，而是他嫡兄的表妹，也就是他嫡母的姪女。這位表小姐一向眼高於頂，從不將他們這些庶出子弟放在眼中，今日怎麼過來了？

李湘動了動腦子，頓時激動道：「該不會是爹讓她過來給咱們撐場子的吧？」

他們家的包子價格低，幾乎是賠本買賣，因而被議論只能做沒錢人的生意，但若是這位表小姐過來光顧，那就不一樣了。雖然李湘瞧不上她眼高於頂的做派，可也不得不承認，她光是看著便很有派頭，有她在，還害怕壓不住沈記？

「她們來了！」李湘興奮不已。

不只李湘，連王檀都頗為期待地說：「想不到這位表小姐還能這麼幫咱們？」

「這下咱們能壓沈記一頭了！」李湘信心十足。

沈蒼雪剛從鋪子裡走出來，眼神便跟李湘對上了。

只見李湘驕傲一笑，一副趾高氣揚的模樣，打算今日就讓這小丫頭看看什麼叫貴賤有別。

沈蒼雪不禁遲疑了……她在得意什麼？

得意的，自然是人家給他們添面子來了。眼瞧那群姑娘已經走近，李湘攏了攏頭髮，換上得體的笑容，款款走向前去。

雖然之前幾次交鋒，李湘在這位表小姐面前都沒討到好，甚至沒能得到一個好臉色，但是一想到她今日是特地為他們夫妻倆來的，李湘便看她順眼許多。

「表小姐怎麼親自來了？」李湘笑著開口。

焦惠婷停住了腳步。這不是她姑母家那個庶出兒媳嗎，她怎麼也在這裡？

李湘又說：「您自個兒來了也就罷了，怎麼還請了這麼多姑娘？難為您費心了，竟然這般記掛我們夫妻倆。新店開業，沒來得及請各位過來，姑娘們若不嫌棄店小，便去裡面坐一坐吧。蒸籠裡的包子還熱著，諸位若是想吃，便給妳們端過來；若不想吃包子，就讓大廚做些新鮮的點心，如何？」

方妙心與焦惠婷面面相覷。這是在演哪一齣……

尷尬的氣氛在幾位姑娘周邊蔓延，方妙心終於意識到，這位老闆娘應該是想岔了。

為免焦惠婷得罪人，方妙心只能出面解釋。「您弄錯了，咱們不是上您家吃包子的。」

李湘一愣，疑惑道：「不是？」

沈蒼雪不禁「噗哧」一笑，這真是她近日見過最好笑的場面了。經過這件事，李湘只怕會更恨她，不過……恨就恨吧，誰怕誰？

清了清嗓子，沈蒼雪喊道：「方大小姐！」

「蒼雪！」方妙心驚喜地看過去，隨即拉過焦惠婷的手，對其他幾位姑娘說：「這便是前些日子我家請的那位大廚，她家的奶黃包真乃一絕，走，咱們進去看看！」

說罷，眾人便相攜而去，獨留李湘尷尬地站在原地，連臉上的笑意都沒來得及收。

雖說午時將近，但這條巷子本就是連接兩條街的必經之地，從早到晚都有人路過。方才那些姑娘們衣著華麗，顯然不是這條街該有的住戶，自然吸引了更多目光，剛才李湘那表錯情的過程也落入他們眼中。

他們的注視並無惡意，可李湘卻覺得那些人是在嘲笑自己的自作多情。

她憤然回頭，正好對上沈蒼雪含笑的眼眸。縱然對方一個字都沒說，對李湘的打擊卻很巨大。

先當場丟了臉面，而後又被沈蒼雪瞧個正著，李湘有多惱怒，可想而知。

她攥緊拳頭回了鋪子，見了王檀之後便壓不住怒火。「你表妹究竟有沒有腦子啊，她怎麼能堂而皇之地幫著一個外人?!」

王檀也回過神來了，不過他琢磨了一下這句話，總覺得在那位表小姐看來，誰是外人還說不準呢。也是他方才自大過頭了，像她那樣的人，何曾看得起他們夫妻倆？

他覺得沒意思，只道：「罷了，她們不來就不來，有什麼好稀罕的。」

「可她們去了沈記！」

「去就去吧。」王檀意興闌珊。

「王檀！」李湘氣得要死。「這兩日沈記的生意如何，你又不是不知道。爹只給了你十天的時間，若不在十天內整垮沈記，咱們就完了!你表妹還巴巴地過去給敵人撐腰，再不想點法子，咱們就真要喝西北風了。」

王檀被揭開了傷疤，臉色不大好看。

其實李湘話糙理不糙，他們夫妻兩人在家中從未受過重視，若是連這件事也弄砸，往後在王家只會更加舉步維艱，他們已經輸不起了。

李湘咬牙道：「早做打算吧。」

王檀並沒應聲，夫妻倆眼睜睜地瞅著那群出身高貴的姑娘們，有說有笑地踏進了沈記。他們的鋪子比沈記大，也比沈記華麗，連小二跟廚子都比沈記多，奈何入不了這些姑娘們的眼。

真是氣煞人也！

沈蒼雪領著眾人進去之後，便讓黃茂宣將奶黃包蒸一籠出來。今天早上沒做多少，全都賣光了，現在得重新做。

焦惠婷原本還覺得這小鋪子不夠大，可進去之後卻發現裡面收拾得很妥帖，桌椅乾淨、擺設清爽，看了便知老闆是個體面人。

想到此處，焦惠婷又打量起了這位沈老闆——個頭不高，瘦瘦小小的，五官卻出挑，只是穿著簡單，看樣子家境普通。沈老闆的弟弟妹妹同她一樣，模樣可愛，但如出一轍的瘦，男孩冷冷的，女孩乖乖的，像是兩個極端。

至於別的，焦惠婷注意不到了，因為她瞧見了聞西陵。

見到聞西陵的那一剎那，焦惠婷便挪不開眼了。

她從未見過這樣氣質卓然的男子，家中父母為她議親的對象，哪個不是臨安城的高門顯貴？可是跟眼前這個人比起來，卻都黯然失色。

焦惠婷一時失神。

聞西陵不喜歡有人盯著自己瞧，甚至稱得上是厭惡。

忍了忍，最後他還是沒忍住，對沈蒼雪說道：「我有些睏了，想先回去睡覺。」

「去吧。」沈蒼雪忙著要去廚房做珍珠奶茶招待客人，根本沒聽到他到底說了什麼。

聞西陵立刻轉頭就走。

焦惠婷的目光追隨在聞西陵身後，直至再也看不見他為止。

這位公子並不像是這家小鋪子裡該有的人，反而像她們一般，只是偶然闖進了這裡，遲早都要離開。罷了，終歸是無緣。

與此同時，方妙心跟幾位姑娘正嘰嘰喳喳討論個沒完。

「瞧，我們臘月很可愛是不是？再沒見過比她更漂亮的小姑娘了。」

「還是龍鳳胎呢，我頭一次見到。這年頭雙胞胎就不常見，更別說是龍鳳胎了。」

「不對啊，惠婷家裡不就有一對雙胞胎弟弟嗎，是不是啊惠婷？」

「啊？」焦惠婷遲鈍地收回視線，過了一會兒才笑著道：「對，是我表姑家的弟弟，不過生得一般，並不似他們這般討喜可愛。」

方妙心不禁與有榮焉道：「是吧，我就說嘛。」

十來歲的姑娘家，哪怕對著孩子也能自己尋些樂子，壓根兒不用沈蒼雪特地招待。

不知聊了多久，廚房裡頭傳來了陣陣香甜的味道。

方妙心抱著沈臘月，學沈蒼雪往她身上深吸一口氣，沈臘月整個人泛著甜甜的奶香味，別提多好聞了，跟廚房裡的味道一樣。

「怎麼這麼香呢？」方妙心笑嘻嘻地問。

沈臘月害羞得臉上紅撲撲的。「因為早上喝了珍珠奶茶。」

「珍珠奶茶？那又是什麼好東西？」方妙心轉過頭大聲問道：「蒼雪，妳是不是又做好東西了？」

「什麼都瞞不住妳。昨晚剛做出來的，方大小姐今日便大駕光臨了，倒真是巧。」

沈蒼雪掀開簾子端著珍珠奶茶出來，黃茂宣也帶著奶黃包跟豆沙包緊隨其後。

幾個姑娘家圍坐在桌邊，沈蒼雪直接將珍珠奶茶放在中間，給每個人都倒上一碗。碗是白色的，奶茶是杏仁色的，用湯匙一撈，就見底下沈著似黑似紅的圓潤小丸子，那小丸子泛著晶瑩潤澤的光，玲瓏剔透。

方妙心相信沈蒼雪的手藝，東西到手之後迫不及待地喝了一大口。

奶香濃郁，珍珠丸子嚼勁十足，吃得方妙心眼睛都亮了，她拉著沈蒼雪的袖子道：「妳是怎麼做出這麼好喝的東西的？」

沈蒼雪得意地說：「自然是天分使然。」

「太厲害了！」

見方妙心如此誇讚，剩下的姑娘也不再矜持，端起碗細細地品嚐起來。

的確不同於過去喝到的任何一款飲子，她們開始還能慢慢品味，後來便成了「牛飲」。

焦惠婷邊品邊問：「這珍珠是怎麼做的？」

「葛根粉加了些紅糖。」

焦惠婷頗為訝異。「妳……就這般說了？」

見沈蒼雪不解地挑眉，焦惠婷道：「不怕我弄出一份一模一樣的搶占先機？」

沈蒼雪坦誠道：「斜對面已經有一家依樣畫葫蘆了，再來一個我也不怕，反正做得沒我好。」

「說得好！」方妙心無條件支持她。「我就看不上那些東施效顰的，為了生意連臉都不要了。」

方妙心快人快語，而焦惠婷想起王檀跟李湘，卻覺得羞愧。

王家做生意用的是什麼手段，焦惠婷一清二楚，所以她才瞧不上王家人。不僅是王檀夫妻，就連她那個姑父，焦惠婷也一樣不放在眼裡。

同樣是商賈之家，偏偏有人要拉低整個群體的格調，也怨不得她了。

第十五章 走火入魔

幾個姑娘喝著珍珠奶茶、吃著奶黃包，說說笑笑的一個時辰便過去了。

臨走前，方妙心還闊氣地將剩下的珍珠奶茶跟奶黃包全打包回去，打定主意要讓自家祖母嚐嚐。

沈蒼雪叮囑她不要多喝，又說上了年紀的人要細嚼慢嚥之後，便送眾人出門。

方妙心光顧了沈蒼雪的生意，還替她賺了不少錢，今日帶過來的那些姑娘們，有一個算一個，都被方妙心吆喝著給了吃點心的費用。

這珍珠奶茶成本昂貴，光是紅糖一項便要耗費不少，方妙心可不想讓沈蒼雪虧錢。

一群人鬧哄哄地離開之後，黃茂宣望著留下來的那堆錢，感慨了一句。「這也忒富有了。」

這幾個姑娘，一個人能頂十來個人的花銷，若是多來幾次，還不賺翻了？

沈蒼雪道：「這回是她們客氣，非要留下賞錢。回頭還是將珍珠奶茶的價格寫到菜單裡，標明售價吧，她們雖說是富貴人家出身，可咱們也不好總占別人的便宜。」

黃茂宣問：「明日就將珍珠奶茶放上去嗎？」

「放，今日過後，咱們鋪子裡的珍珠奶茶估計要出名了。」沈蒼雪點點頭，伸了伸懶腰。「累了一天了，腰痠背痛的，等休息好了再教你一道新菜式。」

黃茂宣立刻上道地過來給她捏肩。

「這個力道還行嗎？」

「再往下捏一捏。」

「好咧，師傅！」

聞西陵不知何時從後面走了出來，見到黃茂宣鞍前馬後地伺候沈蒼雪，忽然覺得刺眼。從前竟不知黃茂宣是如此諂媚之人，這兩人這般不避嫌，他想忽略都不能，因而咳了一聲打斷他們，克制地提醒。「男女授受不親。」

沈蒼雪樂了，笑著說道：「富貴人家的規矩，可約束不了窮人。」

真要防得那麼厲害啊，乾脆別活了！她心裡坦坦蕩蕩，黃茂宣也並非齷齪之人，才十四歲的年紀，小屁孩一個，至於嗎？

聞西陵被沈蒼雪那句話堵得夠嗆，心中大不忿。可他也不知道自己在氣什麼，只覺得這兩個人的行為很不該。

心中不快，聞西陵便想找個地方撒撒氣，結果剛出了鋪子沒多久，便跟鬼鬼祟祟的興旺迎面對上。

昔日的教訓猶在眼前，興旺不禁一個趔趄。

「唷。」聞西陵輕笑著朝他打了招呼。

興旺腿一軟，差點當場跪下，他對身邊的女子道：「妳先回去，我下回再來找妳。」

「可是——」

「回去！」興旺眼睛一瞪，頗有幾分大老爺的氣勢。

那婦人嘟囔了一聲，不甚痛快地走了。

冤家是走了，可閻王還在。興旺懷疑自己今日出門前沒翻黃曆，要不怎麼在這地方碰見這個殺神？

不過興旺算岔了，這巷子裡頭彎彎繞繞的地方多，他自己以為這裡離沈記遠，其實抄近路的話不過幾步而已。

聞西陵出來本是為了散心，誰知看到了這一齣。方才那個應當不是正經媳婦兒吧，看那打扮，似乎是外頭養的，想不到這小廝玩得倒是挺大。

「住哪兒？」聞西陵語氣頗涼。

興旺深吸一口氣，給自己壯膽。「我住在王家裡。」

「行，回頭晚上我找你談談心。」

不……不能吧？興旺一臉驚恐。他們王家好歹是高門大戶，院牆裡三層、外三層的，哪那麼容易翻進去？然而看聞西陵的臉色又不像是說笑，興旺一想到他連筷子都能使成暗器，心頭頓時陣陣發緊。

興旺明白，自己已經被人拿捏了。

聞西陵不想要發作，遂說道：「還要去找王檀商議如何對付沈記？」

興旺苦著一張臉回道：「沒有，我哪敢？」

「行了，快去吧。」聞西陵推了他一把，隨即轉身離開。

興旺更害怕了，但是老爺吩咐的事他不得不去辦。對於王檀夫妻兩人不能迅速將沈記弄垮這件事，老爺已經在家大發雷霆了，讓興旺過來敲打敲打。

說真的，興旺不大願意沾上這種事，但是他別無選擇。

去見了王檀之後，興旺便下達了王亥的最後通牒。

王檀夫妻倆臉色肉眼可見地差了許多，就連萬喜也一肚子不痛快，因為王亥是無差別攻擊，除了交代興旺要臭罵兒子跟兒媳，還指名痛罵不中用的萬喜一頓。

萬喜自從揚了名後，便再沒被人這樣辱罵過，心中對王家的怨懟也越來越深。

看著眼前這些人臉一個比一個臭，彷彿想掐死他，興旺一陣無語。這跟他興旺有什麼關係呢？他不過是個傳話的。

遇見興旺這件事，聞西陵沒跟任何人提起。不過他沒食言，當天晚上就去王家找到了興旺。

半夜被叫醒，發現那個殺神站在床邊笑吟吟地看著自己時，興旺真的覺得快瘋了。

這臨安城還有沒有王法了?!他究竟是倒了什麼楣！

翌日，黃茂宣跟著沈蒼雪學會了個新玩意兒——蒸餃。水餃跟餛飩他吃過，蒸餃卻是頭一回見。這東西做起來也簡單，沈蒼雪示範過一遍後黃茂宣便會了，往後所有的蒸餃都交給他做。

這麼多天磨練下來，灶臺上的活黃茂宣已經駕輕就熟了。

外頭那些客人已經習慣沈記新品頻出，就連陳裕德、湯敬南他們閒下來的時候，也在想明日沈記會有什麼樣的驚喜，今日一看，還真有新奇的。

那蒸餃像月牙似的，擺在蒸籠裡面尤其好看，不過價格也不便宜，跟之前的灌湯包一樣，五文錢一籠。

不缺錢的，當場便買了一籠來嚐嚐；實在捨不得出這個錢但又想吃的，只能跟別人合夥湊一份，再點個素包子跟一碗白粥，配上沈記獨有的小菜，倒也吃得有滋有味。

這位沈老闆做生意一向隨興，縱使一樣東西賣得再好，她也未必願意一直賣。只有一開始那幾樣老菜式如今還做，後面推出的幾款包子都只賣一天，正因為如此有個性，才更讓人好奇每日的菜單。

谷明自己買了一份，嚐了以後覺得很不錯。蒸餃跟灌湯包一樣，皮薄餡多，裡面湯汁很足，蘸點食醋，格外下粥。他自己吃了一份之後，還給家中的母親也帶了一份，這種軟爛的東西，最適合牙口不太好的老人家。

打包的時候，谷明問沈蒼雪。「老闆，這蒸餃挺適合老人家吃的，你們就不能日日都賣嗎？」

沈蒼雪回道：「過陣子吧，這兩日不太行。」

谷明想開口問為什麼，可是一聽到斜對面王記的吆喝聲，立刻打住了。都是做生意的人，商場上那點事誰不知道呢？沈記雖說生意一直很好，但是應該也受了王記影響吧。

谷明正要掏錢，忽然看到菜單下面多了一行字。「咦……珍珠奶茶？這是什麼東西，還要六文錢一碗？」

沈蒼雪道：「新做的飲子，因為用的紅糖比較多，所以價格貴了些，也只能堂食。」

只能堂食？谷明有點遺憾，又問：「什麼味啊？」

「奶香加點甜味，小姑娘愛喝。」

谷明想到自家口味挑剔的妻女，笑著道：「行，我明日帶兩個人過來嚐嚐。」

王檀夫妻很快就得知，斜對面的沈記又推出了新產品——一是蒸餃，二是珍珠奶茶。因為珍珠奶茶必須堂食，拿不走，王記的人只能買蒸餃回來，於是李湘又逼迫萬喜做出一模一樣的來。

昨天興旺特地過來「提醒」他們，讓這夫妻倆產生了前所未有的緊迫感。

萬喜被這樣緊逼，十分不快。他做了醬肉包、灌湯包，甚至做了竹筍肉包，全都是比照沈記的菜單。這幾樣東西王記如今還在賣，然而他卻不止一次聽見食客說，他做的東西不如沈記。

一、兩個這麼說也就罷了，然而人人都是如此評價，不難想見萬喜遭受的打擊有多大。過去萬喜在酒樓工作的時候，從未被食客嫌棄過手藝，然而來了這兒便處處不得意。他已經可以想見，哪怕明日同樣做出蒸餃來，食客們依舊會拿他跟沈記比，他也一樣會是手下敗將。

抄的就是抄的，怎會青出於藍？

萬喜也有自己的傲氣。「我不做，抄出來的算什麼本事？」

王檀冷笑道：「硬氣了？可別忘了當初是誰提拔你的。」

又是這句？同樣一件事要提多少遍才罷休？

萬喜聽這話聽得都快吐了，他本來真心感恩王老爺扶持，如今被人日日念叨，這份感激早就不純粹了。

「縱然有恩，這麼多年來我任勞任怨報答還不夠嗎？再者，對我有恩的是王老爺，不是你們！我肯來這兒當大廚，已經是賞臉了，是你們夫妻給臉不要臉！他們來一樣東西，你們就抄一樣，也不怕別人笑話？」

李湘說的話既尖酸又刻薄。「他們笑話的是你技不如人！掌管廚房的是你，笑話我們做什麼？」

「好啊！」萬喜直接解下圍裙扔在灶臺上。「那就請二少夫人自個兒做去吧，我萬喜沒這個能耐！」

王檀跟李湘頓時臉色一變。

夫妻倆剛想出言威脅，然而萬喜火氣上頭，壓根兒沒有給他們開口的機會，直接奪門而出。

「反了天了！」李湘氣得都在發抖。

王檀也跟著罵道：「真是養不熟的白眼狼，當初就不該接濟他。」

幾個幫工互相對了眼色，都有些茫然無措。他們向來是跟著萬大廚的，如今他走了，他們還要留下來嗎？

許是看到了這幾個人的退意，李湘忙喝道：「還愣著做甚？趕緊蒸包子去，想學人家出走，也不看自己離了王家還能不能活！」

一句話打消所有人的蠢蠢欲動。

他們不是萬喜，萬喜離開王記還能靠著廚藝謀生，他們離開了王家便什麼都不是了。

李湘嘲弄地環視周圍一圈，等出了廚房看到人來人往的沈記，她的內心又扭曲了。

沈記的人潮增加，客人比前兩天還多，李湘在這裡站了老半天，發現沈記的客人沒斷過，一直在排隊，許多都是她從未見過的生面孔。

李湘叫來王檀，說道：「夫君有沒有發現，沈記生意越來越好了？」

「自然是發現了。說起來，還跟咱們有關係。」王檀語氣不悅。「這段時間兩家搶生意，可讓沈記跟著一塊兒出了名。放在以前，誰會知道這家不起眼的小鋪子？便是生意再好，也不過做附近的店家。聽說這兩日連南城的人都趕了過來，只為了嚐嚐沈記的包子究竟是不是名副其實。」

李湘臉色猙獰了起來，說道：「這麼說，他們家生意好還多虧了咱們？」

王檀不甘心地點了點頭。

李湘目不轉睛地盯著斜對面的鋪子。她整個人站在屋簷的陰影當中，神色晦暗且不分明，像極了一條吐信的毒蛇。

沈蒼雪正好抬起頭，視線與她碰個正著。

李湘對她的敵視越來越嚴重了，好像他們鋪子客人多便是罪大惡極的事。

沈蒼雪不想挑動李湘脆弱的神經，但是生意是他們家開始搶的，便是沈記因此出了名，錯也不在她。

這一日晚間，興旺又被他們家老爺派去了王記。

事情的起因是昨日李湘託人不知帶了一句什麼話，王亥聽完之後就半開玩笑地說：「我還真沒看錯，老二的媳婦兒就是一條毒蛇。」

這樣的毒蛇，留在家裡禍害的是自家人，可若是放在外頭，卻能禍害別人。

沒多久，王亥便讓人準備了一個紙包，叫興旺帶去王記，親手交給李湘。
興旺不知道這紙包裡究竟是什麼，心中跟擂鼓一般，始終安定不了。
眼瞅著李湘像是得了個寶貝似的將那紙包收好，興旺更擔心了，他問道：「二少夫人，這裡頭是什麼啊？」
李湘板著一張臉說：「不該問的別問。」說著便打發了興旺。
興旺見狀，不禁瑟瑟發抖。
他總覺得二少夫人憋著壞，而且老爺對二少爺夫婦的態度向來是可有可無，壓根兒沒想過要保全他們。這件事查不出來最好，一旦查出來，二少爺夫妻倆肯定會被捨棄，而他這個幫凶也逃不掉！
興旺正心慌著，然而好死不死的，他竟然又碰到了聞西陵。
聞西陵遠遠地站在原地，沒什麼表情地打量著興旺。
興旺吞了吞口水，往後直退。殊不知，他這番舉動越發顯現心中有鬼了。
聞西陵輕輕地一笑，暫且放過了他，但打定主意晚上要去王家瞧瞧。
興旺離開了以後，王檀夫妻倆遲遲無法平靜。
萬喜摔門而去，對他們來說無異是個嚴重的打擊。從開業以來他們一直都在虧本經營，手頭上的錢越來越少了，如今連能頂事的大廚都離開，還可以拿什麼來營業？靠幾個不頂事的幫工？

李湘幾乎可以預見明日鋪子會是什麼樣的境況，她將一切都歸咎到沈蒼雪頭上，若非沈蒼雪，她絕對不會狼狽至此。

她看過公公整治其他競爭對手，用的都是相似的手段，可說是屢試不爽，而她卻失敗了，可見不是手段不行，而是沈蒼雪天生剋她！若沒有了沈蒼雪，那可太好了。

李湘鐵了心想讓沈蒼雪悔不當初，可王檀到底是怕了，見他娘子對著興旺拿來的那紙包看魔怔了，趕忙將她拉進房裡，小聲問道：「妳……妳還真敢下藥啊？」

「有什麼不敢的？咱們爹不是將東西弄來了嗎？說明他也支持我們這麼做。就算出了事，王家家大業大的，難道擺平不了幾個逃荒的流民或一個鄉下的土財主嗎？」

王檀嗤笑道：「他當然擺平得了，可要說他有多維護妳我，那可不見得。妳也知道咱倆一向不受待見，若來日犯了事，他大可以兩眼一閉什麼都不管，殺頭的罪名全讓咱們來擔，何至於此？」

李湘怒道：「難道要放任沈記繼續囂張?!」

王檀極力想控制局勢，按下她的手道：「總之這些東西碰不得。」

李湘早就想用陰狠的手段對付沈記，先前被他勸住了，可如今說什麼她都聽不進去。

王檀急得夠嗆，他太知道自己的妻子是什麼德行了，狠起來那是一點後路都不給自己留。

何必呢？王檀只是想在王家站穩腳跟，沒有多少讓王家人刮目相看的野心，但是李湘對此卻莫名堅持。她太要面子了，把顏面看得比什麼都重，一心想在妯娌、親戚面前挺直腰板做人，尤其是最近諸事不順，人變得更激進了。

王檀真怕最後東窗事發，他和李湘都死無葬身之地，然而不撞南牆不回頭的人，哪是那麼容易說服的？

許是冥冥之中有保佑，沈蒼雪正敲著算盤上的珠子，眼皮忽然一直跳，她伸手按了許久，都未曾讓它停下。

聞西陵注意到她的異樣，多看了她兩眼。「不舒服？」

「沒有，只是感覺不太對。」沈蒼雪的第六感一向很準。「該不會是有什麼不好的事情發生吧？」

逃荒路上，因為這點直覺，他們不知道多少次死裡逃生，免去遭到拐賣的境遇。這次眼皮又跳了，還跳得這樣令人心慌，沈蒼雪多少有點不安。

「有工夫胡思亂想，不如去打聽打聽妳看上的那家鋪子月租多少。」

沈蒼雪挑了挑眉，問道：「你怎麼知道我想開新鋪子？」

聞西陵心想：妳那點道行能瞞得過誰？

第十六章　甕中捉鱉

沈蒼雪托著下巴說：「從一無所有，到準備開第二間鋪子，我這經商之路如有神助。若是一切都這般順遂下去，再過幾年我該成為臨安城首富了吧？」

聞西陵輕嗤道：「出息。」

沈蒼雪習慣性地給他畫大餅。「到時候讓你當我的三把手，有錢一起掙。」

她忽然覺得夏嶺這樣的員工不錯，雖然傲嬌且懶惰，但是生得一副好模樣，讓客人瞧著歡喜便是他的本錢，何況他還有一身武藝，來日他們沈家事業大了，夏嶺還能兼職做保鏢。

一人多用，划算！

聞西陵聽罷，胸口卻有些堵。

他知道沈蒼雪在意他，在她未來的規劃當中，處處都有他。然而他不會一輩子留在臨安城，他們兩人的交集，僅限於這段時間罷了。待他在醫書上找到那藥丸的方子，便是他離開之時。

沈蒼雪還不知道這傢伙已經計劃要離開了，只覺得眼皮跳得越發厲害，嘀咕道：「不會真要出岔子吧？」

聞西陵望著她，冷靜地吐出兩個字。「不會。」

不知為何，沈蒼雪總覺得這兩個字從他嘴裡說出來格外讓人安心。

聞西陵沒等到她回應，頓時有些費解，便道：「妳不是怕出岔子嗎？便這般不管了？」

沈蒼雪帶著點僥倖地道：「你不是說不會有問題嗎？倘若出了事，想必你也不會坐視不理。」

「妳倒是想得挺美。」聞西陵氣得笑了一聲，什麼離愁、別緒統統沒有了。也是吃飽了撐著沒事幹，非要管那麼多。他在沈記僅僅拿五十文一天的工錢，憑什麼要關心別人的死活？

沈蒼雪是死是活，同他何干？他在意的是沈淮陽身上的醫書！

入夜，遲遲無法入睡的興旺再次等來了一位不速之客。

燭火一閃，屋子裡邊就多了一道黑影，興旺嚇得差點咬斷自己的舌頭。

這人怕不是鬼吧？來無影去無蹤的，再多來兩次，只怕他魂都要嚇沒了。

來人目光如炬，興旺不禁渾身抖個不停。他本就心中有鬼，尤其晚些回來時還偷聽到，交給李湘的那玩意兒可是能害人性命的，當下腿肚子更是哆嗦得厲害。

「我、我……跟我無關。」

「呵。」

鬼才信。

翌日，一切風平浪靜。

沈蒼雪得知斜對面的大廚離家出走之後，又多做了好些包子，不出她所料，今日生意比往常好了許多。

不少人從王記那邊跑了過來，有人滿腹牢騷地抱怨道：「從前便宜，且味道尚可，所以大夥兒才去那邊吃。可不知為何，今日做出來的東西難吃至極，也不知是換了廚子還是怎麼的，這樣的手藝留得住誰？」

只有那些真不挑剔、只想要飽腹的人才能捏著鼻子吃完那些食物，稍微注重口腹之欲的，都吃不了現在的王記。

附近賣包子的只有兩家，除了王記便是沈記，這幾天王記辛辛苦苦招攬來的客人，大半便宜了沈蒼雪。

黃茂宣跟沈蒼雪熟練地招待客人，聞西陵則在服務湯敬南，不知為何，他今日跟湯敬南似乎有說不完的話，兩人交頭接耳了好一會兒，也不曉得在商議什麼，面色都挺凝重的。

沈蒼雪在攬客，一時也注意不到聞西陵身上。

這些客人剛從王記那邊過來，不太適應沈記的價格，買早點的時候不免跟沈蒼雪計較起來。「老闆，您家的包子跟粥點賣得也太貴了些，比斜對面整整高出了要一倍呀。」

難得說動妻女跟著一塊兒出門吃早點的谷明聽到這話便不高興了。「一分錢一分貨，若要將就，別處也有現成的，沈老闆這兒，吃的是一個口味。」

湯敬南跟著說道：「不錯，沈記貴有貴的道理。」

此話一出，旁人也不好再說什麼了。不過嚐過東西之後，就發現此話確實不虛。人家貴，的確有人家的道理，這包子味道這麼好，賣得貴些又算得了什麼呢？照樣有人買帳。

谷明愛喝這裡的粥，但是妻女卻只鍾情珍珠奶茶配奶黃包，那樣甜膩膩的早點，谷明接受不了，她們卻十分喜歡，尤其是他那女兒，喝了一碗不夠，還要了第二碗，若不是不能帶走，她還要再打包兩碗。

如今谷家的小姑娘才五歲，看著卻比沈臘月還高一點。小姑娘可喜歡珍珠奶茶了，喝完之後巴巴地央求谷明。「爹，咱們明日還過來喝珍珠奶茶行不行？」

「怎麼不行，只要妳起得來。」

小姑娘攥著拳，煞有介事地說：「能，我起得來！」

谷明也就笑笑不說話，這丫頭小懶豬似的，起得來才怪呢。

這一日，沈記的客人似流水一般，除了珍珠奶茶實在太貴，少有人問津，其餘的都賣了個精光，不過那些珍珠奶茶最後也被幾個管事模樣的人買走了。

興許是知道沈記的奶茶只能堂食沒辦法外帶，他們還自己準備了一口乾淨的茶壺裝走。

沈蒼雪見到了杜鵑，這才知道他們是替方妙心跑腿，把剩下的珍珠奶茶都買回去了，還拜託沈蒼雪單獨做兩屜奶黃包。

杜鵑道：「咱們大小姐要設個小宴，正愁沒什麼好東西招待那些姑娘們，便派我過來求人了。」

沈蒼雪樂意至極，甚至沒讓黃茂宣動手，她自己親自做了奶黃包，想了想，又添了驢打滾。

杜鵑沒想到有意外之喜，這名為「驢打滾」的點心她雖從未見過，但看著便好吃，遂千恩萬謝地帶著東西回去了，還說過兩日再來謝她。

忙完了之後，鋪子裡才終於冷清下來。

沈蒼雪伸了個懶腰，關上門，帶著眾人簡單吃過中飯便準備午休了。

王記裡頭，李湘覺得自己終於找到了機會。

她知道沈蒼雪他們每日都要午休，通常會睡滿一個時辰，這段時間沈記的院子裡都沒人。

王檀勸了李湘一上午，都沒能勸服她，她仍鐵了心想要一勞永逸地解決沈記。

李湘趁王檀出去買菜的時候，將放在高閣上的紙包拿了下來。

午後的沈記最是安靜不過，後院門半掩著，甚至沒鎖。

李湘狂喜，偷偷摸摸地走了進去，憑著直覺，沒多久便摸到了廚房，一切再順利不過。

她找到了裝麵粉的袋子，從懷裡取出紙包，將裡頭的東西慢慢撒進麵粉袋。只要沈蒼雪用了這一袋麵粉，沈記便開不下去了。不會有人知道是她下的毒，縱使來日查出來，也會有王家保她，若是不保，她便扯出自家公公，想必他們不敢不管！

想到此處，李湘心一狠，直接將整包粉末倒了進去。

正當李湘打算撤退時，忽然發現門邊倚著一個人，她一顆心頓時嚇到了嗓子眼！

李湘僵在原地，她想要開口解釋，卻發現自己手上還拿著那個紙包，一時進退兩難。

她臉色一變，質問。「你怎麼會在這兒？」

聞西陵嗤笑道：「我若是不在，豈不是錯過了這樣的好戲？」

李湘愣了愣，隨即扔下了紙包。

「都已經被捉個正著了，如今還有什麼好遮掩的？」說罷，聞西陵讓出位置道：「還是請湯大人過來審問吧，畢竟這種事您比較在行。」

李湘這才發現聞西陵身後還站著一個人，那人帶著佩刀，身穿府衙的官服，似乎是個捕頭。

這下李湘真的慌了，方才看到聞西陵時，她還有點僥倖，可如今卻是全身的血液彷彿逆流了一般——她不僅當場被逮到，在場還有府衙的人。

短短的一瞬間，李湘腦子裡閃過許多念頭。她開始後悔自己不聽丈夫的話，一意孤行，導致自己落到這般田地。

李湘已然忘記了反應，不過湯敬南也不給她動手的機會，直接上前將人押住。

湯敬南看著地上的紙包，問道：「這是……毒藥？」

聞西陵點了點頭，說：「八九不離十。」

湯敬南押著李湘的後頸道：「哪兒弄來的？」

李湘咬緊了牙關不說話。

見狀，聞西陵冷冷道：「看她這樣子，要用刑才會招。」

湯敬南慶幸自己聽了聞西陵的話跟著來了。「還是你觀察得仔細，要是被她得手可就糟了。」

看李湘的反應，這紙包裡多半是害人性命的毒藥，要是真吃了下去，大羅神仙也難救。

聞西陵掃了李湘一眼，說道：「不是我觀察得細，是她自己整天像條毒蛇一樣，但凡有眼睛的都知道她要做壞事，好在眼下捉住了，剩下的事情便交給湯大人。我家老闆雖說在臨安城沒有根基，可跟知府大人也有過一面之緣，煩請湯大人轉告知府大人，務必嚴審這位王家二少夫人，還沈記一個公道。」

湯敬南應了下來。「放心，不會讓你們受委屈的。」

被當場捕獲，李湘知道自己不冤，只是她怎麼也想不通，明明方才過來的時候院子裡什麼人都沒有，她還刻意等所有人都睡著了才摸進來，本該是天衣無縫的，怎麼會被人提前發現呢？

當李湘被押走的時候，似乎知道自己大難臨頭，所以並未大聲嚷嚷。就像王檀說的，李湘平生最好面子，這般丟臉的事，她並不希望被人注意到。

所以沈蒼雪錯過了這齣好戲，聞西陵幫忙將證據送去府衙的時候，她還在呼呼大睡。聞西陵也真是忍得住，待一切辦妥後，他竟然也回去睡了一覺。

等聞西陵睡醒之後，沈蒼雪幾個人也都起身了，他這才不緊不慢地將下午李湘過來下毒的事告知他們。

眾人駭然，沈臘月更是嚇得直接撲進沈蒼雪懷裡。她年紀小，這種事又教人毛骨悚然，自然難以承受。

同樣年紀的沈淮陽狀況好一些，但臉色也極差。

沈蒼雪一遍一遍地輕撫著沈臘月的後背，等她情緒好轉了些，才咬著牙問道：「那毒婦現已下了大牢了？」

「嗯。」

黃茂宣驚恐不已。「她自找的！這樣的人就該一輩子關在牢裡，省得出來禍害別人。好在今日她沒有得手，倘若真的神不知鬼不覺下了藥，回頭咱們都得一命嗚呼！」

說著，黃茂宣擦了擦腦門上的冷汗。他從前哪曾經歷過這樣的事情？他怎麼都不明白，李湘為何會如此瘋狂。「即便是做生意有了些摩擦，也不過就是多掙點錢、少掙點錢罷了，有必要到害人性命的地步？」

聞西陵無情地戳破他的天真。「有些人生來便狠毒，像李湘這樣的，不過是手段低劣的惡人而已。」

真遇上心機深沈的，除了他，眼前這四個人有一個算一個，都會被算計得死死的。

黃茂宣害怕極了，抱著聞西陵說：「多虧了你。」

聞西陵嫌棄地推開他，黃茂宣還是厚著臉皮湊上去，巴巴地問：「府衙應當會嚴懲她吧？」

「這就要看王家會不會出手了。若是王家護著，或許會好一些，不過她犯的可是謀殺罪，又是首犯，當處絞刑。」

聞西陵話音一落，沈蒼雪便問出心中的疑惑。「對了，你怎知道她今日會下毒，還提前聯繫上了湯大人？」

想到那個慫得要命的興旺，聞西陵隱隱得意道：「我在王家有眼線。」

黃茂宣驚嘆道：「夏大哥竟有如此本事？」

那是自然！聞西陵抱著胳膊，覺得黃茂宣今日還算順眼。

沈蒼雪擰著眉頭，分不清他的話究竟有沒有水分。不過計較這些沒什麼意思，眼下重要的是，他們有驚無險，且惡毒的人已經被關起來了。

然而……這背後是不是有王亥作祟？一個李湘便已如此狠辣，來日她開了飯館，當真開始跟王家搶起生意，還不知道會鬧出怎樣的風波。

沈蒼雪這回見識到了王家的陰毒，已足夠讓她忌憚了，深覺能摁死一個是一個，現今他們還對付不了王亥，可李湘卻絕對不能放過。

天理昭昭，報應不爽。不管是被流放還是受絞刑，都是李湘應得的。

沈蒼雪幾個人正說著話，忽然見外頭來了幾個官差，請沈蒼雪等人前去府衙。

看著弟弟妹妹略顯驚慌的神情，沈蒼雪不太想讓他們一起去，然而官差們卻要求沈記所有人都得去答話，無一例外。

李湘不好受，買好了菜回來後遲遲未見到自家娘子的王檀也像熱鍋上的螞蟻一般。

再一看房中的高閣，爬上去一摸，已經找不到那紙包，他便知道壞事了！

只是不知李湘究竟進行到哪一步了，是剛出門，還是已經成功抑或是失敗了？竟一點消息都沒有。

王檀在鋪子裡轉了兩圈，想去沈記打聽消息，又怕這樣反而讓他們得知李湘的打算。

正著急時，王記這邊竟然也來了幾個官差。

王檀咬了一口腮幫子，讓自己冷靜一點，上前迎接道：「官爺怎麼來了？」

「你家娘子犯了事，如今受刑不招，知府大人請你們前去問話。」

王檀最擔心的事情還是發生了，他惴惴不安地交代人照顧好兒子，轉身便跟著官差一塊兒出了門。

剛一出去，便跟斜對面沈記一夥人碰上。

路人看著這情況，一時不明所以，但是稍微得閒的人都自覺地跟上了，畢竟看熱鬧的機會可不常有。

一來二去，跟著一起去府衙的人便越來越多。

興旺遠遠地跟在後面，手上還牽著一個小孩。

他不想摻和這一切，更不想招惹那尊殺神，但是沒辦法，誰讓他是王家的小廝呢？跟著他們老爺這麼多年，錢沒撈到多少，但髒活、累活跟不乾不淨的活倒是一樣都沒少。

等沈蒼雪進了府衙，李湘已經跪在公堂中間，不知被審了多久。

她渾身狼狽，半跪半趴，似乎是受了刑，頭髮半散著，眼神渙散。

王檀跟她畢竟是多年的夫妻，看到她這樣也是又氣又心疼。他氣急敗壞道：「早知今日，何必當初呢？若是肯聽我的勸，也不至於鬧成現在這樣！」

李湘的慘狀，沈蒼雪他們都看在眼裡，只覺得她罪有應得。她下的藥沈蒼雪沒看見，不過動動腳趾頭想也知道，多半是砒霜之類害人性命的毒物。

陳孝天聽不得他們夫妻哀嚎，拍了一下驚堂木道：「李湘，妳可認罪？」

「認罪，草民的娘子認罪！」王檀忙不迭地應了，甚至按下了李湘的頭。「一切都是李湘做的孽，草民替她認罪！她記恨沈記生意比我們好，不肯聽勸，硬要買藥準備向沈記下手。今日她趁草民外出，偷偷摸摸跑去沈記，險些釀成大禍，都是草民教妻無方，還請大人責罰！」

李湘乾瞪著眼，又驚又怒。

她死撐著不認罪，就是為了等王家人來救她，結果王家只來了她丈夫一個人，還一上來就將她往十八層地獄推。擔上殺人未遂的罪，她這一輩子都完了。

「王檀，我們夫妻一場，你怎麼敢?!」李湘不敢相信王檀會這麼自私，將要命的罪往她身上推。

沈蒼雪呵呵一笑。「害人性命的事都做了，反倒在這裡問別人怎麼敢？」

王檀不理李湘，連連磕頭說：「只是請大人明鑑，草民的娘子雖然嫉恨沈記生意好，但不過是耍弄了一點小心機罷了，並非要害人性命。那紙包裡都是巴豆粉，服用之後最多腹瀉，不會鬧出人命。」

李湘頓時語塞。巴豆粉？她要的東西不是砒霜嗎？

沈蒼雪跟聞西陵對視了一眼，都有些莫名。

聞西陵確信他在興旺那小子口中聽到的是砒霜，難道興旺騙人了？

王檀卻言之鑿鑿。「確實是巴豆粉，大人驗過之後便知曉了。」

第十七章　勢不兩立

府衙裡頭有大夫，被下了藥的麵粉就在公堂上，沒多久，大夫便驗明了，的確是巴豆粉。

李湘跌坐在地，愣愣地看著身旁的丈夫。

那包砒霜放在哪個位置，丈夫也知道。這兩日他不止一次地勸自己，可她鬼迷心竅，一直未曾聽進去。只怕他是擔心自己犯了死罪，這才將砒霜換成巴豆粉。

好在他換了……李湘捂著嘴，失聲痛哭起來。

她這究竟是為了什麼……值得嗎？

王檀只道：「娘子，妳糊塗啊！」

李湘泣不成聲，雙眼紅腫。

驗明那些粉末之後，陳孝天又問道：「罪婦李湘，這巴豆粉既是妳所買，是從何處得來的？速速招來，倘若有半句假話，休怪本官嚴刑伺候！」

聞言，李湘打了個冷顫。她被打怕了，想到自己方才受的罪，她心裡又起了個念頭。

她會落到這般田地，都是自家公公害的。她都這麼慘了，還要維護那些王家人嗎？

王家雖非權貴，可在地方上也是能呼風喚雨的角色，若是沾了不乾淨的事，看他們還能不能體面得起來！

李湘正要將藥出自王亥這件事抖出來，結果站在後邊的興旺立刻掐了身前的孩子一把。那孩子吃痛，驚叫一聲。「娘！」

李湘一顫，緩緩回過頭，難以置信地看著自己的兒子，以及他身後的興旺。興旺笑得憨憨的，還將李湘的孩子往後拉了拉，這其中的意味為何，不言而喻。

李湘收回了目光，神色也從瘋狂轉為悔恨，她張了張嘴，說道：「是罪婦在東門集市的藥鋪拿的，那藥鋪是王家的鋪子，罪婦仗著自己是王家二少夫人，可以自由出入藥鋪，遂偷拿了那包巴豆。」

今日這罪，她認了，但是對王家的仇，她也記上了！

李湘投毒是不爭的事實，但是她投的並非砒霜，而是巴豆粉。

若是害人性命的砒霜，她便是殺人未遂了，罪名極重，可投的既是巴豆粉，情節可輕可重，全在知府大人一念之間。

王記所有人都審了一遍，連王家不少人都受審了，結果所有的說詞全指向是李湘一意孤行。

李湘終於承認，自己就是想整垮沈記，並非要謀害他人性命。

陳孝天也不知是信還是不信，總歸最後量刑的時候判了重刑——徒刑五年整。

李湘今年二十出頭，本該是人生當中最美好的年華，可往後卻要待在牢裡，吃足整整五年的苦頭。五年後，她的兒子已經長大了，不知道會不會認她這個有罪的母親，而王家又會不會讓王檀休妻另娶。

判刑之後，李湘才真正後悔了，抱著兒子與丈夫痛哭不已。

王檀一個勁兒地罵道：「活該，早讓妳消停了，妳怎麼就不聽我的?!」

李湘抹了一把眼淚，惡狠狠地道：「都是被你爹算計了，咱們原本好好過著日子，是他非要對付沈蒼雪，把咱們牽扯進來的。算我著了他的道，便是有仇，等日後再清算也不遲。你只管好好守著兒子過日子，切莫再娶，等我出來再說。」

王檀差點沒被嚇死，這是還準備折騰？他不禁慶幸府衙給她判了五年刑，讓她冷靜冷靜，否則以她的性格，很快就會走向萬劫不復的境地。

塵埃落定，看夠了熱鬧的眾人各有感觸。

有的驚訝李湘惡毒，竟敢隻身下藥；有的認為王檀狠心，公堂之上親揭髮妻罪行；有的覺得王家家風不正，還有的因為這件事徹底記住了沈記。

李湘的癲狂之舉，恰恰印證了那句「木秀於林，風必摧之」。不過他們也好奇，沈記的生意能有多好，以至於最近頻頻聽到沈記的消息。

今日過後，只怕整個臨安城都知道「沈記」這間鋪子了。

「可是沈記究竟在哪兒？」

「你還不知道？就在北城杏花胡同口，聽說他們家的包子特別好吃。」

「豈止包子？那兒賣的粥都比別人家的好喝，我天天去喝。」

「我怎麼聽說他們那邊還賣什麼珍珠奶茶？我家姑娘也不知聽誰說了，最近正嚷嚷著要嚐一嚐呢，可把人給愁壞了……」

眾人討論得起勁，興旺正準備悄悄離去之際，忽然發現一道不容忽視的目光。他循著望去，正好捕捉到聞西陵的眼神，當下脖子一縮，退了兩步，心中默念：看不見看不見……我什麼都看不見……

見聞西陵似笑非笑，興旺更害怕了。

他怕聞西陵，所以洩密了；可他也怕他們家老爺，所以不得不替王家出頭，讓李湘獨自擔下罪責。他也很無奈啊，像他這樣的小人物，哪能有什麼主意，不過是聽從上面的意思罷了。

興旺低下了頭，好似這麼做就能隔絕聞西陵的視線，好在聞西陵也沒對他怎麼樣。

沈蒼雪落後了一步，並沒有隨人潮離開，反而留了下來，親眼看著李湘被官差拖下去。

她有種直覺，李湘是真的想毒死她，只是中間不知道出了什麼岔子，鬧了這樣的烏龍。只關上五年，實在太便宜李湘了。

李湘看沈蒼雪的眼神依舊不善，但也僅限於此，她眼中那濃烈的恨意消失不見了，又或者是轉嫁到了別人身上——譬如王家人，尤其是那位王老爺。

沈蒼雪帶著一幫人回去之後，理所當然地受到了鄰居們的慰問。

眾人聽完事情的始末後，對王檀夫妻兩人表示唾棄。雖然所有的罪責都由李湘一人承擔了，但大夥兒還是覺得這對夫妻都不乾淨，沒準就是他倆合謀的。

封立祥打量著王記的鋪子，說道：「想必自此之後那邊該消停了。」

說是這麼說，然而他卻沒想到王記包子會消停得這麼徹底。

當日晚上，王記包子的門關上之後便再也沒打開過。王檀帶著兒子搬回了王家，這個鋪子他不要了，鋪子裡的幫工也一併攆了出去。

工錢還沒結，王檀讓他們上王家討。這段時間鋪子日日虧損，虧的可都是他們夫妻的私房錢。王亥先前許諾，只要他們扳倒沈記，回頭便分三成家產給他們，結果三成家產沒到手，自己的錢卻全賠進去了，要不是虧得太厲害，李湘也不至於鋌而走險。

照這個下場來看，他還真是竹籃打水一場空，不僅賠了私房錢，連妻子也進了牢，可沈記卻毫髮無傷。

王檀沮喪，王亥則是暴跳如雷。

他把兒子叫進了門，也不管他如今多大，劈頭蓋臉就是一頓臭罵，譙他沒本事、嫌他不中用，連這點小事都辦不好。

因為李湘被蠱惑一事，王檀對他爹本就心存怨懟，現在又被他這麼一陣罵，當下惱怒道：「您有本事，何不自己出手？我們夫妻兩人的確蠢，信了您的話才摔得頭破血流。若是沒有您，我們何至於夫妻分離？」

王亥卻毫不愧疚。「那是你們咎由自取，王家不養閒人，你既然沒這個本事，往後就別在這礙眼了。」

還真別說，王檀可是求之不得，經過這件事，他已經不想認這個爹了。

李湘的確爭強好勝，腦子不大靈光，行事也衝動，這點王家上下無人不知、無人不曉，可他父親偏偏讓他們這對不穩重的夫妻出面對付沈記，可見根本不把他們的生死放在心上。本就不親密的父子兩人，徹底決裂。

王檀走後，興旺一直提心吊膽，生怕他們家老爺又要鬧出什麼動靜。然而怕什麼來什麼，他們家老爺似乎已經跟沈記不死不休了。

興旺怎麼都想不通，他問：「沈記小門小戶的，您為何非要跟他們過不去？」

「你知道什麼？」王亥給了他一個白眼。「方府設宴時，請的大廚就是沈蒼雪，聽說席間連知府大人都對她青眼有加。這人的手藝遠不止於做包子，她如今羽翼未豐，只有一個包子鋪，來日若是經營飯館或酒樓，咱們主要的生意遲早要被她分去。」

興旺摸了摸鼻子道：「不可能吧，咱們的酒樓名氣這麼大。」

王亥卻覺得沒什麼不可能的，他在沈蒼雪身上已經受過太多教訓了。「就怕她什麼時候揚了名。」

興旺可不想他們家老爺跟沈記對上，使勁地安撫。「不會的，哪有這麼巧？」他能做的都做了，也不曉得這位老爺聽不聽得進去……

翌日，沈蒼雪這兒迎來了不少府衙的客人。

陳裕德不僅點了一桌的粥點，還給沈蒼雪帶了一份禮物。

沈蒼雪一臉茫然。「這是……」

「知府大人送的，聽咱們說沈老闆有個會讀書的弟弟，便送了一套文房四寶。」陳裕德說完便將東西塞到沈蒼雪手裡。「上回您做的菜，大家吃得都挺滿意的，不過您是個姑娘家，別的東西不好送，送錢，又怕辱沒了您。」

沈蒼雪嘴角抽搐了一下，不意外地看到自家弟弟那心痛的眼神。

她想說，知府大人還是見外了，送錢真的挺好的，他們一家人最喜歡的就是錢。

這會兒人多，沈蒼雪讓黃茂宣頂她的活才有空說這麼兩句，原本想要收了禮就回去幹活的，結果陳裕德又開了口。「這回你們幾個受了委屈，知府大人心裡都有數。」

沈蒼雪喜道：「所以知府大人想補償我們嗎？」

陳裕德哭笑不得。「您還想要什麼補償？」

「就是廚藝比賽啊。」沈蒼雪舊事重提。「今日這頓飯就當我請師爺了，麻煩師爺回頭跟知府大人再提一下比賽的事。」

陳裕德最終沒讓沈蒼雪請客，不過回府衙上值的時候，仍跟陳孝天又提了一嘴。

不是他有私心，而是他確實饞了。沈蒼雪做的菜實在好吃，方府的宴席結束後他吃什麼都沒滋沒味的，若是廚藝比賽辦得起來，他就有口福了。

為此，陳裕德賣力地在陳孝天面前進言。「大人您也看到了，府衙審案，外頭看熱鬧的人沒有一千也有幾百，密密麻麻地堵在那兒，便是看不見也要旁聽。百姓們沒什麼消遣，早就悶壞了，不如乘機辦場活動，讓大夥兒都樂一樂。」

見陳孝天不說話，他便繼續說：「人一無聊就容易折騰出事，聽說最近逛青樓的人都比往年多了，他們有這精力，還不如做些別的。」

陳孝天倒是頭一次聽到這事。「真有那麼多人流連於煙花之地？」

「多得是，大家外出查案的時候聽說的，大人若是不信，回頭自己可以去查一查。」

這是其一，另一個重要的原因是陳裕德也看不慣王家。「再說了，如今臨安城的酒樓都是王家獨大，不太好。」

李湘下藥一案，陳裕德不信陳孝天看不出王家的貓膩。說來說去，王家並不無辜，只是他們有所倚仗，罪責全被李湘擔下了。府衙的人又不是傻子，只是苦於沒有證據罷了。

陳孝天笑著點了點他，只道：「待我考慮一番。」

幾日後，正在醃鴨蛋的沈蒼雪聽到了消息，府衙要舉辦廚藝比賽，不僅如此，還要辦美食節。目前已經張貼了告示，只要報名，不拘身分都能參與廚藝比賽，至於美食節，商戶只要交錢便能參展。

沈蒼雪激動得掐了一把大腿，她不會是在作夢吧？

聞西陵神色扭曲，怒道：「妳掐的是我的腿！」

沈蒼雪迅速縮回了手，訕笑道：「晚上給你做菜，是新菜，別人都沒吃過的。」

聞西陵臉色稍霽。

沈蒼雪已經盤算著要做什麼了，廚藝比賽跟美食節將近，她也得練練手不是？

當天晚上，沈蒼雪十八般武藝齊上陣，周圍的鄰居都被她家傳出來的香味給饞哭了。

沈蒼雪給平常幫了她不少忙的鄰居們送了一些吃的，而後大門一關，帶著幾個人坐在樹下的石桌前，邊吃飯邊商議。

聞西陵到現在仍適應不了沈蒼雪喜歡在飯桌上商議大事的習慣。畢竟這麼多年來他始終食不言、寢不語，不過他雖不習慣，卻也沒有對別人的喜好指手畫腳，只是一心用飯。

說也奇怪，他眼前這道菜不過是尋常的豆腐罷了，怎麼經過沈蒼雪的手，便多了些教人欲罷不能的味道？沈蒼雪的話說在了前頭，聞西陵自然以為這一桌菜都是為他做的，所以吃得格外起勁，不知不覺便吃撐了。

沈蒼雪正在跟黃茂宣商量美食節的事情。除了後面的廚藝比賽，還有前面的參展環節，屆時一整條街都會對外開放，只要他們交一筆錢，便能租一個鋪子賣吃食。

這樣轟動一時的盛事，不難想見臨安城大半的百姓都會去湊熱鬧。美食節總共要辦三天，若是東西出挑，這三天保管能賺翻天。

沈蒼雪就像是掉進了錢窩一樣，眼裡能看到的，除了錢還是錢。「包子肯定要賣，畢竟這是咱們的招牌。不過也不能什麼包子都賣，美食節上必定有許多賣早點的，咱們若是與他人相似，便是味道出挑些也難以引人注意。」

黃茂宣道：「那就賣灌湯包吧，奶黃包跟珍珠奶茶也加上。」

他已經感受到那些姑娘們對於幾樣甜品的癡狂了。

沈蒼雪點了點頭道：「這兩日我再琢磨點新飲子吧。對了，你們明日回去問問村裡有沒有綠豆，若是有的話，按市價收購，有多少收多少，不過只限下塘村。」

黃茂宣眼睛一亮，說道：「放心，肯定把東西給妳找來。」

聞西陵始終游離在話題之外，不過這天晚上他倒是又找到了機會，從沈淮陽手上摸走了那還沒看完的醫書。

隔了許久，聞西陵再次挑燈夜讀，這回讀得依舊遭罪，天快亮時，他偷偷摸摸將醫書還回去，打算趁最後一點時間閉上眼睛休息一會兒。

然而眼睛還沒閉上多久，人便被黃茂宣給鬧醒了。

聞西陵幽幽地看著黃茂宣，似乎對他過來喊他起床頗為哀怨。

黃茂宣覺得背脊發涼，不過還是耿直地說道：「快起來，要開工了。」

聞西陵一陣無語。

他真的受夠了，等找到那藥丸的方子就走！

不甘不願地起床後，等著聞西陵的還有繁重的體力活。

沈蒼雪瞧著他臉上的黑眼圈，心生疑竇。「你昨晚去做賊了？」

「我能去哪兒做賊？不過是睡不著罷了。」

沈蒼雪「嘖」了兩聲，打趣道：「年紀輕輕的竟然失眠，可見是想太多了。」

不像她，她什麼都不想，倒頭就睡，一覺到天明。除了賺錢，她沈蒼雪便沒有別的追求了，多麼簡單純粹啊！

聞西陵打著呵欠，一直精神不振。

下午原本想睡一覺，卻被黃茂宣拉著回了下塘村，臨走前，沈蒼雪還把聞西陵這段時間的月錢先結了。

「夏大叔一個人在村裡過得也辛苦，你回去分半疋布料給他，再多買些糧食給他，免得他一個人捨不得吃、捨不得穿。」沈蒼雪本著人道主義精神叮囑道。

聞西陵看著到手的錢，陷入沈思。

當初沈蒼雪說的是他每日可得五十文工錢，可是如今拿到的卻幾乎翻了一倍，再多來一個月，返京的路費便夠了。

只是這又是給布料、又是給錢的，還交代他照顧好夏駝子，讓聞西陵不禁頭疼起來。

他早晚都要走，可沈蒼雪卻對他「一往情深」，等他離開之時，她該如何傷心難過？

第十八章　盛宴展開

然而，他必須要離開。

聞西陵對於拯救當今聖上、也就是他那個姊夫，其實沒什麼執念。

聖上生性優柔寡斷，委實不是什麼明君，他辛辛苦苦尋求那藥丸，不過是因為他姊姊跟他外甥捨不得聖上罷了。

退一萬步說，要是找到藥丸的速度遲了，或是真找不到藥丸，導致聖上不幸身亡，那也無可奈何。他的外甥鄭翊是太子，即便年幼，但只要身邊之人輔佐得宜，一樣能穩住這天下。只是在那之前，得先解決鄭鈺。

硬被拉著回了下塘村，聞西陵本想直接返家找夏駝子，誰知卻被黃茂宣帶著去了里正家，聽了大半天的廢話。

下塘村的里正最是囉嗦不過，知道沈蒼雪同樣想將賺錢的機會留給鄉親之後，居然當場把她誇得天上有、地下無，還非要領著黃茂宣同他在村裡收購綠豆。

被鄉親們興高采烈地圍繞著，黃茂宣覺得自己威風極了，昂首挺胸，頗有氣勢。

所有人都高興得很，唯獨張有承一家有些尷尬。當初沈蒼雪幾個最先投奔的是他們家，可他們卻嫌棄人家，用一個月的口糧給打發出去，如今反倒要靠沈蒼雪來賺些嚼用，實在顏面無光。

同樣五味雜陳的還有黃茂宣的母親白麗華。她站在邊上，耳畔聽著鄉親的誇讚，歡喜之餘，也覺得有些不真實。一向只知道胡鬧生事的小兒子忽然有出息了，還會造福鄉親，這一切都讓她悵然若失。

眼尾餘光瞥見他爹娘、兄長都過來了，黃茂宣更是意氣風發，故意走到他爹娘跟前。

黃東河不禁細細打量起兒子。

這一段時間下來，他這兒子肉眼可見地起了變化，人瘦了、長高了，眉宇之間的蠢氣也散了不少。從前他為了讓兒子開竅，不知道用了多少法子，萬萬沒想到，只跟著沈蒼雪一個多月，便抵得過他十數年如一日的言傳身教。

黃東河著實不信自己技不如人，勉強誇了一句。「在外終於有了些長進，不容易。」

聽他這麼說，黃茂宣不服地問道：「僅僅是一些？」

白麗華本想說些好聽的，然而話到嘴邊卻變了個樣。「還未曾有什麼長進便先驕傲自滿了，你這樣往後能走得多遠？你幾時見過你兄長這樣自得了？」

黃茂宣得意的神色忽然間消散。兄長，又是兄長……在他父母心中，他此生似乎都越不過他的兄長了。思及此，黃茂宣止不住內心的失落，他其實只是想聽父母多誇一誇他的。

白麗華也知道自己話重了點，然而依舊抹不開面子，只道：「這邊弄好了趕緊回去吃飯，一天到晚就知道往外跑，多久沒回家了？」

黃茂宣的心情不復喜悅，聞言只淡淡地回了一句。「知道了。」態度已沒了往日的親暱。

白麗華彷彿被刺傷了，但也不好再追究什麼，畢竟是她先口不擇言的。

另一頭，看著精神萎靡的聞西陵，夏駝子實在心疼壞了。聞西陵招架不住這樣直接又熱烈的關切，不自覺地低下了頭。然而他一低頭，對方佝僂的模樣再次刺痛了他的雙眼。

他是出於無奈才頂替了夏駝子兒子的身分，如今面對這番慈父心腸，總覺得自己罪孽深重。

回家之後，望著擺設簡陋的夏家，聞西陵拿出了錢袋子，將自己還沒捂熱的路費交給了夏駝子。

夏駝子不肯要，聞西陵就表情僵硬地說道：「收著，往後我在外掙錢就是了，你可不許出去接私活。」

一個身子都不健全的人，出去幹活不是折騰自己嗎？

夏駝子笑開了，應道：「知道了、知道了。」他聽得出來，兒子是在關心他。

這日，黃茂宣跟聞西陵帶了滿滿一車的乾貨回到沈記。

包括原先說好的筍乾、今日臨時收來的幾百斤綠豆，整整齊齊地擺放在車上，眾人忙了半天才搬空了。

沈蒼雪寶貝似的摸了摸這些綠豆——這可都是錢啊！

翌日一早，沈蒼雪便去了府衙交租金，將近傍晚的時候，去交錢的商戶依舊絡繹不絕。一個攤位的租金一天要半貫錢，中間的位置稍貴一點，首尾地段則要價更高，要一貫半。即便如此，還是有人大筆大筆地掏錢租攤位。

排在沈蒼雪前面那個玉樹臨風的年輕人便是如此。對方雖然看著高高瘦瘦、不是很結實的模樣，給錢的時候卻格外豪爽，闊氣到一口氣包攬了六個攤位，而且還是中間的位置。

沈蒼雪看他給錢給得那麼爽快，深表慚愧。不得不說，人跟人的差別就是這麼大。

對方給完錢之後還沒走，也不知出於什麼目的，留在邊上看著沈蒼雪。

沈蒼雪捏了捏口袋裡的錢，有點壓力。

下一個便輪到她了，府衙的人問她要租哪兒，沈蒼雪看方才那人的旁邊還剩下一些位置，咬了咬牙指著其中一個道：「這兒！」

貴是貴了一點，但是有這個橫跨六個攤位的富貴公子哥兒在旁邊撐著，應當能吸引不少人，她也好跟著喝湯。

只是這口湯……貴了點，足足花了兩貫多。

沈蒼雪正感到心痛，忽然聽到旁邊有人低聲一笑，她猛地轉頭看過去。

對方一愣，旋即又笑了，毫無陰霾地說：「後日再見。」

沈蒼雪敷衍地笑了笑，回道：「之後見。」

嘴上這麼說，心裡卻想著，這人的鋪子到時候肯定會妝點得格外華麗，希望自己家的不會被比得顏面盡失。

沈蒼雪給完錢，還特地去街邊逛逛，觀察情況。

她離開之後，王家的人鬼鬼祟祟地上前，得知沈蒼雪選的攤位之後，刻意將她旁邊的攤位都租下了——這是王亥要求的。

不過沈蒼雪對此毫不知情，她正在看熱鬧呢。

這回舉辦活動的地方是整個臨安城最寬敞的一條公街，眼下府衙的人已經在忙活了，像是設立崗哨、協助佈置場地等。

沈蒼雪轉悠了一圈後，也回去收拾起來。

她已經決定了，這回除了要賣沈記招牌的灌湯包、奶黃包跟珍珠奶茶，她還要再做一款能夠風靡一時的飲子！

聞西陵看她折騰個沒完，坐在邊上問：「綠豆湯誰沒喝過？妳囤那麼多的綠豆，會有人買嗎？」

沈蒼雪道：「這你便不懂了吧，越是人多熱鬧的時候，這些飲子才越好賣。」

聞西陵扯了扯嘴角道：「但願吧。」

希望她賣得出去，否則這幾百斤的綠豆都浪費了。

兩日時間匆匆而過，沈蒼雪掛上了休假的牌子，帶著沈記上上下下早早地去了公街。她今天勢必要讓自己的攤位一炮而紅，豔驚整個臨安城！

四月初六這天，臨安城內大半的人口都湧入了公街。這條街原本就是城內最寬敞的，平常只有趕集的時候街道兩側才會站滿人，今日雖不是舉辦集市的日子，但是裡頭的人只多不少。

陳元月今日也得了允許，出門瞧瞧熱鬧。

她家規森嚴，平時很少有出去遊玩的機會，乃是因為臨安城第一次舉辦美食節，父親有心讓她長長見識，這才得了半日的閒暇。

陳元月的兩個丫鬟陪在身側，三個家丁不近不遠地跟在後面。

慧心緊緊地拉著陳元月，這裡人挨著人，她生怕有什麼人衝撞了自家小姐。「小姐，這兒人也忒多了，咱們還是趕早出來的，原以為沒什麼人，沒想到已是水泄不通，咱們如今瞧哪個才好？」

別說是兩個丫鬟了，陳元月也看花了眼。

公街兩側整齊地擺著攤位，每家裝飾都不一樣，陳元月一路走來，見過許多好吃、好玩的，目不暇給，光是點心跟糕點就有十來樣，還有糖葫蘆、糖畫之類的。

陳元月每樣都看了一眼，也買了不少，她不缺錢，看到新奇的就會買上一些，除了給自已留一份，還得帶幾盒回家去。

不知不覺間，幾個人已逛了一半攤位。

等逛到了中間地段，陳元月跟兩個丫鬟不由得瞪大了眼——實在是中間這幾個攤位過於豪氣了。

左邊連占六個攤位，右邊連占八個攤位，一字排開，不僅掛著紅燈籠，還擺上了盆景，比人家新店開張還要氣派。

不過這兩家之間，卻夾著一個稍顯寒酸的攤位。

此處沒有任何裝飾，只在前面擺著一個招牌，上面寫著「沈記包子」，板書倒是不錯，沒有十幾年功底是寫不出來的。

招牌旁邊有一塊更大一些的木板，上面只有寥寥幾行字，是菜單。

沈蒼雪心想：沒錯，是她寒酸了。

她打的主意是蹭隔壁的光，誰知道另一側也來了個大戶，還是可惡的王家人。

王家人鐵了心要跟她搶生意，連賣的東西都是相仿的，沈蒼雪的攤位夾在這兩家中間，被他們這麼一搞，生意徹底黃了。

沈記是出了名沒錯，不過在擺滿攤位的公街上，吸引人的東西多了去，大家都想嚐鮮，一時半刻竟沒人光顧他們。

苦於沒有生意，黃茂宣帶著沈淮陽兄妹去別處打探消息，看看別人都賣些什麼。

這會兒，攤子前面只剩下沈蒼雪跟聞西陵。也不知怎麼的，沈蒼雪的左眼皮一直跳，跳了一早上，被聞西陵嘲笑說她是不是又未卜先知，知道有壞事要發生了。

沈蒼雪捂著眼睛，嘴硬道：「左眼跳財，右眼跳災，這是大吉之兆，說明咱們待會兒就要發財了。」

嘴炮沒打多久，便來了一位美貌的姑娘，還對他們賣的東西頗感興趣的模樣，沈蒼雪立刻來了精神，招呼道：「姑娘可要看看？咱們這兒都是好吃的。」

陳元月湊近看了一眼，似乎都是她未曾吃過的東西，便問道：「綠豆沙牛乳……這是何物？」

沈蒼雪被她溫婉的氣質所折服，頓了一會兒才趕忙道：「是用綠豆沙和牛乳調製而成的新鮮飲子，滋味香甜，您可要來一碗？」

「來吧。」陳元月道。

一旁的慧心本想勸他們小姐換一家，但是轉念一想，小姐既然看上了，她還是少費些口舌，免得擾了小姐的興致。

攤位後頭邊上擺了些桌椅，沈蒼雪盛了一碗綠豆沙牛乳，端給陳元月。

白瓷碗只裝了八分滿，碗裡裝的飲子竟然是綠色的。也不知這綠豆是怎麼熬煮的，吃不出顆粒感，綠豆味跟牛乳味融合在一起，相輔相成，濃香醇厚，別具一格。

陳元月頓時心喜，這綠豆沙牛乳是她這些年嚐過最合心意的飲子了。最難得的是，這個攤位乾乾淨淨的，不管是器具還是做東西的人都一樣，教人看著便心生好感。

她索性給自己的丫鬟跟家丁都各買了一碗，讓他們嚐嚐鮮。

慧心站著直接喝完，喝完後擦了擦嘴巴，意猶未盡地說：「沒想到這街上到處都有蒙塵的明珠。」

陳元月卻覺得也不是到處都有。她買了這麼多東西，可前面那些加起來也比不上這小小的一碗。想著，陳元月又期待地看向菜單上的另外幾樣食物，索性全都點了個遍。

灌湯包鮮香、奶黃包奶香十足，那珍珠奶茶也不輸綠豆沙牛乳，同樣好喝。

陳元月一時興頭上來，問沈蒼雪。「這兩鍋飲子能否都賣我？」

沈蒼雪不禁訝異地瞪圓了眼。不得了，貴客啊！

待在後面的聞西陵臉色也變了，連忙站直了身子。

雖然有大單上門，但沈蒼雪還是得說清楚。「這兩口鍋裝得上三十碗珍珠奶茶和三十碗綠豆沙牛乳，姑娘都要嗎？」

「要。」陳元月非常闊氣，直接讓沈蒼雪結帳，連鐵鍋她都要了。

這麼一會兒工夫，兩鍋飲子便清空了。

沈蒼雪將東西交給陳元月的時候，臉上差點沒笑成一朵花。

剛做完一筆大生意，攤位上又來了客人。

原來是方妙心帶著焦惠婷等人來光顧沈蒼雪的生意了。碰到陳元月時，幾個人還一驚，沒想到知府大人家的千金也來了。

彼此見了禮，卻沒有聲張，因而沈蒼雪只知道她們認識，卻不知道陳元月的身分。

待陳元月一行人離開，方妙心就湊了過來，得知兩鍋飲子都被陳元月買走時，大失所望道：「那豈不是沒有喝的了？」

「怎麼會呢？」沈蒼雪對著後面的聞西陵使了使眼色。

聞西陵默默地又搬來了兩口大鍋——

說是鍋，其實是瓷器做的大罐子，換了別的材質，沈蒼雪總覺得埋汰了自己的飲品，也讓人看著沒什麼胃口。白瓷乾乾淨淨的，用來盛放這些東西正正好。

方妙心望著憑空出現的兩個大瓷罐，目瞪口呆道：「妳還有啊？」

「多著呢，我可是買了幾百斤的綠豆。」他們今日雇了一輛頗大的牛車過來，上頭塞滿了生財的東西。

就算陳元月豪氣地買走兩大鍋飲子，沈記鋪子的鍋爐上面還熬著呢，隨時都能補上來。

方妙心深感佩服，敢一口氣買這麼多綠豆，也是很有魄力了。

有飲子就好，方妙心等人十分給面子地都點了一輪。

珍珠奶茶本來就是她們的最愛，原以為這是最好喝的了，沒想到又有了綠豆沙牛乳，味道也是上佳，讓人喝得停不下來。

方妙心忍不住攬著沈蒼雪說：「妳這腦袋究竟是怎麼長的？再尋常不過的綠豆，到妳手裡便成了珍饈。」

「過獎過獎。」沈蒼雪嘿嘿一笑。

她的眼尾餘光瞥見旁邊的王家人在偷看，立刻凶巴巴地瞪了回去。

沈蒼雪的綠豆沙牛乳受到了這群姑娘們的熱烈歡迎。

六文錢一碗，價格並不低，跟其他攤位比起來，甚至算得上是天價了。不過方妙心她們不缺錢，圖的只是嘴上的享受罷了。

若不是沈蒼雪怕她們甜食吃多了回頭鬧肚子，不允許她們多吃，這群人必得把她這邊的東西嚐個夠。

託她們的福，沈蒼雪這個寒酸的攤位終於有了些人氣。

這些姑娘們正年輕，一個個風華正茂、衣著光鮮，不管到哪兒都自成一道靚麗的風景線，自然為沈蒼雪的攤位增添了不少光彩。

況且，見她們都吃得香甜，後面又陸陸續續有人上前詢問。

貴是貴了點，但是這美食節多得是人，三個問價的人當中總有一個願意試試，沒多久買的人便漸漸多了起來。

一開始是灌湯包最好賣，賣著賣著就變成兩種飲子最暢銷，尤其是快到中午的時候。天氣溫暖，人多又擠到發汗，逛著逛著口就渴了，遇上一個賣飲子的攤位，甭管多少錢也得來一碗。喝了便知道，沈蒼雪這兒的東西跟別人的完全不一樣。

方妙心等人瞧著顧客多了起來，便都散了，不打攪沈蒼雪做生意。

沈蒼雪跟聞西陵兩個從無所事事變為手忙腳亂。她有些懊惱，早知道就不讓黃茂宣他們出去打探消息了，弄得這會兒突然缺了人手。

好在黃茂宣跟沈淮陽兄妹過了一會兒終於回來了，三人看到攤位前排了長長一列隊伍，頓時都呆住了。

沈蒼雪道：「還愣著幹麼，將這些碗勺收拾回去洗乾淨了再送來。」

黃茂宣「喔」了一下，趕忙將攤位上的碗勺收好，拖回沈記的鋪子洗淨，再將灶臺上熬的珍珠奶茶跟綠豆沙牛奶拉回攤位上。

人潮絡繹不絕，一直持續到傍晚。

期間，那位之前與沈蒼雪有過一面之緣的年輕人也過來了，只是瞧她在忙，便未打擾。

第十九章　胡同遇險

一天下來，幾個人都累得快要虛脫了。

所有東西都賣光的時候，不過才未時末。沈蒼雪不耽擱，直接收拾好攤位打道回府。

經過今日，她算是知道了，這點器具根本不夠用，明日生意肯定更好，在攤位跟鋪子之間來來回回地運東西太麻煩了，還不如今日就置辦完整。

沈蒼雪自行下了車，說道：「你們先去整理吧，我去買幾口大鍋跟瓷器，待會兒便回去。」

聞西陵只交代了一句「早去早回」，便將牛車趕走了。

沈蒼雪繞進了熟悉的胡同裡，她就是在這裡買鍋碗瓢盆的。剛拐了個彎，還沒來得及走兩步，忽然後頸一痛，人便軟軟地向後倒去。

意識消散的前一秒，沈蒼雪腦子裡閃過無數念頭，終究無法確定這回是誰下的毒手。

她這輩子行善積德，為什麼總會遇上這些破事？

最痛心的是，她今日的帳還沒算，不曉得賺了多少錢……

半個時辰過去後，沈記的鋪子裡依舊沒見到沈蒼雪的人影。

聞西陵已經不記得這是自己第幾回望著門外卻一無所獲了。沈蒼雪這人做事向來不拖泥帶水，哪怕買東西的時候喜歡討價還價，也絕對不會拖這麼久。

明日要賣的東西還得提前準備，她不會放著不管的。

龍鳳胎也站在門口踮著腳尖張望，沈淮陽不解道：「阿姊怎麼還不回來呢？」

沈臘月兩步跑到聞西陵身旁，大眼睛裡寫滿了焦慮，說道：「找阿姊。」

黃茂宣從廚房走了出來，回道：「我去找吧。」

兩個小孩馬上附和。「我們也去！」

聞西陵毫不猶豫地將兩個小孩的腦袋按了下去，道：「你們在家好生待著，我去找。」

他本以為是什麼事情絆住了沈蒼雪，結果去了賣器具的鋪子之後，卻聽老闆說今日壓根兒沒看到沈蒼雪的人。

接連問了兩家之後，都說沒有瞧見她，彷彿好好一個人憑空消失了一般。

聞西陵心一沈，再次回頭，順著她下車的路線仔細地查看起來，沒多久，他停在了一處。

這兒的痕跡，似乎有些不同。

沈蒼雪是被顛醒的。她醒來時，正趴在一個灰衣人的肩膀上，旁邊有人叫囂著要殺她，灰衣人拒絕了，說她不只值這些錢。

這話讓沈蒼雪被嚇得半死，卻又覺得這也許是她的機會，她正想不動聲色地偷聽一下究竟是誰要害她，結果運送她的人五感靈敏，一記手刀，又把沈蒼雪給劈暈了。

過了一陣子，沈蒼雪被人放在了地上。此處頗為隱蔽，是他們早就尋好的地方，這裡不僅方便動手，也容易埋人。

擄走沈蒼雪的有三個人，兩個中年男子，加上一個娃娃臉的青年男子。

那兩名中年男子一人著灰衣、一人穿藍衣，衣著簡單，長相普通。灰衣男子身上並沒多少戾氣，若單看臉，絕對看不出是什麼十惡不赦的歹人。藍衣男子跟娃娃臉男子則不同，他們一臉冷漠，看起來心狠得多。

他們要找出沈蒼雪並非什麼難事，人的確是在臨安城，只是跟雇主告知的地點不大一樣，不是在下塘村，而是在城裡。

前兩日他們便找到了人，還去沈記買過包子。確實好吃，難怪那間鋪子裡每日都有那麼多客人，若是來日名聲再響亮些，都能日進斗金了。

在沒吃過沈蒼雪的包子、不知道她有這種賺錢能力的時候，那名灰衣男子還不覺得有什麼，如今見識到了，便覺得雇主給的錢太少，他與另外兩人商量。「這小姑娘真的挺厲害，將她擄回去給咱們賺錢豈不更好？」

「好什麼好，你掉進錢坑裡面去了？」旁邊的藍衣男子橫了他一眼，看沈蒼雪的目光猶如在看死人。「雇主只要她死，捅完這一刀，將耳朵割下來送回京城交差便是了。雇主說她右耳有一顆紅痣，記得別割錯了。」

灰衣男子道：「這位雇主著實狠毒，竟然能想出割人耳朵的點子，莫不是她從前割過？大宅院裡頭養出來的姑娘，瞧著冰清玉潔，實則陰狠毒辣，比咱們這些做殺手的還要心狠。」

過去他們下手也不過就是給人致命一刀，不像此次有這般「特殊」的要求。殺人不比割耳，那可是得下點功夫的。

灰衣男子到底愛錢如命，他覺得以沈蒼雪的本事，值得更高的價格，於是繼續說道：「要不咱們將她帶回京城，以此為籌碼，再撈一筆？」

「你瘋了？」那個娃娃臉男子冷冷道：「你想跟王府對上？」

「我只是想多掙一筆，畢竟年紀已經大了，再幹也沒幾年。這回碰到的可是王府，一等一的富貴窩，不多要一點，豈不是對不住自己？」

灰衣男子努力說服旁人，讓他們站在同一陣線，回頭一道勒索雇主。「幹這一行的人，能有幾個得到好下場？這回若是掙一筆大的，拿到錢之後金盆洗手，足夠我們過安生日子了，你們難道不想堂堂正正做人？」

娃娃臉男子沈默了，藍衣男子則是無動於衷。

沈蒼雪好巧不巧就在這時候醒了。

她眼睛一睜，那三人便收了聲，她立刻驚覺自己醒得不是時候。

藍衣男子不悅地走了過來，對同伴道：「比起虛無縹緲的未來，我更喜歡握在手上的錢，留著她，終究是個禍害。」

禍害？誰是禍害？她可從未害過人啊！

沈蒼雪嚇得臉都白了，她還沒機會狡辯呢，怎麼就要殺她了？「大、大哥，有話好說，我有錢！只要你們放我一命，我賺的錢都給你們！」

有錢？灰衣男子心神一動，開口阻止。「等等！」

藍衣男子已經等不了了，遲則生變，他不希望事情出什麼岔子。

沈蒼雪大叫道：「殺我之前總得讓我知道仇人是誰吧？不能讓我不明不白地死了！」

「妳不配知道。」藍衣男子舉起刀，直接朝沈蒼雪的胸口刺去。

沈蒼雪嚇得閉上眼睛、掩面縮起身子，她覺得自己短時間內竟然又要死一次了，也太倒楣了吧！

千鈞一髮之際，沈蒼雪只聽到刺耳的撞擊聲，伴隨著一聲痛呼，預料中的刺痛並沒有傳來。

沈蒼雪睜開眼睛，嚇得驚呼了一聲。

那把刀貼著她的臉龐扎進旁邊的碎石裡，看樣子是被人打偏了，用的還是隨處可見的石子。緊接著，她面前閃過一道人影。

沈蒼雪還沒來得及看清，便被人以迅雷不及掩耳之勢往後一拋，狠狠地摔向後方。

「咚」的一下，沈蒼雪摔到了一旁，足足有兩丈遠，與剛才那三人徹底拉開了距離。她被摔得夠嗆，感覺五臟六腑都移了位，痛得不得了。

下一刻，沈蒼雪眼前的人影清晰了起來——是她那萬用小員工。

他從天而降，徒手將自己從歹徒手裡救了出來，雖然差點沒把她摔死，但沈蒼雪依舊感激涕零。

救她的人來了！她就說嘛，她這輩子行善積德，怎麼會慘死在幾個殺手手裡呢？

「世子爺？」藍衣殺手冷笑。「你果真沒死。」

世子爺？誰？夏嶺嗎？沈蒼雪驚得嘴巴裡都能塞雞蛋了，她這一天的經歷是否太過離奇了些？

灰衣男子抽出佩刀。「別跟他廢話了，直接動手吧，送去京城沒準還能掙一筆錢。」

「那就看你們有沒有這個本事了。」聞西陵也是人狠話不多，他雖然手上沒刀，但是勝在力氣大，且身手了得，一人對峙三人卻不見下風。

沈蒼雪一邊找地方躲，一邊還在琢磨夏嶺的背景。雖然她早就知道對方的身分應該有所隱瞞，但是她沒想到他竟然藏得這麼深，甚至還引來了殺手，讓她遭受無妄之災！

沒錯，沈蒼雪覺得這些人都是那世子爺招來的。王家人跟她是死對頭，不過王家能做的不過就是投毒，還雇不了殺手。

她這是妥妥地被牽連了啊！沈蒼雪摸了摸自己被劈得發麻的脖子，欲哭無淚。

剛躲到了一顆大石頭後，沈蒼雪卻發現打鬥聲似乎停止了，探頭看去，聞西陵已經結束了戰鬥。

他奪走一人的佩刀，直接反殺了那三名男子。

她方才只是鬼門關前走一遭，這三人是真的死不瞑目了。

沈蒼雪忽然之間見到那麼多血，不禁有些作嘔，她硬逼自己不看屍體躺著的地方，埋頭裝成了鴕鳥。

她知道這三個人該死，但真正看到他們死了，又會害怕。

解決了這些殺手，聞西陵精疲力竭，靠在樹幹旁微微喘氣。

本來心情沈重，等聞西陵看到恨不得把頭埋進地裡的沈蒼雪，忽然又覺得有點好笑，然而笑著笑著，便笑不出來了。

他見慣了生死，在戰場上殺敵無數，從未手軟過，可沈蒼雪不一樣，她不過是個普通的小姑娘，今日卻因為自己受災，是他對不住她。

沒錯，就連聞西陵也覺得這三個殺手是自己招來的。

他走近了幾步，本來擔心沈蒼雪會閃躲，不過對方似乎沒有逃跑的意思。「妳不怕我？」

沈蒼雪過了半天才抬起頭，還是不敢看向屍體那邊，她哆哆嗦嗦卻硬撐著說：「怕你做甚？我只是有點暈血。」

聞西陵樂了，慫成這樣，她全身上下也就這張嘴最硬氣了。

不過該關心的還是要關心，他打量了她一下，問道：「沒傷著吧？」

他一問這個，沈蒼雪忽然感覺渾身都疼了起來，方才摔著的，疼得她齜牙咧嘴，她埋怨道：「你也不挑個軟一點的地方扔。」

「大小姐，我哪有空挑地方，再晚來一點，妳都要回老家了。」

沈蒼雪咕噥道：「真不知道他們是怎麼想的，殺我做甚，我不過一個賣包子的。」

聞言，聞西陵為之語塞。該怪他，這三個人應是鄭鈺派過來殺他的，結果沈蒼雪卻遭了無妄之災。眼下最要緊的是，得趕緊處理那三個人的屍體。

聞西陵道：「妳要是沒什麼大礙，便先等一等，我先清理好這個地方。」

沈蒼雪「喔」了一聲，吃痛地站起來，卻發現自己脖子上掛著的石頭摔裂了，只剩一半。

這是原主娘親給的，可不能丟了！

沈蒼雪趕忙在地上摸索了一番，摸著摸著，卻發現了一顆紅色的藥丸。

「奇怪？」這是什麼東西啊？

然而沈蒼雪還沒來得及拿起來細看，便有人眼明手快地取走了。

沈蒼雪抬起頭，看到聞西陵捏著那顆藥丸，一臉欣喜。

聞西陵注意到沈蒼雪脖子上的石頭裂了，半邊石頭上有不完整的圓坑，目測正好跟這枚藥丸大小一致，他認定這就是他要找的東西。

真是踏破鐵鞋無覓處，得來全不費工夫！聞西陵輕笑一聲。

他臉上的笑意還未收起，耳邊就傳來陰惻惻的聲音，是沈蒼雪。「你要搶走？」

聞西陵回過神來，搖頭道：「沒有，我不過是拿來看看。」

沈蒼雪真的越來越看不懂他了。「原來你圖的居然是這個，世子爺，不解釋解釋嗎？」

聞西陵汗毛一豎——他笑早了。

沈蒼雪的目光漸漸變得危險。「若沒有今日的變故，我還不知道原來沈記這樣的小鋪子裡藏著一尊大佛。真是了不得，我們沈家祖墳都冒青煙了。」

看來沈蒼雪陰陽怪氣的功夫也不差。

聞西陵知道瞞不下去了。他可以直接奪了這顆藥丸，或是劈暈沈蒼雪逃走，但是他覺得大可不必。

他挺珍惜這段時間在沈記的經歷，包括與沈蒼雪相遇這件事。

聞西陵是信任沈蒼雪的，既然事已至此，便只能坦誠以待了。「我也不算騙妳，我姓聞名西陵，先前同妳說的那養父，其實是我的生父定遠侯。」

沈蒼雪「嘖」了一聲，這還不算騙？簡直離譜！

她從原主的回憶裡找到了關於定遠侯的訊息。原主一家人一直住在武夷山山腳下，甚少聽到京城裡頭的事情，不過定遠侯的大名如雷貫耳，想不知道都難。這位鎮守北疆的大將軍，有如百姓們的保護神，民間甚少有人不崇敬他。聽聞侯府中還有一位少年得志的小將軍，只怕就是眼前這位世子爺了。

沈蒼雪冷冷地看著他。「你那姊姊便是聞皇后？」

聞西陵不禁小心翼翼地點點頭。她真的介意自己騙她了？

「姊夫是當今聖上？」

聞西陵遲疑了，而後再次點頭，生怕刺激到她。

沈蒼雪呵呵一笑。「那要殺你的人是？」

「是當今聖上的親妹妹，泰安長公主鄭鈺。她給聖上下了毒，如今聖上纏綿於病榻，已經昏迷一段時間，若再找不到解藥，便會不治身亡。

「我本在北疆，知曉此事才趕去京城，後又聽說有位沈神醫醫術高明，能解百毒。早年間他路過京城時，隨手給的一枚藥丸便救了鄭鈺的性命，若是能請他出山，聖上的毒就能解了。只可惜，我趕往建州的時候，妳父親跟母親已經身亡了。」

沈蒼雪愣住了。「你說的神醫，是我爹？」

怎麼聽著有點扯？在她的印象當中，爹娘不過是一對再尋常不過的夫妻，她爹雖然頗懂醫術，但也沒到神醫的地步吧？

聞西陵道：「確實是他。可惜了，這樣一位神醫卻慘死於火場，不過我認為妳父母的死並不是意外，而且可能跟鄭鈺有關。」

沈蒼雪還沒來得及從她爹是神醫的消息中緩過來，聽到這句話後頓時錯愕不已。「你說什麼?!」

聞西陵不緊不慢地道：「我去瞧過，起火的位置不太尋常，應當是有人蓄意縱火。那屋子不大，若真是意外失火，怎麼會遲遲無法察覺，以至最後被橫梁砸死？」

沈蒼雪神色凝重，她何嘗沒懷疑過呢？只是她爹娘一向待人和善，且行醫問藥、治病救人無數，她即便懷疑也找不到人選，最後只能不了了之。如今聞西陵的話，令她不寒而慄。她爹是泰安長公主的救命恩人，為了掌握權柄，她可以視人命如草芥，甚至對救了自己一命的人痛下殺手？也太沒有良心了！

這一天碰到的狀況實在太多，沈蒼雪一時半刻還緩不過來。「容我想想……」

聞西陵卻沒讓她多想，繼續道：「當年妳父親救過鄭鈺，鄭鈺應當也知道妳父母身在何處，她既然有膽子給當今聖上下毒，便要保證這毒沒有解藥，殺了妳父親，是最好的解決方式。當日若不是你們姊弟幾人外出，只怕都要葬身火海了。

「南方遭遇荒災，你們自會往北逃，我一路跟過來，卻在途中遭遇圍殺，部下幾乎都當場遇害了。我解決了幾個追兵之後，也力竭暈倒，幸而最終獲救。

「只是如今聖上病重，朝政已被鄭鈺把持，想來回京城的重重關卡也會被她安排人手。我若貿然回去，還沒到京城便會被人截殺，因此才一直隱姓埋名留在沈記，找尋回去的時機，或是等侯府的人先尋到我。當然，我之所以留下，也是為了求得解藥。」
沈蒼雪拿走他手上的藥丸，問道：「你要找的就是這個？」

第二十章　聲名大噪

「應當是。太醫告訴我，當年沈神醫給鄭鈺用的藥，便是一枚紅色的藥丸。」

既然話已經說開了，聞西陵乾脆說得更細一些，說明白了，才不會招來誤會。「我當初接近你們，的確別有所圖，缺了這藥丸，聖上的病便好不了。鄭鈺為人心狠手辣、喜怒無常，若讓她當權，恐生大變。我只想要找藥丸，未曾想過要連累你們，更不會白拿了妳的藥丸。」

是這樣嗎？

沈蒼雪摸了摸藥丸，有點捨不得。她記得原主從她娘那邊拿到石頭的時候，她爹還在一旁笑著說讓原主好好收著，這可是開過光的，能當護身符。

理性告訴沈蒼雪，這藥丸肯定是要讓聞西陵帶回去的，相處多日，她確定聞西陵不會騙她，然而感性方面，她又割捨不了。

沈蒼雪開始挑起刺。「你真的不會白拿我們家的東西？」

「不會白拿，妳獻藥有功，來日去了京城，皇家勢必會厚賞沈家，便是封妳個郡主也使得，妳的一雙弟弟妹妹也能一輩子富貴無憂。」

沈蒼雪不假思索地拒絕。「我不去京城。」

不過……給龍鳳胎一個掛名的身分，聽起來不錯。士農工商，商人的身分實在太低了，王家的事給了沈蒼雪警惕，若沒有極高的身分，她是護不住自己以及弟弟妹妹的。

聞西陵胸口一堵，不知為何竟有些失望。他總以為，以沈蒼雪對他的喜歡，聽說這件事情之後應該會立刻同意的。

思及此，聞西陵又彆扭起來，他也不說自己希望他們能去京城，只「呿」了一聲道：「妳這腦袋可真不靈光，臨安城哪有京城好？口口聲聲說自己要賺大錢，結果連京城都懶得去，活該妳掙不到錢！」

「呸！」沈蒼雪火大了。說她別的也就罷了，說她掙不到大錢，這不是活脫脫詛咒她嗎？

該調查的，她以後會慢慢查清楚，但是這傢伙別想占她的便宜，沈蒼雪踹了他一腳說：「少給我廢話，你們侯府一日找不到這裡，你就得在這兒給我做一日的工，該給我的，一分都不能少！」

聞西陵會心一笑。

他聽出來了，沈蒼雪已經讓步。

那三個人的屍體是聞西陵一人處理的，弄完以後，沈蒼雪押著他去河邊洗了半天的手。明日還得賣東西，要是不洗乾淨，沈蒼雪怕自己有心理陰影。

兩人回去時，天已經半黑了。

為了不惹人懷疑，沈蒼雪不僅將器具買了回來，還買了不少麵粉跟豬肉，她跟聞西陵雙手都滿滿的，回來之前更找封立祥借了兩個臨時幫工，打算明日好好施展身手。

進屋沒多久，沈蒼雪立刻被沈臘月給抱住了。

沈淮陽嗅了嗅，狐疑道：「你們流血了？」

「不是我，是豬血，我逛了大半個臨安城才找到幾隻活豬，現場看他們宰殺，買了這些肉回來。有這樣新鮮的肉，明日做出的灌湯包會更好吃。」

沈淮陽不知道信還是沒信，反正黃茂宣是信了，還傻乎乎地說：「原來妳就是為了買這些才這麼晚回來？早說嘛，這點小事我去做也行啊。」

此刻沈蒼雪身上還疼著，聞言立刻將手上的東西交給了黃茂宣。「那我就不客氣了。今日為了買這些可累壞了，明早你多費點心吧，珍珠奶茶跟綠豆沙牛乳都會做了嗎？」

黃茂宣挺起胸膛，極為單純地回道：「會！」

「真聰明，一學就會，明日這兩樣也交給你，就當是練手了。」

黃茂宣一陣激動，只差沒對天發誓自己一定會做好，畢竟他很少有這樣被器重的時候。

沈蒼雪就喜歡他這幹勁十足的樣子，比起那位出身尊貴卻時常擺爛的世子爺員工，還是黃茂宣這樣的上進少年更得人心。

安排好事情之後，儘管身上還不大舒服，沈蒼雪仍堅持去算帳——總共四貫零三十六文錢，兌了銀子足足有四兩！

這還是因為攤位人手不夠，生意又太好了，下午實在來不及回鋪子裡做東西，賣完之後就收了攤，若是一直持續到傍晚，業績只怕是要翻一倍。

沈蒼雪激動地在屋子裡轉圈，差點被殺的恐懼已經被賺大錢的可能性給沖淡，連身上的疼痛也無關緊要了。

她決定了，明日要一直做生意做到晚上！

美食節總共就三天，可得抓好這個機會，爭取一天賺十兩銀子。若一切順利，就能賺到開飯館的錢了。

不過在這之前，她必須在廚藝比賽上獲得好名聲。

之前沈蒼雪聽湯敬南說過，這回比賽請來的評審都是些德高望重之人，被他們誇一句，可以頂自己瞎忙活一年了！

沈蒼雪一個人激動還不夠，又打算出去分配一下任務，將明天的事情安排妥當。

然而才剛出門，便聽到聞西陵用一種難以置信的語氣質問。「他為什麼能看這個?!」

沈蒼雪探頭去看，發現沈淮陽跟黃茂宣坐在一塊兒，氣氛融洽地看著她爹留給沈淮陽的醫書，沈淮陽知道對方看不懂，還會貼心地解釋。

見聞西陵大驚小怪，沈淮陽只覺得他莫名其妙。「書本來就是給人看的。」

「可這不是你父親留給你的嗎？」

「爹希望自己的醫術能被傳承下去，所以才寫了這本書，只要是對醫術感興趣的人，都能看。」

這些話聞西陵實在接受不了，若是這樣，他之前偷書挑燈夜讀，把自己熬得差點死掉，又算什麼？

他的反應太大了，讓沈蒼雪很難不聯想到先前他掛著黑眼圈，一副夜裡做賊的樣子……現在看來，只怕是真的做賊了。

活該！

定遠侯府的人若都是這個腦子，難怪鬥不過泰安長公主，但願那位侯爺夠睿智。

幸災樂禍完之後，沈蒼雪拍了兩下手，吸引所有人注意。「別的先不提，咱們現在好好來商量商量，明日怎麼才能掙到更多錢？」

「掙錢？」沈淮陽眼睛一亮。

「要掙多少？」黃茂宣也像隻小狗一樣，聞著肉味就來了。

什麼都不太懂的沈臘月也隨大流，興沖沖地問：「阿姊有好主意嗎？」

沈蒼雪已經做好了打算。「明日我招呼客人，淮陽跟臘月負責收錢，我雇了兩個臨時幫工，專門負責洗碗跟送貨。聞……夏嶺你給我打下手，明日記得打扮得好一點，就穿上回那疋新布做的衣裳。」

聞西陵眨了眨眼睛，問道：「為何我同別人不一樣？」

沈蒼雪信口胡謅。「因為你比較重要。」

聞西陵一顆心瞬間漏跳了半拍。雖然知道沈蒼雪喜歡他，但是這樣明目張膽的偏愛，他有些適應不了。

沈蒼雪看著聞西陵那張出挑的臉，打定主意讓他去招攬客人。反正他在臨安城也待不了多長時間，若是不充分利用，往後可就沒有這麼受歡迎的小二了。

黃茂宣跳了出來。「那我呢？」

「你負責後勤，等攤位上的東西賣完了，你便得回咱們鋪子做好送過來。明天咱們要一直開到晚上，那些包子跟餃子要做好幾輪才夠。」

沈蒼雪說完，再次給他們灌起了雞湯。「咱們力爭一天賺十兩！雖然有些困難，可是事在人為。等忙過了美食節，回頭給你們多放兩天的假，再發一次獎金！」

除了聞西陵以外的人都幹勁滿滿。賺錢最好了，誰不喜歡錢呢？

事情大致上都安排好了，還剩一件最棘手的。

沈蒼雪讓聞西陵單獨留下。

她想了好半天，仍舊有些不安。這些人會來追殺聞西陵，想必是泰安長公主已經查到了聞西陵在臨安城，這次的狀況固然解決了，可誰知道還會不會有下次？

作為能招攬業績的員工，沈蒼雪還是挺滿意聞西陵的，但是跟自己的小命比起來，實在是不值一提。不過話若說得太明白，恐怕有傷他們之間的情分，畢竟他目前還是沈記的員工呢……

沈蒼雪只能委婉提醒道：「他們既然找到這兒了，說明此處已經不安全。以防萬一，還是早做打算吧。」

聞西陵也不是沒想過這個，只道：「臨安城知府是當今聖上的人，如今不知有沒有倒戈。若是沒有，請他送信回定遠侯府是最妥當不過。」

沈蒼雪想起自己跟那位知府大人算是有些交情，便道：「這事我會幫你盯著的。」

聞西陵道了一句謝。

「謝什麼？」沈蒼雪心想，這也是為了她的小命著想。

翌日，黃茂宣起得比平時都早。

一陣忙活後，所有人都整裝待發，然而出門前，黃茂宣發現自己的母親過來了。他讓沈蒼雪幾人先走，自己則落後一步同母親說了一會兒話。

白麗華是過來送衣裳的，近來天氣漸熱，黃茂宣又經常幹活，要穿薄一些才方便。

黃茂宣早已忘了之前與母親之間的不愉快，收下衣裳之後，他滿懷期待地說道：「娘，今日公街上有美食節，我們沈記也租了一個攤位，您要不要過去看看？您還不知道我們的生意有多火吧！」

白麗華想都沒想便拒絕了。「不過是做吃食生意，有什麼好看的？你自己去吧，我得回去盯著家裡的廚房。你兄長的幾個友人今日來家中做客，我缺席不得。」

黃茂宣不免一陣失望，咕噥著。「兄長的朋友讓他自己招待不就得了？」

白麗華急了，說道：「你這孩子怎麼這麼不會說話？那可是你兄長的朋友！」

行吧，黃茂宣悻悻地閉了嘴，反正他永遠也比不上自家兄長。

怪沒意思的，他本來還想讓母親看看自己能獨當一面了，可惜她並不在意。

收拾好了心情，黃茂宣獨自前往公街。今日比昨天還熱鬧幾分，人也更多了。

黃茂宣花了好一番工夫才擠進去，看到他們攤位前頭那長長的隊伍，他嚇了一大跳。

看這架勢，他們帶來的那點東西，撐得過一個時辰嗎？

沈蒼雪也覺得撐不了，遂讓黃茂宣趕緊回去鋪子裡準備。

黃茂宣剛離開，沈蒼雪就看到了一個熟人。

只見杜鵑朝她眨了眨眼道：「沈老闆，生意這麼好啊？」

「託你們的福，還過來關照我的生意。」

杜鵑道：「昨日我們大小姐帶回家的綠豆沙牛乳，老夫人喝了覺得極好，特地交代今日多打幾碗回去。喏，瓷盆都已經準備好了。」

沈蒼雪點點頭，如此確實省了她不少事，接過容器便為杜鵑盛了滿滿一盆。

除了杜鵑，還有些一眼便看得出是家丁的人，他們手上都帶著傢伙，過來就張口十份、二十份地打，包子也是一買就好幾籠，錢付得格外痛快。

沈淮陽只覺得他帶來的幾個錢盒子再過一會兒便要裝滿了。

賺錢的興奮是會傳染的，兩個小孩激動得臉都紅了。

時人都好跟風。沈蒼雪的攤位前排了那麼長的隊，本就惹人注目，再一打聽，說是攤位上賣的東西極好，出於好奇，又有人過去排隊，導致隊伍越排越長。最後連府衙都被驚動了，連忙派人過來維持秩序，免得擁擠過度，引發踩踏傷人的事件。

不過有好些人壓根兒分不清情況，糊裡糊塗就排起了隊，之後才顧得上問其他人。

「怎麼這兒的隊伍這麼長？」

「你不知道？都說沈記這個攤位的東西格外好吃，昨日未時東西就賣光了，好多人想吃都沒得買，所以今日一大早便來排隊。」

「有哪些好吃的？」

有人回道：「灌湯包不錯。」

又有人說道：「我倒覺得奶黃包最好。」

還有人說珍珠奶茶跟綠豆沙牛乳風味極佳，凡是喝過的都念念不忘。

說來說去，彷彿沈記那邊的東西沒有一樣不好的。

沈記的名聲便這樣一傳十、十傳百，很快的，大半個臨安城都知道公街上有一個叫「沈記」的攤位，老闆手藝了得，小二英俊過人、秀色可餐，格外受歡迎。去了美食節若不嚐嚐沈記的包子跟餃子，實在可惜。

這一天，黃茂宣竟然沒再踏出過鋪子。隔一個時辰，他便得重新刷鍋起火，東西做好之後用不著他出門，沈蒼雪雇的那兩個臨時幫工直接將吃食跟洗好的碗勺運到攤位上。如此往復不停，直到傍晚都還持續著，而且天色越晚生意越好。

旁邊的王家人看得眼睛都紅了。

今日王家來的是王亥的長子王松。王家的攤位占的地方大，賣的東西也雜，他們本來是做酒樓生意的，不過為了噁心沈蒼雪，包子和餃子他們也賣。

然而，事情就是這般離譜——沈蒼雪那個不起眼的攤位客流如潮，他們這樣華麗的攤位卻是生意蕭條。

王松看著兩邊的對比，後槽牙都要咬碎了。

他總算知道父親為什麼一直對這個黃毛丫頭耿耿於懷了，這人彷彿是生來剋他們王家人的。

沈蒼雪一直對王家不屑一顧，看到他們生意不好，還偷樂來著。

同樣占的攤位多，另一邊的韓家便明顯比王家會做生意。

他們是賣的是糕點，不過韓家參加美食節的主要目的並不是推廣糕點，他們家還經營金玉生意，所以攤位上擺著不少精緻的首飾玉器。那些糕點多半是切來送給別人吃的，因此招攬了不少人到攤位上看首飾，也促成了不少筆生意。

首飾生意利潤極高，只消賣出幾樣，這幾日的租金就回本了，況且還積攢了這麼多的潛在客戶，也是值了。

韓家那位大公子沈蒼雪也見過，便是那日瞧見的高高瘦瘦年輕人，名叫韓攸。

他也很喜歡沈記的東西，還特地排隊買了一些回去。原本是想寒暄兩句的，但是看沈蒼雪很忙，打了聲招呼便離開了。

聞西陵心中警鈴大作，隨後就湊過來問道：「你們幾時認識的？」

「去府衙付租金時有過一面之緣。」

聞西陵回想著方才那位年輕人的模樣，輕嗤道：「一面之緣就想攀交情，誰知道他是不是別有用心。」

沈蒼雪翻了個白眼說：「我看你才是別有用心，人家好端端的過來買東西，你非要陰陽怪氣個什麼勁？」

聞西陵冷嘲。「狗咬呂洞賓，不識好人心。」

賺錢要緊，沈蒼雪懶得跟他扯這些有的沒的。她現在眼裡只有錢，為了十兩銀子的營收額，她也是拚了。

只要賺得越多，之後飯館就能開得越大，說不定還可以雇幾個手藝了得的大廚替她分擔灶臺上的活呢！

沈蒼雪的衝勁不僅嚇到了王松，還令王亥忌憚不已，尤其是聽聞沈蒼雪也要參加廚藝比賽之後，王亥坐不住了。

晚些時候他親自來公街看了一眼，發現自家跟沈記明顯的對比之後，再也無法忍受。

他想不通，自家攤位置辦得如此豪華，結果卻被一個寒酸的攤位給比了下去，這還有道理嗎？

「今日一整天都是如此？」他質問。

王松知道父親指的是自家這邊沒什麼客人，於是解釋道：「咱們的招牌菜都是大菜，過來閒逛的人手裡沒什麼閒錢，所以客人自然就少了。」

聞言，王亥冷笑道：「今日輸給她能找到藉口，來日若是廚藝比賽也輸給她，難不成你還有藉口？」

「怎麼會？」王松提高了語調。「咱們酒樓的大廚都是一等一的，怎會輸給她？父親您就放一百二十個心吧，這回比賽贏的必定是咱們，兒子都打點妥當了。」

第二十一章　他鄉故知

以沈蒼雪的雄心壯志，她恨不得通宵做生意，然而人的精力畢竟有限，縱使客人實在多到不行，還能有大筆收入，沈蒼雪也沒能再堅持多久。

她看了鍋內一眼，瞧見裡頭空空如也，忍不住吐了一口氣。

等沈蒼雪回過頭之後，才發現眾人也累得夠嗆，一個個無精打采，就連平日精神最好的兩個孩子，眼皮也都耷拉下來，有些昏昏欲睡。

沈蒼雪真是心疼極了，她揉了揉兩個小孩的腦袋，道：「回去吧？」

其實沈淮陽是想回去的，可又捨不得賺錢的機會，畢竟這兒還有這麼多人，因而有些猶豫地說：「現在就回去嗎？不是說今天要賣久一點？」

「回吧，明日還有得賣呢。」沈蒼雪堅持。

眾人聽罷，也不多說什麼，全動手收拾了起來。

後頭還有不少客人，得知沈記東西賣光了之後，深表遺憾。不過好在美食節還有一天，他們依舊能過來湊湊熱鬧。

返家以後，沈蒼雪拿了四百文錢出來，給兩位臨時幫工各分了兩百文錢。

他們原以為今日只會有一百文錢，如今見到工錢翻了一倍，自然欣喜地接過。

沈蒼雪道：「明日還得麻煩兩位。」

其中一人道：「好說好說，還跟今日一樣的時辰到是吧？」

沈蒼雪點了點頭。

送走他們之後，沈蒼雪將大門一關，立刻招呼眾人數錢。

抱過幾個沈甸甸的錢盒子，眾人才直接感受到他們今日的生意究竟有多好，這些錢放在一塊兒，跟個小山堆似的。

五個人花了好一番工夫，等串起來、數得差不多之後，沈蒼雪才驚覺他們鋪子裡有秤，秤一下就知道大概了。不過……數都數了，眼下還是不要提這麼掃興的事吧。

一千個銅錢穿成一串，一共十串，一目了然，還有一些零散的銅板，不過三十多文錢。

黃茂宣激動起來，說道：「蒼雪妳看，咱們今日足足掙了十貫錢！」

沈蒼雪這會兒也很難壓抑興奮的心情。「本以為晚上回來得早沒這麼多錢，沒想到還是賺到了。」

至於沈淮陽則是有些遺憾地說：「便是再多做些也賣得出去。」

聞西陵看著這群掉進錢眼裡頭的人，冷冷地提醒。「賣是賣得出去，你們一個個身體吃得消嗎？」

眾人如夢初醒。

從賺錢的喜悅中走出來之後，便明顯感覺到身體不適，又痠又軟、渾身無力。今日可比昨天累多了，再熬下去，只怕身子都會垮掉。

沈蒼雪道：「明日再辛苦一天，一樣差不多做到今日的時辰便收工。再過兩日便是廚藝比賽，正好後日歇息一天，大家好好睡個覺。」

說完之後，沈蒼雪很想直接進去房間躺下，但是他們晚飯沒吃，明日的東西也沒準備好，所以即便她再累，也得打起精神去廚房。

沈蒼雪都在硬撐了，聞西陵自然不好叫累，只能跟著搭把手。

他們幾個人對於賺錢的執著，多少觸動到了聞西陵。他自小沒缺過錢，從前壓根兒沒體會到缺錢的艱難，這幾個月過下來，方知普通百姓有多辛苦。

沈蒼雪有本事，黃茂宣也算有家底，他們不是普通人，仍舊要為了生活竭盡全力。自己不論是在京城還是在北疆，起碼衣食無憂、生活富裕，要是再喊累的話，未免太不知好歹了。

隔日，沈記生意一如既往的好。

若不是沈蒼雪顧及眾人精力不濟，實在熬不了這麼久，或許她真的會再撐一撐，等到了深夜再關門。

近來很少有這樣熱鬧的時候，一場美食節，讓整個臨安城都躁動起來，周邊的人哪怕為了湊湊熱鬧，也會特地抽出一些時間過來看一看，尤其是最後一天，人更多了。

韓攸今日也過來了，還帶了許多精緻首飾的花樣子掛在攤位裡頭，過去參觀的人絡繹不絕。

沈蒼雪抽空看了一會兒，心道韓攸是真正會做生意的人，她是憑手藝賺錢，人家是靠套路圈錢。

不過沈蒼雪告誡自己不必羨慕，白手起家本就艱難，她早晚也能做到韓攸他們的珍寶閣那樣。

正收拾攤子，又見幾個人停在沈記前，問他們還有沒有珍珠奶茶跟綠豆沙牛乳。

沈蒼雪帶著歉意解釋說：「實在不好意思，今日賣光了。」

同樣的話說了一遍又一遍，每來一個人，沈蒼雪都要耐心說明一次，又說兩天後他們鋪子重新開業時，這些東西都會賣，所以不怕往後買不到。

以防萬一，沈蒼雪還留了沈記的牌子在原地，讓聞西陵在下方寫上她的話，又留下沈記的地址，免得有些人特地趕過來卻撲了一場空。

活動接近尾聲，陳孝天帶著衙役巡視了公街一圈，剛好看到沈蒼雪他們收攤時忙得暈頭轉向的樣子。

他跟身旁的陳裕德打趣。「晚些時候人最多，沈老闆這會兒收拾完東西回去，就不怕自己掙不到錢？」

陳裕德樂了，說道：「大人有所不知，她三日裡掙的錢只怕抵得上鋪子裡半個月掙的。」

聞言，陳孝天怔了怔。

「您別不信，我聽說大小姐這幾日天天都來這兒買綠豆沙牛乳，您不是也稱讚過這飲子嗎？」

陳孝天恍然大悟。

這幾天家裡的確天天喝這個，他不太喜歡甜膩之物，難得的是這款飲子甜味適宜，無論是喜歡甜食還是不喜歡甜食的，都能接受，分寸拿捏得剛剛好。

陳孝天喝了三天都不夠，這會兒才知道，原來這也是那位沈老闆做出來的。也是，沈老闆手藝了得，弄出這點新奇的東西又算什麼？

只見陳裕德接著說：「這些天就數沈老闆的攤位最受歡迎，聽說好多人來這兒就是為了沈老闆那邊一口吃的。東西賣得快，收攤自然也早，這回美食節過後，沈老闆的鋪子大抵是真的紅了。」

陳孝天笑著道：「豈止，後頭還有比賽，等著看吧。」

畢竟參加過方府的宴席，又有自家女兒大力稱讚，他很看好沈蒼雪能在這次比賽中名列前茅。

晚上回去之後，眾人再次打開錢盒子開始數錢。

沈蒼雪說秤一秤就能算出來，但是幾個人堅持親自數、親手串。賺錢的樂趣在於一個「數」字，倘若省略這個步驟，那還有什麼意思？

花了許久，才把錢數明白了。今日比昨日多掙了兩貫錢，因為過來排隊的人一直沒停下來，這樣的盛況，放眼整個美食節也是絕無僅有。

沈蒼雪不止一次看見，王家那位大少爺眼睛都紅了，嫉妒到不行。

嫉妒就嫉妒吧，誰讓她的生意就是這麼好呢？往後還有他們嫉妒的時候。

沈蒼雪宣佈。「明日休息，我得好好琢磨一下比賽時要做的菜。」

提到比賽，黃茂宣眼睛一亮，他顯然早就打聽過了，這會兒便出來顯擺。「我聽說，府衙對這次比賽格外重視，請來了好些人觀賽呢。」

沈蒼雪也知道請過來的評審都頗為出名，不過詳細情況倒是沒有黃茂宣清楚，於是問道：「都有哪些人？」

「咱們知府大人肯定是參加的，還從隔壁府城請來了一位大人，據說官位顯赫，人家同知府大人交情不淺，所以才肯過來。另外還請了一位老御廚、一位臨安城的老饕、一位自京城遠道而來的老先生。出身都不差，全是看在知府大人的面子上才來。」

黃茂宣殷切地看著沈蒼雪說：「更難得的是，這次比賽獎勵豐厚，妳若是贏得頭彩，回頭在臨安城買一套宅子的錢都夠了，那才是真正的衣食無憂呢。」

沈蒼雪心動了，她第一次得知比賽有獎勵這件事。本就對這次比賽勢在必得的沈蒼雪，意志越發堅定了。

翌日，除了沈蒼雪，沈記幾個人都在煎熬中度過。

不只是他們，周邊的鄰居都有些耐不住了，沈記廚房裡頭飄出來的香味一陣香過一陣，勾得人口水直流。

封立祥端著碗聞香配飯，望著對面的沈記說：「可惜咱們地位不高，沒資格親口嚐一嚐這些菜的味道。」

唉……痛心！

封立祥剛說完，忽然發現胡同口多了一個賊眉鼠眼的人。

這附近人雖然多，但是誰家人長什麼模樣，彼此心裡都有數，貿然出現了這樣一個惹人憎惡的，封立祥心中立刻有所警覺。

打探了沈記一會兒，那人便離去了。

封立祥找人問了一下，還真有認識的，說那是王家的小廝，今日出來只怕是為了打探虛實。

王家人有前科，為了提防他們，封立祥轉頭就告訴了沈蒼雪。「……事情就是這樣，他那鬼鬼祟祟的樣子教人不安，你們今天晚上還是注意些吧，免得被他們下手。」

沈蒼雪一臉凝重地道了謝，回頭便跟聞西陵等人商議起來。

聞西陵想到自己還有個眼線，於是晚些時候又去王家找興旺，順便問清楚明日王家的廚子要做什麼菜。

沈蒼雪萬萬沒想到他竟然能打聽到這個，本來她已經決定要做什麼了，如今聽說王家的菜譜之後，便立刻改了主意。既然要比，那索性比一樣的，相同的東西端上去，能比較的就剩下廚藝了，孰優孰劣，一翻兩瞪眼。

她很期待王亥明日的反應。

廚藝比賽當天，大半個臨安城的人都過來關心，從美食節開始之前城中便已充滿相關話題，美食節正式舉辦後更是不少人覺得比過年的時候還要有煙火氣，尤以今日最盛。

府衙雖然沒有特地宣傳這次的比賽，卻早已料想到會有許多人過來觀賽，遂選了一塊最寬闊的場地，比賽的高臺也早就搭建完畢，參賽的廚子們站在上頭做飯，下面的人也能看得一清二楚。

沈蒼雪進入賽場後，發現走道兩側掛著不少畫，細看才發現是各家的商品，她還看到好幾張珍寶閣的首飾圖畫，看來韓攸將打廣告的想法貫徹到底，都打到這上面來了，想必花了不少錢。

不說別的，府衙單單是收廣告費，便抵得過辦這場比賽的花費，說不準還有盈餘呢，真的不虧。

老實說，韓攸這廣告打得還挺有用的，才一會兒工夫，已經有好些人圍在珍寶閣的圖畫前面討論得入神了。

這等費錢的事，也就韓家這種富貴人家才會做，她如今買個菜都還要討價還價，尚且沒有添購首飾這種「高級」的需求，還是為了獎金奮鬥最實在。

沈蒼雪鬥志高昂，可沒多久她便看到了王家人。略停頓片刻，她冷淡地掃了他們一眼，臉上寫著「不屑一顧」四個大字。

王亥跟王松都被她的態度給激怒了，尤其是王亥，更將沈蒼雪視為眼中釘。目送沈蒼雪離開之後，王亥責怪地對兒子說：「早讓你去打聽沈記今日要做什麼菜，你倒好，到現在都還沒消息。」

「爹，您打聽這個做什麼？」王松說道：「這比賽看的是真功夫，咱們家的大廚可是重金挖過來的，難道還會輸給一個黃毛丫頭不成？再說了，有幾個評審是咱們這邊的人。」

有時候打點好了也未必能贏啊……興旺在後面眼觀鼻、鼻觀心，不敢說一句話。他已經把王家給賣得徹徹底底了，但這不能怪他，他也是為保小命不是嗎？誰能扛得住那個夏嶺的一根筷子啊？反正他這小身板是絕對不行的。不是他對不住老爺，而是老爺護不住他。

王亥遇見沈蒼雪時發洩了一次，見到萬喜之後又發洩了一次。

萬喜自從離開王家之後，便與王亥沒了聯繫，王亥因為找到更好的大廚，也不再將萬喜當一回事了，兩人逐漸到了相看兩厭的地步。

如今萬喜自己報名參賽，在王亥看來就是背棄舊主。

萬喜只是冷漠地跟他們打了個照面，便轉頭走人了。

李湘投藥的事情鬧得很大，他算是明白了，像王家這般做事黑心的人，自己實在沒有必要跟他們綁在一塊兒。

一刻鐘後，知府陳孝天帶著另外四名評審入場。他們五個人坐在高臺最靠前的位置，也是最能看得清廚子動作的地方。

老御廚段秋生看著所有廚子一字排開，那架勢瞧著頗令人震撼，因而誇讚道：「知府大人這比賽辦得可比京城那兒的氣派。」

不管是參賽的廚子也好、場地佈置也好，抑或是之前聽聞的美食節也罷，都讓人印象相當深刻。

陳孝天雖然高興，卻還是謙虛道：「我也不過是受人啟發。」

段秋生問道：「誰能有如此奇思妙想？」

陳孝天目光放到廚子們身上。「那人就在這裡頭，段先生不妨猜一猜。」

段秋生感興趣地望向參賽的人選，看了一圈之後便作罷。都是些陌生面孔，他一個都沒見過，哪猜得出來呢？

比起閒聊，段秋生更希望早點看到眾人的手藝，若是有出挑的，他不妨再收個徒，自己有一身的本事，奈何遲遲找不到傳人。

臺上的沈蒼雪也在觀察下頭的情況，她站得高，能很輕易地鎖定他們沈記的人。

因為人太多又擁擠，兩個小孩直接被人抱在懷裡，聞西陵抱著沈臘月，黃茂宣抱著沈淮陽。

黃茂宣抱起沈淮陽的時候還發了牢騷。「你這也忒沈了，這幾日晚上叫你別吃那麼多，偏不聽，生生重了這麼多！」

沈淮陽惱羞成怒地捂住了黃茂宣的嘴巴。「不許胡說！」

黃茂宣「嗯嗯」了兩聲，沒能掙脫開他的小手，也就隨他去了。

聞西陵本來一直盯著沈蒼雪那邊看，無心顧及其他，直到一個轉頭，突然看到了陳孝天身旁的人，他一時怔住了。

也是聞西陵的目光太過強烈，以至於陳孝天身邊的人感應到了，遙遙一望，他便發現了鶴立雞群的聞西陵。

意外在這個地方相見，兩人都是同樣震驚。

劉子度第一眼只覺得自己眼花，但第二眼看清聞西陵手裡還抱著一個丁點大的小姑娘時，眼神頓時微妙起來。

定遠侯知道自家那個傳聞已經死了的世子在外頭玩得這麼花嗎？

當初聽到聞西陵身亡的消息後，劉子度還唏噓了好一段時間。他跟聞西陵從小就不對盤，聞西陵不管做什麼都壓他一頭，讓劉子度很沒面子。然而這樣一個囂張的人，出了一趟門便一命嗚呼，連屍首也找不回來，讓劉子度百感交集。

可這麼一個全京城都以為已經沒了的人，卻憑空出現在臨安城，怎不教人錯愕?!

見劉子度盯著高臺下面不放，陳孝天好生疑惑地問道：「劉大人在看什麼？」

「沒什麼，只是訝異於人多罷了。」劉子度艱難地收回目光，隨意找了一個由頭應付過去。

身邊有人盯著，劉子度也不好看得太過火，不過這期間他不斷暗暗觀察聞西陵。

可惡的是，這傢伙除了一開始表現得有些驚訝之外，便再沒往他這邊施捨過一道目光，好像完全不將他放在眼裡似的。

果然還是一如既往地討人嫌。

第二十二章　互別苗頭

很快的，劉子度便沒辦法全心全意地臭罵聞西陵，因為臺上傳來的香味實在太誘人了。劉子度還在神遊天外的時候，其他幾位評審都已經點評了起來，臨安城遠近聞名的老饕譚元便對王記的大廚羅業輝稱讚有加。

羅業輝是王亥花了大把錢從其他地方挖回來的，他天生高大，渾身都是力氣，做菜時的那股勁，讓人不由自主覺得厲害。

被王松打點過的蕭先生也連連點頭道：「看他做菜時得心應手，想必廚藝不差。」段秋生卻覺得他們兩人簡直是睜眼說瞎話。

要說廚藝，如今還沒嚐味道呢，誰能說得出一二來；要論刀工，除了羅業輝身邊的小姑娘，沒人敢稱第一。

那一手刀工乾淨俐落，真教人讚嘆。段秋生當然也能切得這麼漂亮，可他刀工精湛是因為練了一輩子，這個小姑娘才多大年紀？

「真是後生可畏啊。」段秋生不禁感慨。

蕭先生湊過來問道：「老先生說的是哪個？」

段秋生笑了笑，說道：「待會兒做好了，便知是哪一個。」

蕭先生先入為主地覺得，這位老御廚也被王松收買了。

他們幾人談笑風生，譚元跟蕭先生卻不知自己稱讚的羅業輝已經慌了。在沈蒼雪拿出與他一模一樣的食材之後，羅業輝心裡便犯起了嘀咕。

天底下就有這麼巧的事情，這麼多的菜，人家偏偏跟他選了一模一樣的，做的都是八寶鴨。

羅業輝本來沒將對方當成一回事，直到對方秀出刀工，羅業輝才被震懾到了。後來他時不時地瞄著沈蒼雪，發現她做這道菜比自己還要得心應手，便頻頻出汗。

同是一道菜難免要分個高低，這小姑娘如此勝券在握的模樣，想必是有真功夫的……不行，他絕對不能輸！

沈蒼雪知道他在偷看，但她要的就是這樣的效果。王家人對沈記虎視眈眈，這位羅業輝既然是王家請過來的，就別怪她不客氣了。

對八寶鴨，沈蒼雪再熟悉不過，畢竟她上輩子的爺爺特別愛吃這道菜，也經常做，在耳濡目染之下，她的手藝自不必多說。

比賽限時三刻鐘，三刻鐘過後，場中所有人都必須停下動作，不管做完還是沒做完，這會兒都不能再動。

沈蒼雪將調好的滷汁澆到鴨身上，看著府衙的人盛好準備端過去給評審。

因為是一模一樣的料理，為了加以區別，沈蒼雪與羅業輝用的盤子不一樣，她是圓盤子，羅業輝則是方盤子。

羅業輝有話要說了。「為何她的是圓的，我的卻是方的？」

沈蒼雪簡直無語，她不禁挑眉道：「你是比廚藝，還是比盤子？」

羅業輝閉嘴了。

菜全都端上去以後，剩下的便是由評審們品鑑了。一共二十位廚子，初賽評出五人，下午再進行決賽。為表公平，五個評審會為每道菜打分，加總分數之後，排名前五的人才能進下午的決賽。

劉子度到了這時才從猛然見到聞西陵的震驚中走了出來，恢復理智之後，看事情也就明白了幾分，他發現聞西陵一直在看那位小廚娘。

嘖嘖嘖，怪不得一直在外面待著不回去，原來是心有所屬了呀。

想到聞西陵自小到大的囂張模樣，劉子度便起了壞心。他要是給這個小廚娘打最低分，直接把她刷下去，聞西陵會不會氣死？

嗯，還真讓人有些期待呢……劉子度對著聞西陵便是一笑。

聞西陵拳頭一硬，他太熟悉這人要作怪時的小動作了！

為了跟聞西陵作對，劉子度故意給沈蒼雪打了個低分，聞西陵目睹這一幕就怒了，看到劉子度那一臉得逞的模樣，更令他一肚子火。

經過多少年了，這人還是這副模樣，一點都沒長進。然而，劉子度這一出現，便意味他能順利回京了。

陳孝天不知信不信得過，可對於這個天生就愛同他作對的劉子度，聞西陵卻有幾分把握。

沈蒼雪這邊也盯著劉子度，心中狐疑。她跟這位劉大人並沒有齟齬，自己做的八寶鴨也是一絕，為何他嚐過之後仍舊要給自己低分？難道他是王家請過來的援兵？

羅業輝心裡卻清楚。早在比賽開始之前他就聽王老爺說，這回比賽的評審裡頭有他們的人，保證他能力壓沈蒼雪，成為最後的贏家。

在此之前羅業輝心中還惴惴不安，生怕會出什麼岔子，但是看那劉大人毫不猶豫就給沈蒼雪打了低分，他便放心了。

不過，即便劉子度壞心眼地想跟聞西陵作對，可陳孝天跟段秋生還是給了沈蒼雪高分。同樣是八寶鴨，沈蒼雪所做的遠比羅業輝的要出彩，色、香、味俱全，一嚐便教人欲罷不能；相對的，羅業輝的八寶鴨就顯得中規中矩，味道是不錯，但是有珠玉在前，便顯得不那麼出挑了。

段秋生是另一個極端，他喜歡的自然會打高分，不喜歡的，恨不得一分也不給，有好些料理直接被他打了最低分。他面對羅業輝時也沒什麼好臉色，嚐過之後表情未曾有過變化，只說：「滋味尚可。」

羅業輝這時候還穩得住，然而聽到他給沈蒼雪的評價是「上佳之作」時，他的臉色猛然變了。

段秋生渾然不在意，沈蒼雪原本就是他最看好的，這小姑娘當真了得，在這樣的年紀一手廚藝就已出神入化，比宮裡的御廚還要厲害，教段秋生一時之間起了惜才之心。

陳孝天也覺得沈蒼雪的料理最佳，蕭先生跟譚元雖然也認為沈蒼雪不錯，但還是昧著良心沒給太高的分數。

即便如此，沈蒼雪也依舊進了前五。

羅業輝老大不高興，沈蒼雪入選決賽，對他來說就是個威脅。尤其是沈蒼雪對他虎視眈眈的，不知道究竟在打什麼主意。

比起繼續防備沈蒼雪，羅業輝只想一勞永逸，直接將沈蒼雪攆出賽場最好，可惜天不從人願。

這結果讓聞西陵暫且放下了戒備，不過他對劉子度依舊不滿。

初賽結束後，幾個評審還在回味方才品鑑到的料理。

段秋生跟陳孝天都對沈蒼雪的廚藝讚嘆不已，譚元跟蕭先生卻對羅業輝青眼有加。

唯有劉子度心不在焉，他在琢磨待會兒該怎麼向定遠侯府通風報信。他不知道聞西陵被人斷了返京的路，反而以為他之所以到現在都還沒回去，原因是出在那個小廚娘身上。要是讓侯府介入，哪怕聞西陵再捨不得臨安城、再拋不下那位小廚娘，也得回家。

想到聞西陵一臉挫敗的模樣，劉子度便快樂得想哼歌了。

可惜，他算盤還沒打好，就迎來了興師問罪的聞西陵。

兩個人是老相識，然而每次見面的時候都針鋒相對。

四下無人，聞西陵直接扯著劉子度的領子將他拉到了一邊，劈頭蓋臉地便是一句。「你今日又鬧的哪一齣?!」

劉子度懶洋洋地望著他，被人揪著領子也不生氣，反唇相稽。「唷，這就護上了？我果然沒看錯，那個小廚娘就是你的人。」

「什麼你的人我的人？」聞西陵立刻放開他，避嫌似的說：「我不過是覺得你方才太過胡鬧，有失公允。再說，我如今是沈記的幫工，與沈記一榮俱榮、一損俱損，你惡意排擠沈記，是要公報私仇？好歹是朝廷命官，行事怎地如此下作？」

劉子度「呿」了一聲，說道：「我本來就沒打算公允，今日過來也是收了錢的。」

見聞西陵的眼神寫滿疑惑，劉子度也不打算瞞著，指著羅業輝說：「瞧見他了沒？那是王家的人，王家為了贏，不惜使出真金白銀收買我們這些評審。我在過來臨安城的途中，便已經收到他們送來的賄賂了。」

原來是這樣……聞西陵冷笑。王家真是輸不起，背地裡使出這樣的手段來，也不怕人笑話。不過最讓人氣惱的是，眼前這個人竟然接受了。

聞西陵想不通。「你明知道他們使出這樣的齷齪手段，卻不當眾揭發，反而順勢而為。你就這麼缺錢嗎？劉丞相在京城知道你這般胡來？」

態度越凶，說明心中越是在意——劉子度確認自己掐住了聞西陵的命脈。

「你又不是不知道，我不過是個缺德之人。但有句話你說對了，我的確缺錢，父親將我丟在建康城之後便諸事不管，我手頭拮据，已然過不下去了，恰好有這些送上門來的銀錢，為何不收？你若想告狀，只管告去，我是不怕的。」

劉子度說得可憐，然而聞西陵卻知道這話有水分。以他胡作非為、一擲千金的個性，在哪兒都會生活拮据。

以往劉子度若是胡鬧，聞西陵並不會多管閒事，可是這回不一樣，沈蒼雪有多在意這份獎金，他是看在眼裡的。這個廚藝比賽對整個沈記意義非凡，只要能贏，沈蒼雪就能在臨安城徹底立足了。

他早晚都要離開，走之前若能安頓好沈蒼雪他們，他才能放心。

換言之，若是打蛇，聞西陵如今已經被劉子度打了七寸。

他問劉子度。「王家每個評審都收買了嗎？」

「這不好說，不過從方才的評分來看，那老御廚與陳大人想必是看好沈蒼雪的，至於剩下兩個，應當是站在王家那邊。」

再有一個，便是他了。倘若下午的比賽劉子度鐵了心要幫王家，沈蒼雪便是廚藝再好，也回天乏術。聞西陵深知這一點，劉子度亦然。

偏偏這傢伙還格外得意，趾高氣揚地對聞西陵道：「想讓那個小廚娘贏嗎？」見聞西陵有些掙扎，劉子度靠近他幾分，往日的憋屈彷彿即將煙消雲散。「唉呀，看來這個小廚娘只能屈居人下了，真可惜，她剛才做的八寶鴨確實不錯呢。」

賤兮兮的，讓人想給他一拳，不過聞西陵忍住了。

午間散場休息，沈蒼雪招呼自家人回去，路上她便發現，聞西陵臉色挺臭的。她想了想，覺得這傢伙可能是在為自己抱不平。

沈蒼雪覺得他有心了，遂說：「放心吧，知府大人最為公正，應當不會讓王家人得逞的。」

聞西陵的表情依舊難看。「誰擔心這個了？」

沈蒼雪狐疑道：「那你……」

聞西陵不知道該怎麼跟沈蒼雪解釋，難道要他說自己生平第一次跟劉子度服軟低頭？他聞西陵還丟不起這個人。

憋屈，真是憋屈死了！

聞西陵從來沒受過這等鳥氣。同是世家子弟，聞西陵跟劉子度不對盤的事人盡皆知。事實上，兩人也沒什麼深仇大恨，只是彼此相看兩厭罷了。

從小到大，不管是出身還是人緣，聞西陵都牢牢地壓過劉子度一頭，把劉子度給恨得牙癢癢的，求人求到劉子度這裡，對聞西陵來說還是破天荒頭一遭。

轉過頭，一行人便碰上了劉子度。

劉子度今日春風得意，看到聞西陵還笑嘻嘻地點了點頭，等瞧見沈蒼雪的時候，又裝模作樣地打了一聲招呼，目光在她臉上迅速轉了一圈。

唉呀呀，沒想到啊，聞西陵竟然好這一口，這小姑娘有十三、四歲不？

劉子度人模狗樣地拱了拱手道：「這位是沈記的老闆吧？久仰久仰，方才那道八寶鴨實屬一絕。」

沈蒼雪眉頭微挑道：「那也不耽誤劉大人打低分。」

劉子度一點也不尷尬，依舊笑著道：「這不能怪我，只怪別人給得太多了。」

他撂下這句話便離開了，惹得黃茂宣暴跳如雷道：「就知道是王家作祟！」

「哪隻狗在叫？」身後傳來熟悉到令人討厭的聲音，是王亥。

仇人見面，分外眼紅，這話實在不假。

羅業輝在上午的比試中得分最高，王亥眼下格外得意，哪怕面對沈記含沙射影的指責，他也不生氣，反而心平氣和地告誡了沈蒼雪一句。「妳該不會以為這比賽比的僅僅是廚藝吧？」

沈蒼雪沒吱聲，這人一開口，她就知道對方要放什麼屁，無非是嘲笑她閱歷淺、不知道暗箱操作罷了。

果不其然，王亥接著又道：「倘若無權無勢，便是本領再強也無濟於事，妳以為憑妳的出身能跟王家叫板？真是蚍蜉撼樹，不自量力。」

沈蒼雪沒發火，甚至伸手攔住了想上前理論的黃茂宣。

黃茂宣已經火冒三丈了，可沈蒼雪卻冷靜得可怕。

她盯著王亥，不卑不亢道：「那就拭目以待吧。」

「愚蠢！」王亥只回了兩個字。

他原本擔心沈蒼雪城府極深，可如今他只看到了一個盲目自大的小鬼頭，還要他拭目以待？行，那他就擦亮眼睛，等著看沈蒼雪是怎麼輸的！

休息時間過後，未時一至，百姓便又聚在場外蹲守了。

靠前的好位置大多被人提前占走，像方妙心她們這樣的姑娘，則是讓家丁提前占好，時辰一到，便從附近的茶樓下來，施施然地走到場外。

沈蒼雪已經繫上了圍裙，淨手過後，登上了高臺。

經過上午的角逐，剩下僅僅五位廚子。別的沈蒼雪不認識，但是羅業輝她印象深刻，至於那位萬喜萬大廚，之前也是王家的人，也不知這回是為他自己來的，還是替王家來的。

不管理由是什麼，她都得提防。

殊不知下面的王亥對萬喜一副吹鬍子瞪眼的模樣，王松更是將萬喜貶得一無是處。「從前他落魄的時候可是咱們家將他提拔起來的，他不感恩戴德也就罷了，竟然背棄主子，看來良心是被狗吃了。」

萬喜看到王松嘴皮子一掀便知道他在罵什麼，左右不過就是那些話，說他不懂感恩、罵他白眼狼。

是，沒錯，他當初的確是王老爺提拔上來的，可為了王家任勞任怨這麼多年，王家人不僅沒真心待他，反而動輒以恩情相挾，再大的情分，也抵不過這樣的消耗。

如今他來參賽，並不是為了同王家槓上，只是單純想為自己謀一條出路，同時也為了證明他不是非王家不可。

陳孝天帶著四位評審在高臺上落座，一聲令下，幾個廚子同時放平了砧板。

羅業輝這回也是在沈蒼雪身邊，沈蒼雪的動靜他再清楚不過了。原以為沈蒼雪還跟上午一樣會與他較勁，結果看了一會兒，便知道自己多慮了。

沈蒼雪也往旁邊看了一眼，不看也就罷了，這一眼，她直接給看笑了。

羅業輝做的是東坡肉。

這是當初鋪子剛開張時沈蒼雪做過的一道菜，後來封立祥聞著味道找過來了，她遂給了他方子。之後又有人上門打聽，為了跟鄰居交好，她也一一告知，東坡肉便成了附近住戶桌前的家常菜。

沈蒼雪不知道這道菜究竟是姓羅的自己折騰出來的，抑或是偷學而來。倘若是偷學而來，那也太可笑了。總標榜著自己廚藝精湛，結果卻要靠抄襲別人才能嶄露頭角，真是可憐。

羅業輝正做得用心，冷不防看到沈蒼雪鄙夷的眼神，不禁覺得有些古怪。

第二十三章 勝負分曉

這道東坡肉本不是羅業輝準備的，而是王家人讓他做的。

雖然名字聽起來奇怪，但是羅業輝看著方子做過兩回，發現滋味確實甚妙，遂採納了王家的意見。他本有更拿手的菜，然而王松卻說這道菜做好了能力壓眾人，同樣出彩。

出彩不出彩的在羅業輝看來並沒有太大的影響，畢竟有人給他兜底。他這會兒格外有把握，確信自己能夠獲勝。

真金白銀砸出去，總得見點聲響，若不將他捧上去，那麼王家的實力也不過如此。

沈蒼雪發現羅業輝在做東坡肉之後，便不再留意他的動靜，心無旁騖地做著自己的菜。

最後一場五個人都選葷菜來做，羅業輝挑的是豬肉，萬喜挑的是羊肉，另外三人一個是雞、一個是鵝、一個是鴨，俱是大葷。

這樣的場合若是做素菜，自然不合時宜，但若都是大葷，吃多了又會太膩，如何拿捏好分寸尤為重要，於是沈蒼雪選了一道既可口又解膩的東安子雞。

段秋生看得仔細，沈蒼雪的一舉一動都在他眼皮子底下，他很快便發現，沈蒼雪用的是鐵鍋。鐵鍋炒菜雖然在民間不多見，但是段秋生在宮裡倒是用得挺習慣的。

然而沈蒼雪所做的料理，連見多識廣的段秋生都覺得陌生，他還側過身子問陳孝天。

「知府大人可曾見過這樣的菜？」

陳孝天搖了搖頭，又說：「這位沈老闆年紀雖輕，但是什麼菜系都精通，我先前嚐過她做的一道佛跳牆，當真令人驚豔，想必這道也不俗。」

「佛跳牆？」

「不錯，聽說是福州那邊的菜，用料跟火候都極為考究，要兩天工夫才能熬煮到位。」

段秋生一向醉心於鑽研廚藝，聽陳孝天這麼說，便道：「回頭若有機會，定要找她切磋切磋。」

陳孝天頓感欣慰。別看他如今還穩得住，可今日上午著實被氣得厲害。

同樣是八寶鴨，分明沈蒼雪做的更勝一籌，結果除了段秋生，竟沒有一個與他抱持相同態度，反而更青睞羅業輝做的。

倘若對方真有實力也就算了，可他們卻非要把魚目當珍珠，實在是眼盲。聯想到羅業輝背後的人，陳孝天還有什麼不明白的呢？只怕是用錢開的道。

陳孝天已經後悔了，他當初請人過來的時候還特地挑了家世不錯的，就是怕有人行賄，萬萬沒想到，這些出身尊貴的人仍舊沒能抵擋誘惑，難道真如此缺錢？

最讓他想不通的是劉子度，這位劉丞相家的大少爺，怎麼眼皮子也這麼淺？

恰好劉子度看了過來，陳孝天沒憋住，問他。「劉大人覺得誰會奪冠？」

蕭先生搶先一步說：「那位羅業輝不錯。」

劉子度便漫不經心地說：「嗯，那就羅業輝吧。」
陳孝天不禁為之氣結。他是敬佩劉丞相的人品，才請了劉子度過來，原以為子必肖父，卻不想是好竹出歹筍，別提他有多鬱悶了。
蕭先生瞧見了劉子度的態度，背地裡與王松交換了一個眼神。
王松會過意，覺得這件事徹底妥當了。

空氣中瀰漫著香味，讓人飢腸轆轆。
方妙心跟她的小姊妹們已經開始後悔了，她揪著帕子道：「早知道中午就該多吃點的，吃飽了也不至於饞成這樣。」
焦惠婷直言不諱。「饞了跟飽不飽沒關係，純粹是因為美味。」
方妙心幽幽地盯著她，都什麼時候了，還在拆臺。
不只是她們，陳孝天等人靠得最近、看得也最清楚的，最是難熬。
好在，這些廚子們終於做完了。
幾道菜端上來後，最奪人目光的是一道燒鵝，其次才是羅業輝的東坡肉，沈蒼雪那道東安子雞在其他菜色旁一擺，竟是最不起眼的。
然而，段秋生跟陳孝天卻率先嚐起了沈蒼雪這道菜。
初見似乎平平無奇，細看卻別有特色，這道東安子雞是幾道菜中色彩最為濃烈的，紅、白、綠、黃四色相見，互相輝映。

陳孝天對著段秋生做了一個「請」的手勢，段秋生便不再謙讓，直接品嚐起來。雞肉一入口，最先品出的是酸辣味，之後才感受到雞肉的鮮嫩。酸辣味更加凸顯出雞肉的鮮嫩，肥而不膩。

段秋生不由得對沈蒼雪點了點頭，說道：「不錯，手藝堪比皇宮的御廚了。」說罷，便給了沈蒼雪一個甲等。他沒有多誇，是因為怕沈蒼雪驕傲自滿。

沈蒼雪承了他的情，上午的比賽，也就這位老御廚跟知府大人力挺她了。她道了一聲謝，回頭看向知府大人。

陳孝天已經迅速吃完了碟中的雞肉，意猶未盡。他想不通，不過是雞肉，為何沈蒼雪手裡的雞肉賽得過山珍海味？他毫不猶豫地給了一個甲等。

上午因為參賽的人選多，怕只比等級拉不開差距，所以給每名評審發了一個一到十的牌子，用來打分數；下午的比賽只有五個人，評審打分數時就只用甲、乙、丙、丁四個等級了。

另一邊，蕭先生跟譚元也評起了分。評羅業輝時，閉著眼睛給甲肯定不會錯的，然而輪到沈蒼雪這兒時，兩個人一嚐過菜，都陷入了沈默。

平心而論，嚐過這麼多的葷菜，再吃這一道酸爽解膩的東安子雞，實在不能昧著良心說不好吃。方才羅業輝的東坡肉雖然新奇，但是吃多了膩味。

老饕譚元只吃了一口便知道，這位大廚恐怕平日並不擅長做這道菜，因為火候把握得不到位，總覺得差了點意思。不像後頭這道東安子雞，一切拿捏得剛剛好，若是給個「丁」等，著實過不了自己的良心這一關。

段秋生似乎看出了他們的猶豫，在邊上提醒道：「知府大人說，賽後會將這些菜送給觀眾品鑑，哪道菜好、哪道菜不好，百姓心裡自有計較，若是做得太過引起民憤，毀了自己經營多年的口碑，值得嗎？」

蕭先生跟譚元都遲疑了。

兩人都是有頭有臉的人物，尤其譚元是本地人，原就以一根金舌頭聞名，若是這次翻了車，以往對所有店家的評論豈不都成了笑話？

兩人斟酌再三，最後都給了沈蒼雪一個「乙」等。

下面的王松看得直皺眉道：「這兩人在做甚？」

王亥道：「稍安勿躁。」

如今沈蒼雪還不是第一呢，她跟羅業輝的評分相當，因為陳孝天跟段秋生看在東坡肉這道菜頗有新意上，也給了羅業輝一個「乙」等，餘下三人都不及這兩人。

眾人裡頭唯有劉子度最不著急，他在臺上磨蹭半天才走了過來，又像模像樣地嚐過沈蒼雪的菜。

沈蒼雪盯著他，劉子度看了臺下一眼，丟出了一個「丙」。

這個結果令沈蒼雪嘴角抽搐，羅業輝則是志得意滿。

臺下的聞西陵已經急得上火了，這傢伙究竟是怎麼一回事?!

走過沈蒼雪面前，劉子度來到了羅業輝這邊。

見羅業輝笑臉相迎，劉子度卻沒什麼笑意，因為他向來討厭諂媚之人。萬眾矚目之下，劉子度直接撂下一個牌子——

是丁。

羅業輝臉上的笑意，瞬間蕩然無存。

然而，囂張如劉子度又怎麼可能會被他影響?丁就是丁，不會再改了。不僅僅是羅業輝，除了沈蒼雪以外，其他所有人一概是丁。

陳孝天問他為何這般，劉子度的回覆也是理直氣壯。「上午是初賽，要求自然低一些，如今是決賽，再以原先的標準要求他們，便不合適了。給他們丁，是為了讓他們警醒，不可因為一場比賽而驕縱自滿、自毀前程，就他們這廚藝，往後要走的路還長著呢。」

段秋生彷彿看了一齣鬧劇，一個外行人過來對內行人指指點點，這不是班門弄斧是什麼?然而段秋生什麼都沒說，畢竟劉子度再胡鬧，也覺得沈蒼雪的廚藝最佳，既然與他的決定一致，便沒什麼好質疑的了。

沈蒼雪摘得廚藝比賽的桂冠，獎金自然也落入了她的口袋。

站在高臺上，沈蒼雪往下看到不少熟悉的面孔，親友、熟客都在，讓人備感親切，她朝他們揮了揮手，心情輕鬆。

雖然不知道自己為何贏了，但是以目前的結果來看，王家在臨安城尚不足以隻手遮天，這算是個好消息。

陳孝天在場外隨意請十來位觀眾上前一道品嚐這些菜，沈蒼雪跟其他四個廚子做的量都多，其他菜還有剩，但沈蒼雪那道卻被瓜分得乾乾淨淨，就連譚元跟蕭先生也忍不住偷偷多嚐了兩口。

東安子雞沒了，還有別的。陳孝天讓有興致的人都上去品嚐，圍觀的百姓們雖然遺憾吃不到冠軍的那道菜，但是剩下的他們也不挑，因而情緒十分高漲，場面看著比剛才比賽的時候還要熱鬧。

方妙心跟著瞎起鬨，因為她也想上去嚐嚐，不過得知沈蒼雪的那道菜沒了之後，一下便失了興致。

焦惠婷道：「不是還有別的嗎？」

方妙心高深莫測地搖了搖頭說：「妳不懂，蒼雪的手藝不是那些人比得上的。上回她在我家做菜，那味道……我到現在都還記得呢！」

這話說得焦惠婷也有點饞，更別說其他小姊妹了。

眾人問沈蒼雪往後還會不會做菜，方妙心臉頓時一垮。「這誰知道呢，只盼著蒼雪回頭開家酒樓，若是如此，我當日日光顧。」

還有我，焦惠婷在心裡默默補充。

沈蒼雪已經下了臺，她到現在還覺得慶幸。方才劉子度又打低分時，她以為自己完了，萬萬沒想到最後竟峰迴路轉，此人正是她得勝的關鍵。

下臺後，沈蒼雪側著身看了劉子度一眼，卻發現他正衝著聞西陵洋洋得意。

沈蒼雪不禁陷入了沈思——這兩人認識？

賽場上，有人歡喜有人愁。位居第二的羅業輝是惱怒的那一個，他不覺得自己技不如人，反而氣沈蒼雪擋了他的道，怨王家沒將人打點好，甚至怪上了這道東坡肉。羅業輝總覺得，若是今日做的是他的拿手菜，絕對不會輸給沈蒼雪。

至於王家人的反應，便是怒不可遏了。真金白銀地奉上去，為的就是拿第一，錢給了、人也應了，卻在關鍵時刻臨時反悔。若不是王亥確信沈蒼雪無權無勢，他都要懷疑劉子度此人是不是沈蒼雪故意請來捉弄他們的。

王家人自不會善罷甘休，在眾人還未散去之時，王松便攔住了劉子度。

劉子度身邊的兩名侍衛正想動手，卻被自家主子一個眼神阻止。

王松上前質問。「劉大人，您出爾反爾是不是太過分了？別忘了您當初可是收了王家的錢。」

劉子度打開扇子搖了搖，道：「非也非也，你給的不過是初賽的錢，這決賽的錢可沒有給。初賽時，我已按著你們家的意思幫扶那位羅業輝，也讓他順利進決賽了，還要我怎麼著？」

他嘆了嘆，老氣橫秋地評論。「人心不足蛇吞象。」

王家父子氣得差點背過去，王松又問：「劉大人這是有意欺辱王家？」

呿……劉子度輕笑一聲。「你們是在秋後算帳？」

王亥父子兩人對他的態度頗為憤怒，臉色都變了，劉子度卻抬著下巴，狂妄至極地說：「只要本官樂意，不知有多少官宦人家排隊想讓本官欺辱，你們王家又算老幾？」

輕蔑之意，溢於言表。

王松氣得想動手，但是才剛有動作，劉子度身邊的兩名侍衛便立刻抽出佩刀。寒光一閃，王松生生被逼退，父子兩人的理智瞬間回籠。

民鬥不過官，這是不爭的事實。他們能夠拿捏譚元、能夠壓著蕭先生，但對這位高權重的劉大人卻只能利誘，再沒有別的法子。

劉家在京城底蘊深厚，不是他們王家能招惹的。若說要給劉子度一個教訓，王家也不敢，萬一之後劉家查起來，他們王家家業再大，都擋不住他們的怒火。

打也不能打、罵又罵不過，王亥父子最終只能悻悻地離開。

臨走之前，他們還心有不甘，王松甚至說道：「早知如此，便賄賂那位老御廚。」

因為段秋生是從宮裡出來的，不知底細如何，又不與人親近，這才沒有與他結交，現在王松格外後悔。

然而王亥卻搖了搖頭說：「沒一個靠得住的。」

劉子度遠遠地聽見他們的對話內容，忍不住嗤了一聲。

這一切恰好落入了沈蒼雪眼中，對此，她只能說，惡人自有惡人磨。

看王家在她面前囂張跋扈，沒想到碰到硬茬子的時候也能慫成這樣，到底是她太過弱小，才讓這些小人總是作亂。

劉子度發現了沈蒼雪，逕自朝著她走來。

注意到劉子度朝自己過來，沈蒼雪頓時覺得有些莫名。

劉子度又起了壞心思，他心想，聞西陵貿然出現在一個民間鋪子裡，怎麼看都透著古怪。

他想著畫本子裡面寫的，認定聞西陵是隱姓埋名委身在此，便想揭發他。「沈老闆難道沒有什麼要問的嗎？」

沈蒼雪好整以暇地看著他，說道：「劉大人以為我要問什麼？」

「妳不好奇我為何反悔？」

沈蒼雪態度冷漠地回道：「不好奇。」

「嘖。」劉子度不禁嫌棄起來。聞西陵喜歡上的姑娘怎麼連性子都與他相仿？他劉子度在京城裡頭也是受人追捧，除了聞西陵，他就沒在別人那兒受過冷遇。

不過劉子度性格有些賤，別人不想知道，他偏要上趕著解釋。就像小時候在京城，聞西陵明明不想搭理他，他還要過去挑釁，挑釁完了，還覺得聞西陵不知好歹。

今日他也是「大發慈悲」地替沈蒼雪解惑。「也罷，我好心告訴妳吧，我反悔是因為聞西陵……喔，就是妳鋪子裡的幫工。妳興許還不知道他的真實身分，他可是定遠侯世子，當今聖上親封的少將軍，更是皇后娘娘的親弟弟，身分尊貴著呢。」

劉子度一口氣說完，卻見沈蒼雪神色淡然，連眼皮都沒掀一下。這……不對勁啊，難道聞西陵坦白了？不可能。

沈蒼雪抱著胳膊說：「這些事，他都已經告訴我了。」

劉子度驚奇，聞西陵何時變得這樣實誠了？

不過劉子度不會輕易服輸，嘴巴一張，胡說八道起來。「那有件事妳肯定不知道，聞西陵在京城可是備受姑娘家歡迎。我聽說皇后娘娘早就給他相好了未婚妻，原本都要定下來了，結果他卻失蹤，那位姑娘得知他的『死訊』，只差沒肝腸寸斷，唉，真是可惜了一段好——」

「劉子度！」

一聲喝斥打斷了劉子度的鬼話連篇，他不用轉頭也知道是誰來了。

只見聞西陵怒氣沖沖地走過來，質問道：「你在胡說些什麼?!」

「我哪裡胡說了，分明就是——」

「閉嘴！」聞西陵再次打斷劉子度，惡狠狠地瞪了他一眼後，立刻牽起沈蒼雪的手離開了。

他有點後悔，今日跟劉子度低頭之後，這廝便得意得沒邊了。再搭理這人，他就是豬腦子！

看著聞西陵牽著沈蒼雪火急火燎地離開，劉子度留在原地，想起方才發生的事情便覺得好笑。

聞西陵啊聞西陵，你幾時這樣緊張過？

等他回京，便有好戲看啦。

第二十四章　擴大經營

沈蒼雪被聞西陵一路牽著走，她抬起頭，只看到一個寬闊而高挺的背影。

少年將軍，本該意氣風發，結果在她的鋪子裡卻成了一個打雜的，確實是委屈他了，他本該有更加恣意的人生。

聞西陵牽著沈蒼雪的手走了許久，直到周圍的人散得差不多了，他才漸漸停下來，鄭重其事地對她道：「沒有什麼姑娘。」

其實聞西陵也不知道自己為何要解釋，只曉得他不想讓沈蒼雪誤會。

沈蒼雪似乎明白了聞西陵的意思，她鬆開了他的手，問道：「你不是要走了嗎？」

聞西陵一時語塞。

沈蒼雪看得分明，聞西陵跟那位劉大人雖然好像不太合，但是感覺相識得早，說不定還是幼年的玩伴。

聞西陵如今走不了，是因為沒有信任的人為他遞消息去京城，怕一個不小心就驚動了泰安長公主。可若有劉子度幫忙，便再沒有這樣的顧慮。

想明白了這一點，沈蒼雪便自覺地與聞西陵拉開了距離。

沈蒼雪能及時抽身，聞西陵卻覺得失落。他一直都想回京城，然而即將實現這個目標時，卻又悵然若失。

走了幾步之後，沈蒼雪回頭看著垂頭喪氣的聞西陵，無端覺得好笑。「還不走嗎？」

聞西陵有點呆滯地問道：「去哪兒？」

沈蒼雪想到自己今日風光得勝，心情好轉了不少，遂道：「回去慶祝，順便商議開飯館的事。」

領著聞西陵回去後，沈蒼雪受到了鄰居們的熱烈歡迎，胡同口的人都出來圍觀她返家，搞得她以為自己打了一場勝仗。

封立祥還道：「我們都在下面看著，中間還替妳捏了一把汗呢，那個劉大人也是離譜，差點沒被他嚇死。」

聞西陵多嘴了一句。「他就是這麼一副狗德行。」

聽到這句話，封立祥停頓了一下。

聞西陵有些懊惱，解釋說：「我在比賽之前就打聽好了評審的消息，聽說他那人就是這樣。」

原來如此，封立祥拍了拍他的肩膀道：「不錯，還知道替你們家老闆擔心。好好跟著她幹，一定能出人頭地。」

現在沈蒼雪一戰成名，沈記就要一飛沖天了。

聞西陵苦笑，他怕是過些日子就必須離開了。

封立祥又對沈蒼雪道：「明日記得多做些東西，否則肯定不夠賣。」

沈蒼雪也意識到這一點，進廚房後便帶著人為明日做好打算。

如今還早，這個時間點準備起來不算遲，但為難的是人手壓根兒不夠。

沈蒼雪知道沈記這段時間出了名，明早鋪子開業，顧客只會多不會少，他們就這麼幾個人，實在無法面面俱到。

沈吟片刻後，沈蒼雪同黃茂宣道：「你回下塘村再召些人吧。」

黃茂宣眨了眨眼說：「我去？」

沈蒼雪點點頭。「或是請黃老爺幫忙商議商議。」

黃茂宣盯著她問：「妳是不是要開飯館了？」

沈蒼雪毫不隱瞞地點了點頭。

雖然知道遲早有這麼一天，但是對黃茂宣來說太突然了。

黃茂宣明白，沈蒼雪前些日子那麼用心地教他，就是為了讓他早日上手，現在他也的確能獨當一面了，不管是做包子還是做餃子，味道都不差。

不過，黃茂宣一直跟在沈蒼雪後頭，等輪到自己挑大梁的時候，總覺得心慌，怕自己做不好，壞了沈記的名聲。畢竟沈記不僅僅是沈蒼雪的心血，也是他們所有人努力的成果。

沈蒼雪寬慰他。「我前些日子便看好了開飯館的地方，離這兒也不遠，以後就算分開了，若你有什麼不懂的，我都能幫忙。做包子萬變不離其宗，只要基礎的會了，剩下的就錯不了。我這兒還有好些方子，本來打算都交給你，但以你的悟性來看，不必多此一舉，只消看兩眼應當就會了。」

黃茂宣小聲地回道：「可我擔心自己做不好。」

沈蒼雪無奈地笑了笑。「你仔細回想，這段時間可出過什麼錯？」

黃茂宣搖了搖頭。別說出錯了，他要多努力便有多努力。

其實他是憋著一口氣，想證明自己不比別人差，縱使沒有家裡的支持，也能在外面混出個名堂。可是他都這麼努力了，家裡人依舊沒有看到他的改變。

沈蒼雪對於餵雞湯這件事一向頗有心得。「這就是了，從前不懂的時候都沒出過岔子，如今學會了更沒問題。」她鄭重其事道：「我們都很相信你。」

黃茂宣的雙眸忽然亮起來了。他還是第一次聽到這樣的正面鼓勵，他轉向其他人尋求支持。

沈淮陽跟沈臘月自然站在他那邊，至於聞西陵，他雖然覺得黃茂宣傻，但也不會拆了沈蒼雪的臺，於是只能勉強道：「我也相信。」

黃茂宣一個激動，竟然哭了。

哭就哭吧，為什麼非要巴著他？聞西陵費勁地推著這個黏在他身上不走的人，嫌棄極了。

黃茂宣一邊哭一邊立誓。「沒想到你們都如此信任我，我一定會好好守住沈記，將它發揚光大的。」

沈蒼雪憐愛地看了看這位地主家的傻兒子，這傢伙在家肯定受了不少委屈吧？

黃茂宣個性單純，以前認定了沈蒼雪，便乾脆離家，一心一意地跟著她做生意。如今沈蒼雪有了新打算，要將這個鋪子交給他，他雖然擔心自己能力有所欠缺，但還是決定頂上。

沈蒼雪當然不會那麼沒良心，她的飯館若要弄好起碼需要一個月，這一個月的時間，足夠她帶領黃茂宣走上正軌。

好在，黃茂宣認死理，沈蒼雪讓他學，他便一直乖乖地學，格外用心。這世上能全心全意做一件事情的人太少了，以至於沈蒼雪都在琢磨，要不要再教他做幾道拿手菜？

天黑之後，沈蒼雪拿出了自己贏來的獎勵，姊弟三人圍在床邊，目光灼灼。

知府大人給的獎勵很不錯，是一把純銀打造的新鏟子，拿在手裡沈甸甸的，目測約有兩斤重。

沈臘月還伸手戳了戳。「好漂亮啊！」

「是啊，銀子做的，能不漂亮嗎？」沈蒼雪摸著這把銀鏟子，心裡想的全是把它當了，然後換成錢。這東西漂亮歸漂亮，總歸沒有換回來的錢實在。

他們幾個吃的苦已經夠多了，往後既然有了錢，當然要改善一下生活環境。臘月得富養，淮陽送去讀書，她再雇幾個小工幫忙切菜打下手，完美！

沈蒼雪一想到那場面便覺得美得很，一切的辛苦都是值得的。

她摸了摸兩個孩子的頭，神采飛揚道：「自從到了臨安城，事情就越來越順遂了。等回頭茂宣一個鋪子、阿姊一間飯館，兩邊生意肯定都好。等明年賺了更多錢，咱們就在城裡買一處宅子，再給你們倆一人請一個先生。」

沈臘月敏銳地察覺到，阿姊口中的規劃似乎少了一個人。「夏家哥哥呢？」

這突如其來的問題讓沈蒼雪不知如何解釋，她該怎麼說呢，難道要說聞西陵再過不久便得離開？

還是沈淮陽貼心，替沈蒼雪回了一句。「夏家哥哥是一個有主意的人，許是不會一直在咱們這兒當幫工的。」

沈臘月喃喃道：「這樣啊……」

小傢伙似乎還不能接受日日在一塊兒的鄰家哥哥以後要離開他們另尋出路這件事。

這把銀鐽子依舊交給沈淮陽收藏，他揣著東西出去後，恰好碰到聞西陵。

聞西陵見他如此，便知道他又要去藏錢了，因而不帶惡意地笑道：「你們姊弟倆跟倉鼠似的，就知道藏錢。」

沈淮陽想到方才阿姊的遲疑，頓時有些叛逆地回道：「當然要多藏一些，我阿姊年歲已經到了，現在又格外出名，想來要不了多久，求親的媒人便要踏平門檻了。如今藏的這些錢，往後都要留給阿姊做嫁妝。」

聞西陵嗤了一聲說：「你知道什麼叫嫁妝嗎？」

「知道，阿姊要嫁人，便要有嫁妝。我是家裡的男丁，得給她留意著，免得到時候嫁妝不夠，讓人看了笑話。」在沈淮陽心裡，他阿姊值得最好的。

這麼小小一個人，卻已經知道為未來打算了，只是這份精打細算，聞西陵很不喜歡，甚至有些不舒服。

他也弄不清楚，自己明明對沈蒼雪沒那種感情，雙方的家世更是天差地別，為何聽聞沈蒼雪要相看，自己竟會如此不喜？

想不通的聞西陵，隨意揉了一下沈淮陽的頭，碎念了一句「人小鬼大」，依舊沒有深究自己內心的感受。

翌日，儘管已經有了心理準備，沈記的生意還是好到周圍的鄰居都震驚。排隊的人從早到中午都沒斷過，沈記裡頭的人從大到小，有一個算一個，全都在忙活，一上午轉來傳去，沒歇息過。即便如此，要打烊的時候還有人過來問能不能買包子跟餃子。

沈蒼雪只能滿懷歉意地表示。「實在抱歉，咱們家只有上午做生意，如今東西已經賣完了。」

「這麼快？」

「是啊。」怕他們不信，沈蒼雪還秀出蒸籠跟幾口鍋子，裡頭都空空如也。

這樣的盛況從美食節後一直沒斷過，下塘村送過來的綠豆、乾筍、雞蛋這些也是一日未斷。

沈記要的東西多，給的又是市價，不必村裡人費勁地跑去集市上吆喝，也不必擔心自己好不容易攢起來的東西賣不掉，這樣的好事沒人會拒絕。不過里正為人倒是實在，每回送過來的貨物都經過精挑細選，絕不讓沈蒼雪吃虧。

沈蒼雪心中感念下塘村實誠人多，臨安城有王亥這樣的狗東西，也有里正跟黃茂宣這樣的大好人，讓她心甘情願扎根在此。

至於京城，離她實在太遙遠了，沈蒼雪想都不願想。

又一日，就在沈蒼雪準備付租下飯館鋪子的訂金時，聞西陵的消息也透過劉子度遞進了京城的定遠侯府。

侯爺鎮守在北疆，大小姐在宮中照顧聖上，定遠侯府雖然沒了主事人，但一切仍井井有條。消息進來之後，府裡幾個管事激動得一夜未眠，然而這件事除了他們跟幾個侍衛，再無旁人知曉。

京城人如今都還說定遠侯府的世子爺命薄，死在尋藥途中，可憐侯爺痛失愛子、皇后娘娘無兄弟扶持。定遠侯府的人對這樣的冷嘲熱諷深惡痛絕，眼下得了信，自然立刻派人南下，前往臨安城。

汝陽王府亦有人等著來自臨安城的消息，等得夜不能寐。

「怎麼還沒有消息？」鄭意濃神色凝重地坐在窗前。若不是王府規矩森嚴，她恨不得連夜出去探聽消息。

買凶殺人是別無他法，鄭意濃知道自己絕不能放任沈蒼雪平安回京。

按照前世的記憶，定遠侯府很快便能查清楚世子爺的死因，並在途中找到身攜解藥的沈蒼雪。

鄭意濃想要那顆藥丸，也想讓沈蒼雪死，唯一的做法就是雇殺手了。這麼做既費事又花錢，那些人畢竟在刀尖上舔血，若訂金給得不夠，她擔心他們不會全心全意地為自己辦事。

為了永絕後患，鄭意濃幾乎拿出了全部的積蓄，不論前世還是今生，她一向過得奢侈，是以月例總是所剩不多。然而錢花出去了，消息卻石沈大海，她甚至懷疑自己遇上了騙子。

鄭意濃日日焦慮，很快便引起了汝陽王鄭毅跟汝陽王妃趙卉雲的擔憂。這段時間鄭意濃比往常更貼心、更聽話，不僅哄得他們夫妻倆對這唯一的女兒百依百順，連鄭意濃的未婚夫陸祁然也對她有求必應。

趙卉雲擔心女兒的身子，問道：「阿濃這些日子是有什麼心事嗎，怎麼魂不守舍的？」

鄭意濃輕輕一笑，依偎在趙卉雲懷裡，顧左右而言他。「過些日子便要赴長公主殿下的宴，女兒總擔心送的禮物不合她心意。」

汝陽王是皇家旁支，從前也是靠征戰沙場起家的，只是老汝陽王故去之後，鄭毅在帶兵打仗方面並沒什麼天賦，王府的地位因而逐漸低落，與皇家的關係也淡了，這回泰安長公主設宴，鄭意濃好不容易才擠進了受邀名單。

趙卉雲攬著她，道：「又不是只有妳一個人去，那麼多姑娘在一塊兒，便是賀禮送得不夠合心意，長公主殿下也不會怪罪的。再說了，咱們跟她並未有太深的交集，不必如此在意。」

鄭意濃握住趙卉雲的手，鄭重道：「母妃，長公主殿下何其尊貴，既然是去赴她的宴，便得事無鉅細。」

趙卉雲頓時有些恍惚。她怎麼覺得，女兒最近對長公主格外推崇呢？

雖說趙卉雲是內宅婦人，但是外頭的事情多少也聽了一些，這位長公主心性狠毒，自己對她並沒有什麼好感，可瞧女兒似乎極想親近她，難道長公主做了什麼了不得的事？

趙卉雲想破頭也沒能想明白。

鄭意濃說起賀宴一事，雖然只是藉口，但她的確重視這件事，賀禮也是按照長公主的喜好特地尋來的。

老天爺既然給了機會讓她重新來過一次，當然要好好珍惜。這輩子，她會讓所有人都站在她這一邊，也會帶領汝陽王府繁榮昌盛。上一世新舊政權更迭之後，王府便徹底沒落了，這一次，悲劇絕對不會重演。

鄭意濃要討所有人的喜歡，也要除掉自己的心頭大患。那些殺手遲遲不回消息，心煩意亂之下，她甚至盤算著是不是該找些辦法籌錢，重新再雇一批？

再說沈蒼雪這邊，她挑中的鋪子依舊在北城，不過這回不是在胡同口，而是在街邊，正對著主街，而且門口有塊空地，進出都方便。

這鋪子也極為寬廣，前面有兩間大鋪面，加上後面一排房子跟廚房，比包子鋪可大多了。然而條件好，租金當然貴，每個月十貫錢，是沈記包子鋪的好幾倍。

除去裝修，沈蒼雪現在手上的錢夠租上半年，這段時間她除了忙沈記的事，便是跟這鋪子的東家討價還價了。對方想簽一年，不過沈蒼雪只想簽半年，一來二去，本來早就該定下來的事情，一直推遲到現在。

這日，黃東河一家忽然帶著人過來了。

沈蒼雪正在教黃茂宣做新包子，遠遠的就聽見黃東河的大嗓門，還來不及迎接，人就自己進來了，熟門熟路的。

「爹、娘！」黃茂宣驚喜地抬頭。

黃東河點了點頭，讓身邊那兩個青年也跟上。

白麗華跟在丈夫後頭，不動聲色地觀察著。她是頭一回來沈記，以前總是聽小兒子吹噓鋪子裡的生意有多好，吹得天上有、地下無的，白麗華還以為他們這兒有多氣派呢，看來也不過如此。

他們家雖然也在外頭經營生意，不過白麗華的父親乃秀才出身，並不太把經商這種事放在眼裡，她大兒子如今雖然掌管家業，但也在讀書，等明年就可以上場考試。

對於小兒子，白麗華其實沒什麼要求。小兒子的資質比不上大兒子，跟著沈蒼雪做生意倒是像模像樣，可前些日子返家時突然說要另起爐灶，可把白麗華給嚇壞了，這才決定過來看看。

第二十五章　愁上心頭

黃茂宣頭一回在鋪子裡看到自家娘親，因而格外有勁，領著他娘裡裡外外地轉了一圈，還興沖沖地介紹。「我們這兒前後都寬敞，後面幾個房間住得也舒服，我帶您過去看看。」

說罷，黃茂宣便掀開了簾子，白麗華只好跟上。

沈淮陽跟沈臘月兄妹兩個跟在後面看熱鬧，唯有聞西陵留在沈蒼雪身邊。

黃東河等他們母子兩人走了，才讓沈蒼雪看看他這回領進來的人。

兩個青年身材中等，人看著憨厚，被黃東河帶過來的時候甚至不太敢直視沈蒼雪。

只聽黃東河說：「這兩個人是咱們村子裡的，不過妳應該不大熟，兩人都姓藍，大的叫長生，小的叫武鄉。我還打算從自家裡頭撥一個廚子跟一個管事來，自家的倒不著急，可這兩個卻得先帶過來給妳瞧瞧。他們在家乖巧聽話，什麼活都幹，只是家裡生計艱難了些，我便將他們帶過來幫忙，妳看如何？」

沈蒼雪打量了那兩個青年一眼，人瞧著老實，而且黃老爺必定不會害自己的親兒子，於是她立刻同黃老爺道：「您看行就行，都是一個村子的，知根知底。只要他們老實肯幹，能跟著茂宣將這個鋪子經營好就夠了。」

藍長生鼓起勇氣道：「我們力氣大，肯定能做好。」

「灶臺上的活，可不僅僅是力氣大就行的。」

「我們會學。」藍長生忙道。他很看重這來之不易的機會。

沈蒼雪一向欣賞有活力的員工，笑吟吟地同黃老爺道：「我看他們不錯。」

略聊了一會兒，黃茂宣已經帶著白麗華看完了鋪子。

幾個人難得聚在一起，為避免以後鬧出不愉快，黃茂宣便提前將事情透露給爹娘。他已經跟沈蒼雪商量好了，往後雖然由他掌管鋪子，但這畢竟是沈蒼雪經營起來的，往後少不得要麻煩她，加上他的手藝也是師承她，所以鋪子裡的利潤依然要分一份給沈蒼雪。

黃茂宣想像從前一樣六四分，沈蒼雪卻覺得這樣自己拿得太多，好說歹說，最終定下沈蒼雪拿四成，黃茂宣六成。

沈蒼雪知道這是對方的心意，且她要開新飯館，手頭實在拮据，也就不推辭了。不過她不打算白拿，這一年她還會教黃茂宣新菜式，等明年黃茂宣徹底不用人教之後，便不再要這分成了。

黃東河沒意見，還誇了一句黃茂宣懂事，懂得尊師重道，甚至提議讓自家兒子正式拜師。

沈蒼雪有些哭笑不得。「黃老爺莫要說笑了，我同茂宣是平輩，亦是好友，哪能拜師呢，這不是亂了輩分？」

黃東河輕輕踹了兒子一腳。「可見你是走大運了。」

白麗華自始至終沒多說一句話，只是回去時在馬車上同丈夫提了一嘴。「其實若要分開經營，直接將本錢結清便是，為何還要四六分成，以後也斷不乾淨。」

聞言，黃東河深深地看了她一眼。

白麗華被看得莫名其妙，問道：「你瞧我做甚？」

黃東河不緊不慢地收回目光，說道：「方才妳沒說這樣的話，可見妳心中也知道，這樣的話說出來不恰當。既然不恰當，往後還是別再說了，何必給自己找不痛快？自家兒子從前是什麼樣子，難道妳心裡沒數？」

說完，黃東河意味深長地說了一句。「卸磨殺驢可不好。」

白麗華為之氣結。「我是這樣的人？」

黃東河笑笑的沒說話，氣得白麗華搥了他兩拳。

半晌，白麗華才解釋道：「我不過是怕茂宣吃虧而已。」

「傻人有傻福，老天爺就是疼憨人。」

白麗華嘆了一口氣。「但願吧。」

沈蒼雪這兒，提高了討價還價的力度。在這種事情上，她向來跟打不死的小強一樣，弄得東家也沒了脾氣。

他從前遇過難搞的，可從來沒見過這麼死纏爛打的，而且對方還是個十四歲左右的小姑娘。
東家對沈蒼雪甘拜下風，只能一再退讓，讓她只租半年，且給了她不少便宜，將鋪子裡頭剩下的桌椅全送給了沈蒼雪，令她大表滿意。
準備簽書契的前一日，定遠侯府的人找到了聞西陵。
沈蒼雪雖然早就知道他要離開，但等人找上門的時候，才終於有了真實感——她這位便宜好用的員工，徹底到期了。
「世子爺！」定遠侯府的侍衛首領吳戚見到聞西陵，難掩激動。
吳戚等人在收到劉子度的消息之後，便馬不停蹄趕往臨安城，路上險些與鄭鈺的人馬碰上，好在最終有驚無險。
吳戚想上前確認他們世子爺有無受傷，卻發現屋子裡頭有外人在。
沈蒼雪見眾人望著她，便曉得自己不合適待在這兒，遂道：「你們聊，我先回廚房做飯。」
說完她便邁開腳步，還將呆呆站在一旁的沈淮陽跟沈臘月兄妹倆也趕去了院子。
剛出來，沈臘月便軟軟地問：「阿姊，他們是誰呀，怎麼都長得那麼高？」
「是妳夏家哥哥家裡的人吧。」
「可是他家裡的人不是夏大叔嗎？」
沈蒼雪原想要糊弄兩句，可又覺得沒意思，反正臘月跟淮陽早晚都要知道的，便道：

「妳夏家哥哥原本是京城的人，來這兒只是機緣巧合。」

沈臘月扯了扯裙子，囁嚅道：「那他……如今要回去了嗎？」

「嗯。」

兩個孩子都不說話了。朝夕相處的人突然要離開，哪會捨得？況且聞西陵平常那麼照顧他們，沈蒼雪不在家的時候，有聞西陵在便格外有安全感。

然而，這樣可靠的大哥哥，往後都不在了。哪怕是成熟一些、知道他遲早會走的沈淮陽，心情也低落起來。

沈臘月有點傷心地說：「他以後還會回來嗎？」

望著前廳，沈蒼雪幽幽道：「應該不會了。」

聞西陵是少年將軍，有自己的路要走；她沈蒼雪亦有自己的目標，她要賺錢養家，一步一步在這個時代立足。

生活已經夠艱難了，沈蒼雪並不想過度沈浸在離愁別緒中。雖然聞西陵這個擺爛員工確實挺好用的，可再好用，他也不屬於臨安城，他屬於千里黃雲的塞漠疆場，屬於權貴層出的天子皇城，唯獨不屬於他們這小小的沈記。

沈蒼雪自欺欺人地想著，她可是收留了聞西陵這麼久，還給他找了一份差事呢，定遠侯府的人多少該「感謝」一下她吧？雖然她也沒少使喚聞西陵啦……

在沈蒼雪回廚房做飯的時候，聞西陵與吳戚已經將這段時間發生的事情彼此交換情報。

朝廷依舊被鄭鈺把持，當今聖上的身子每況愈下，太醫斷言，若是再找不到解藥，只怕不到兩個月好活了。

聞西陵打斷了吳戚。「解藥我已經找到了。」

吳戚愣住了。「在您身上嗎？」

聞西陵道：「暫且不在，你們可帶足了銀兩？」

吳戚有一點搞不清楚狀況，不過還是回道：「帶足了，世子爺缺銀兩用？」

他們怕在路上遇到事情，身上連個能應急的東西都沒有，所以提前備了一點。

聞西陵點點頭，心裡想的卻是沈蒼雪會不會同意。那顆藥丸是沈蒼雪的父母留給她的，想要拿過來，自然必須用東西換。

在這裡住了這麼久，聞西陵哪不知道最對沈蒼雪胃口的就是錢？先給她一些解決燃眉之急，之後若真的救活他那姊夫，屆時皇家也會有賞賜過來，不管沈蒼雪去不去京城，總歸不會委屈了她。

定遠侯府的人突然造訪，沒給沈記一點反應的時間。聞西陵本來打算再緩幾日回京的，可吳戚等人擔心路上生變，短時間內無法抵達京城，打算明日便離開。

聞西陵別無選擇，只能從吳戚身上掏了一些貴重物品出來，去當鋪換成銀子。

傍晚時分，聞西陵叩響了沈蒼雪的門。

沈蒼雪看他提著一個包裹過來時還挑了挑眉，等東西放在桌上發出沈重的一聲悶響後，才「嗯」了一聲，問道：「這是什麼玩意兒？」

聞西陵打開了包裹。

那包銀子差點沒閃瞎沈蒼雪的眼睛，她臉上懶洋洋的神色頓時消失得無影無蹤。好傢伙，竟有這麼多銀子？

見狀，聞西陵輕笑一聲。

沈蒼雪被他笑得有點惱怒，凶巴巴地瞪了他一眼。「笑什麼笑，誰看到這樣一筆錢都會把持不住的。」

尋常百姓哪有人不愛錢呢？當然，聞西陵這種不缺錢的富家公子哥兒另當別論，反正她沈蒼雪是愛錢愛得不得了。

聞西陵突然帶著錢來，思來想去不過是為了一件事，沈蒼雪摸了摸身上的那顆藥丸，問道：「你打算用這些換我的藥？」

「這只是訂金，等回京之後，必定百倍奉還。妳救的是當今聖上，該有的賞賜少不了的。」

沈蒼雪知道這是聞西陵的承諾，如今他代表的是皇家，她也沒什麼好遮遮掩掩的，索性打開天窗說亮話。「既然如此，我也不妨提些要求。」

「妳說。」

沈蒼雪拿出那顆藥丸，放在他手裡道：「若真救得了聖上，煩請轉告一聲，讓皇家賞個宅子，再封個什麼頭銜給我，也不拘多高，只要能庇護我們姊弟三人就夠了。這世道女子立足艱難，況且我又在外做生意，若沒個身分，人人都可以踩我一腳，別說護住淮陽跟臘月，要是我蹦躂得高了，只怕一不小心自己都會摔死。」

登高跌重，沈蒼雪承受不起，她呢喃道：「現在我只希望用這顆藥丸換取我們三人平安，至於我父母的死因，煩勞世子爺幫我留意，往後若有機會……」

說著，沈蒼雪覺得自己挺可笑的。即便能證明是泰安長公主恩將仇報，她一個小小的商女又能做什麼呢？若有機會，她便去京城毒死對方嗎？她可以豁出去為原主的父母報仇，但是兩個孩子誰照顧？

話雖如此，她到底還是不甘心。

聞西陵聽得難受，他握著那顆藥丸，只覺得重若千鈞。

當初告訴沈蒼雪真相，只是為了讓她站在他們這邊，可是如今卻覺得告訴她真相未嘗不是一種殘忍。

聞西陵只能安慰道：「放心好了，鄭鈺作惡多端，早晚都會被繩之以法。」

「但願如此吧。」

靠你啦，定遠侯家的世子爺，沈蒼雪心道。

兩人相顧無言，一時靜默下來。

聞西陵很想張口問，她就沒有什麼想說的嗎？畢竟她一直心悅自己……

沈蒼雪覺得怪沒意思的，她並非矯揉造作之人，擺不出什麼依依不捨之態。

聞西陵還想交代什麼，沈蒼雪卻忽然打斷他。「你去看看夏大叔吧。」

見他一臉猶豫，她接著道：「總得給人家一個交代不是？」

良久後，聞西陵還是動身，帶著吳戚趕往下塘村。

對於跟夏駝子說明真相這件事，聞西陵其實有些逃避，他不知道該如何面對夏駝子，尤其是血淋林的謊言被戳破之後，對方那失望的眼神。沒有人比聞西陵更清楚，夏駝子有多在意自己的孩子，可他不是，他騙了對方。

聞西陵當初選擇留在下塘村，是形勢所逼，然而他也利用了夏駝子的一片憐子之心。若他得知自己的兒子依舊下落不明，該如何傷心難過？

站在夏家門口，聞西陵遲遲沒有動作，吳戚納悶地問道：「世子爺，您怎麼不進去？」

「我……」

聞西陵還未說完，門便開了。夏駝子從裡面走出來，一見到聞西陵，他臉上立刻漾出笑意，只是這份笑意在注意到聞西陵身邊陌生的吳戚之後蕩然無存。

夏駝子心裡堵得慌，問道：「要走了？」

聞西陵一陣錯愕。

夏駝子笑出了淚花。「早就猜到了。」

雖然夏駝子之前有些癡傻，但是找回聞西陵這個假兒子之後，他也慢慢清醒，清醒後才知自己錯得有多離譜。

聞西陵不像他，也不像他媳婦兒，甚至偶爾露出來的口音也不像是福州那一帶的。至於他為什麼要來他們家，夏駝子不知道，他只知道，做人難得糊塗。

夏駝子本想著自己能一直糊塗下去，然而今天看到了他們，才知道裝不下去了。

進屋之後，夏駝子除了有些消沈，並無其他不對勁的地方。很多事不能強求，再說了，他這樣的家境縱然留得住人，又有什麼意思呢？

聞西陵道過謝，吳戚也對他感激不已，還奉上厚禮。這些銀子跟物品，足夠夏駝子後半輩子衣食無憂了。

夏駝子沒想到自己救了一位少將軍，還是出身顯赫的世子爺，望著定遠侯府送的禮品，夏駝子心知這是什麼意思。收了禮，人家便跟他們夏家再沒半點關係了，他是個傻子，還是個駝子，實在是高攀了。

他笑了笑，自我寬慰。「當初沒救錯人，竟救了一位保家衛國的將軍。」

聞西陵看著他平靜的模樣，心頭彷彿遭千百隻螞蟻啃噬一般，酸澀得厲害。他知道這樣最好，可是念及夏駝子對自己的照顧，便不禁脫口道：「夏叔，您跟我們一起回京城吧，定遠侯府什麼都不缺，去那兒養老也好。」

嗯？吳戚詫異地看向聞西陵，他們家世子爺從前可不會說出這樣貼心的話，在外面待了這麼久，連性子都變了？

夏駝子一怔，再次笑了，一顆心暖暖的。「不必了，下塘村才是老頭子的家。況且，我還要在這兒等著我家夏嶺回來呢，若是我走了，我兒子回來就找不到家了。」

聞西陵無言以對。其實他們都知道，失蹤這麼多年的人，哪裡找得回來，不過是給自己一個念想，繼續自欺欺人罷了。

從夏家出來後，聞西陵的心情又沈重了許多。

吳戚安慰道：「世子爺放心，等咱們回去之後時常派人過來盯著就是了，不會委屈了臨安城這幾位的。」

聞西陵忽然停住了腳步，說道：「我回去，你留下。」

「啊？」吳戚懵了，可看著他們世子爺的表情，不像是開玩笑的樣子。

吳戚回想了一下自己近日的所作所為，雖然定遠侯府的確耽擱了一些時間才找到世子爺，但找人這件事本來就跟大海撈針一樣，不是那麼簡單就能找到的。

他忍不住哭喪著臉道：「世子爺，屬下雖說有錯，可也罪不至此啊。」

「說什麼胡話？」聞西陵哭笑不得。「只是讓你暫時在這兒待上一年，等京城的事情平定了，再調你回去。」

吳戚小心地問：「留在這兒，是為了照顧那位夏大叔？」

聞西陵淡淡地道：「不止。」

還有沈蒼雪。

嘖嘖嘖……吳戚瞄了瞄他們家世子爺。這言外之意他聽懂了，不就是讓他照顧一下那位沈姑娘嗎？

這可是破天荒頭一遭，他們家世子爺向來不是憐香惜玉的人，從前京城有那麼多姑娘對世子爺虎視眈眈，也沒見著他對哪位動過心，甚至皇后娘娘想給他找對象，世子爺都嫌煩，如今卻為了一個姑娘家如此安排，焉知不是動了凡心。

吳戚知道，世子爺的決定自己違抗不了，便應道：「那您可要記著，回頭一定要調屬下回京。」

聞西陵「嗯」了一聲，算是答應了。

——未完，待續，請看文創風1236《嗆辣廚娘真千金》2

2024年2月出版

夫人請保持距離

文創風 1232~1234

這些人總鄙視商戶貶低她名聲，
但這名聲好壞於她來說又不值錢，
縱使他們擁有一身清譽，
可真正能辦好事情的是她家的財富！

預料之外的婚約，
握入掌心的鍾情／拾全酒美

首富千金秦汐帶著金手指，回到家中受誣陷而家破人亡前，
她一掃上輩子的迷障，看清環繞秦家周遭的魑魅魍魎，
並加快腳步，為甩開針對她家的陰謀詭計做準備。
暗示商隊可能被塞了通敵信函，學會漠視虛情假意的親戚，
並利用空間裡的水產，與貴人結下善緣，爭取靠山。
多項事務同時進行下，蝴蝶翅膀竟搧出前世不存在的婚約，
對象是赫赫有名不近女色的小戰神暻郡王——蕭暻玹。
儘管她不願早早嫁人，卻也不擔心這門婚事能談成，
對於外頭頻傳秦家挾恩逼王爺娶商女的流言，她更不在意。
誰知不但惹來皇上賜婚，那前世敢抗旨的小戰神也一反常態，
提議先假成親，待一年後他自污和離，以維護她名聲。
這條件對她皆是有利的，而且秦家與他也有更多合作空間，
且思及上輩子此人無論是行事作風及人品，皆可信賴，
不就是一種契約婚姻？他既然願意，她又怕什麼呢？

2024年1月出版

長嫂好會算

文創風 1227~1228

穿到這個奇特的朝代，身為女子倒不是一件壞事，
只是原主被父母嫁到這窘迫的紀家，弟妹幼的幼、小的小，
她攤上這一家子，能用現代的會計長才發家致富嗎?!

女子有才更有德，
攜幼顧小拚發家／藍輕雪

穿越就算了，沒想到她衛繁星穿到一個如此奇特的朝代──
在這個乾元朝，沒有主僕制度、沒有三妻四妾，
更重要且關鍵的是，女子也可以出門做事，不必依附家人或婚姻！
而原身便是考上了酒坊女帳房，正要展開新人生之時，
親生父母為了弟弟的前途，硬是把她嫁到毫無家底的紀家……
於是她一穿來，面對的便是夫君成親次日就趕回邊關，二弟妹離家；
紀家幼小如今全仰賴她這個大嫂，看著空空的家底，真是頭大無比～～

為流浪貓狗加油 和貓寶貝 狗寶貝

廝守終生(一定要終生喔！)的幸福機會

對人來說，貓寶貝狗寶貝只是生活的一部分，
但妳（你）對牠們來說，卻是生活的全部，領養前請一定要考慮清楚——

▲ 自找樂子的生活大師——爆爆王

性　　別：男生
品　　種：米克斯
年　　紀：3歲
個　　性：親貓親人、膽小慢熟
健康狀況：已結紮，全口剩左上犬齒
目前住所：桃園市桃園區（新屋貓舍市區送養中心）

本期資料來源：新屋貓舍義工團

『爆爆王』的故事：

親人但慢熟的爆爆王有著圓滾滾的大眼睛，從收容所救援時的名牌上註記著「攻擊性凶貓」，大家都說這樣的貓不適合走入家庭，送不出去的。然而看著牠的眼神，我們知道牠只是害怕，害怕曾經傷害牠的人類會再出現，只有將自己偽裝成不友善才不會被欺負。

由於爆爆王在外流浪時營養不良，以致健康狀況差，全口的牙根都蛀爛了，就醫拔牙後僅剩左上的一顆犬齒，但這並不妨礙牠日常進食，牠照樣能吃吃喝喝，也可吃飼料，最愛罐頭。發呆時會不自覺地吐舌頭，自得其樂的模樣令人莞爾。

爆爆王因為慢熟需要時間磨合，又因為害羞，每次開放領養人參觀時，總是躲得不見蹤影。若您平時不喜歡吵鬧，也沒有太多的時間陪玩，卻又希望能有隻偶爾現身的可愛貓咪來療癒身心，那麼真心推薦經由Line ID：@emo2390r就鎖定爆爆王吧。親貓又熟人可擼的角落小生物，即刻入厝啦！

認養資格：

1. 認養人須年滿20歲，經濟獨立。
2. 須同意簽認養寵物切結書。
3. 須同意送養人日後之追蹤探訪，對待爆爆王不離不棄。

來信請說明：

a. 個人基本資料：姓名、性別、年齡、家庭狀況、職業與經濟來源等。
b. 想認養爆爆王的理由。
c. 過去養寵物的經驗，及簡介一下您的飼養環境。
d. 若未來有結婚、懷孕、出國或搬家等計劃，將如何安置爆爆王？

文創風
1235

嗆辣廚娘真千金 1

國家圖書館出版品預行編目資料

嗆辣廚娘真千金 / 咬春光著. --
初版. -- 臺北市 ： 狗屋出版社有限公司, 2024.02
冊 ； 公分. --（文創風；1235-1237）
ISBN 978-986-509-496-6（第1冊：平裝）. --

857.7　　112022665

著作者　咬春光
編輯　連宓均
校對　吳帛奕
發行所　狗屋出版社有限公司
地址　台北市104中山區龍江路71巷15號1樓
電話　02-2776-5889～0
發行字號　局版台業字845號
法律顧問　蕭雄淋律師
總經銷　知遠文化事業有限公司
電話　02-2664-8800
初版　2024年2月
國際書碼　ISBN-13　978-986-509-496-6

本著作物由北京晉江原創網絡科技有限公司授權出版

定價290元
狗屋劃撥帳號：19001626
網址：love.doghouse.com.tw　E-mail：love@doghouse.com.tw